Jack London
Wolfsblut

fabula Verlag Hamburg

London, Jack: Wolfsblut. Neuauflage. 2016
ISBN: 978-3-95855-214-2

Umschlaggestaltung: fabula Verlag Hamburg

Bibliografische Information der Deutschen Nationalbibliothek: Die Deutsche Nationalbibliothek verzeichnet diese Publikation in der Deutschen Nationalbibliografie; detaillierte bibliografische Daten sind im Internet über https://dnb.de abrufbar.

Der fabula Verlag Hamburg ist ein Imprint der Bedey & Thoms Media GmbH, Hermannstal 119k, 22119 Hamburg

---

fabula Verlag Hamburg, 2016
https://fabula-verlag-hamburg.de/
Gedruckt in Deutschland

Jack London

Wolfsblut

fabula

Inhalt

Erster Teil

1. Kapitel. Auf der Fährte nach Fleisch

Dunkler Tannenwald dräute finster zu beiden Seiten des gefrorenen Wasserlaufs. Der Wind hatte kürzlich die weiße Schneedecke von den Bäumen gestreift, so daß sie aussahen, als drängten sie sich unheimlich düster in dem schwindenden Tageslicht aneinander. Tiefes Schweigen lag über dem Lande, das eine Wildnis war, ohne Leben, ohne Bewegung, so einsam, so kalt, daß die Stimmung darin nicht einmal traurig zu sein schien. Vielmehr lag es wie ein Lachen darüber, ein Lachen, schrecklicher als jede Traurigkeit, freudlos wie das Lächeln der Sphinx, kalt wie der Frost und grimmig wie die Notwendigkeit. Die unerbittliche, unerforschliche Weisheit des Ewigen lachte da über die Nutzlosigkeit des Lebens und seiner Anstrengungen. Es war die echte Wildnis, die ungezähmte, kaltherzige Wildnis des Nordens.

Und doch war Leben in dem Lande, trotziges Leben noch dazu! Denn den gefrorenen Wasserlauf hinunter zog mühsam eine Reihe wolfsähnlicher Hunde. Ihr dichter Pelz war dick mit Reif bedeckt; ihr Atem fror in der Luft so wie er in dichten Dampfwolken aus ihrem Maule emporstieg und hängte sich als Eiskristalle an die Haare ihres Pelzes. Sie gingen in ledernen Riemen an einen Schlitten gespannt, der hinten nachschleifte. Dieser Schlitten hatte keine Kufen. Er war aus dicker Birkenrinde gefertigt und ruhte mit dem ganzen Boden auf dem Schnee. Das vordere Ende war aufwärts gebogen, um den weichen Schnee, der wie Wellenschaum emporstäubte, aus der Bahn zu schieben. Auf dem Schlitten stand ein langer, schmaler, viereckiger Kasten und noch andere Dinge, wie wollene Decken, ein Beil, ein Kaffeetopf und eine Bratpfanne waren darauf festgeschnallt, doch den größten Raum nahm der lange, schmale, viereckige Kasten ein.

Vor den Hunden wanderte ein Mann auf breiten Schneeschuhen und hinter dem Schlitten ein zweiter. Auf dem Schlitten lag in dem Kasten ein dritter, dessen Mühe und Arbeit vorüber war, ein Mann, den die Kälte der Wildnis niedergeworfen und besiegt hatte, so daß er sich nicht mehr rühren, noch regen konnte; denn Bewegung liebt sie nicht. Das Leben ist für sie eine Beleidigung, denn das Leben ist Bewegung, sie aber strebt danach, alle Bewegungen aufhören zu machen. So läßt sie das Wasser gefrieren, um zu verhindern, daß es ins Meer fließe, so treibt sie den Saft aus den Bäumen, bis sie ins innerste Herz hinein erstarren; und am grausamsten und schrecklichsten verfolgt sie den Menschen und zwingt ihn zur Unterwerfung, ihn, das ruheloseste aller Wesen, das in steter Empörung gegen den Spruch ist, daß am Ende alle Bewegung aufhören soll.

Vor und hinter dem Schlitten wanderten jedoch unablässig und unerschrocken die beiden Männer, die noch lebendig waren. Ihr Körper war in dicken Pelz und weichgegerbtes Leder gehüllt. Ihre Augenwimpern, Wangen und Lippen waren so vollständig mit den Eiskristallen ihres gefrorenen Atems bedeckt, daß die Gesichtszüge unkenntlich waren, was ihnen das Aussehen von gespenstischen Masken gab, von Leichenträgern aus einer spukhaften Welt beim Leichenbegängnis eines Gespenstes. Trotzdem aber waren es Menschen, winzige Abenteurer, die durch das Land der Öde, des Hohnes und Schweigens zogen und kampfbereit sich gegen eine Welt stellten, die so fern, so fremd und ohne Leben war, wie die Abgründe im Weltenraum.

Sie wanderten dahin ohne zu sprechen, denn sie mußten den Atem für die Arbeit des Leibes sparen. Ringsumher herrschte lastendes Schweigen, das ihre Seele bedrückte, wie die Wassermassen den Körper des Tauchers auf dem Meeresgrunde. Es preßte sie mit dem Gewichte der Unermeßlichkeit, der unentrinnbaren Notwendigkeit. Es drängte sie in die tiefsten Winkel ihrer Seele zurück und quetschte aus ihnen, wie den Saft aus der Traube, alles falsche Streben, alle unwahre Begeisterung, alle übertriebene Wertschätzung irdischer Dinge heraus, bis sie sich klein und unbedeutend vorkamen wie Sonnenstäubchen, die mit wenig Klugheit und geringer Weisheit im Fangballspiel der großen, blinden Naturkräfte sich hin und herbewegen.

Eine Stunde verstrich und dann noch eine. Das bleiche Licht des kurzen, sonnenlosen Tages fing an zu erlöschen, als ein ferner, schwacher Laut gleichsam in die Luft emporstieg. Rasch glitt er einige Töne hinauf, bis er zitternd auf der höchsten Note verweilte und dann dahinstarb. Man hätte ihn für den klagenden Ruf einer verlorenen Seele halten können, wenn nicht aller Traurigkeit eine gewisse hungrige, gierige Wildheit beigemischt gewesen wäre. Der Vordermann drehte den Kopf herum, bis seine Augen denen des Gefährten begegneten, dann nickten sie einander verständnisvoll über dem schmalen, länglichen Kasten zu.

Ein zweiter Ruf erklang, der schrill wie eine spitze Nadel durch das Schweigen fuhr. Beide Männer erkannten, daß die Richtung, aus der er ertönte, die Schneewüste war, die sie soeben durchkreuzt hatten. Ein dritter Schrei – wie eine Antwort aus derselben Richtung, aber links von dem zweiten Ruf.

»Sie sind hinter uns her, Bill«, sagte der Vordermann.

Die Stimme klang heiser und geisterhaft; der Mann hatte scheinbar mit Anstrengung gesprochen.

»Das Fleisch ist knapp«, antwortete sein Gefährte. »Ich habe seit Tagen nicht die Spur von einem Kaninchen gesehen.«

Weiter sagten sie nichts, doch lauschten sie aufmerksam auf den Jagdschrei der Verfolger, der dauernd hinter ihnen her ertönte.

Beim Einbruch der Dunkelheit lenkten sie die Hunde in ein Tannengebüsch am Rande des Wasserlaufs und schlugen das Lager auf. Der Sarg neben dem Feuer diente als Sitz und Tisch. Die wolfsähnlichen Hunde drängten sich hinter dem Feuer zusammen, knurrten und bissen sich, zeigten jedoch keine Lust, sich ins Dunkle zu wagen.

»Mir scheint, Heinrich, sie bleiben heute merkwürdig dicht beim Lager«, bemerkte Bill.

Heinrich, der am Feuer hockte und den Kaffeetopf mit einem Stück Eis aufstellte, nickte. Er sprach auch nicht eher, als bis er seinen Platz auf dem Sarg eingenommen und zu essen angefangen hatte.

»Sie wissen, wo ihr Fell am sichersten ist«, versetzte er. »Sie fressen auch lieber, als daß sie sich fressen lassen. Es sind ganz kluge Hunde.«

Bill schüttelte den Kopf. »Oh, das weiß ich doch nicht.«

Sein Kamerad blickte ihn verwundert an. »Zum erstenmal höre ich dich etwas gegen ihre Klugheit sagen.«

»Du, Heinrich«, entgegnete der andere, indem er langsam an den Bohnen kaute. »Hast du vielleicht bemerkt, was für einen Spektakel die Hunde machten, als ich sie fütterte?«

»Sie lärmten allerdings mehr als gewöhnlich«, bestätigte Heinrich.

»Wie viel Hunde haben wir, Heinrich?«

»Sechs.«

»Schön...« Bill hielt einen Augenblick inne, um seinen Worten größeren Nachdruck zu geben. »Wie du eben sagtest, Heinrich, haben wir sechs Hunde. Ich nahm auch sechs Stück Fisch aus dem Sack. Ich gab jedem Hund einen Fisch, und hatte doch einen zu wenig, Heinrich.«

»Du hast falsch gezählt.«

»Wir haben sechs Hunde«, wiederholte der andere mit vollkommener Seelenruhe. »Ich nahm auch sechs Stück Fisch heraus. Einohr bekam aber keinen. Ich ging hernach an den Sack und brachte ihm seinen.«

»Wir haben aber nur sechs Hunde«, behauptete Heinrich.

»Du, Heinrich«, fuhr Bill fort, »ich will nicht sagen, daß es alles Hunde waren, aber sieben haben Fisch bekommen.«

Heinrich machte eine Pause im Essen, blickte über das Feuer hinweg und zählte die Hunde.

»Es sind jetzt nur sechs«, sagte er.

»Ich sah den andern über den Schnee weglaufen«, beharrte Bill mit kühler Bestimmtheit, »und ich zählte sieben.«

Heinrich blickte ihn mitleidig an. »Ich werd' mich mächtig freuen, wenn die Fahrt erst vorüber ist.«

»Wie meinst du das?« fragte Bill.

»Ich meine, daß unsere Fracht hier dir auf die Nerven fällt und du anfängst, Gespenster zu sehen.«

»Daran hab' ich auch gedacht«, antwortete Bill ernsthaft. »Drum, als ich das so quer über den Schnee laufen sah, untersuchte ich denselben und sah Spuren darin. Dann zählte ich die Hunde, und es waren und blieben sechs. Die Spur ist noch im Schnee. Willst du sie sehen? Ich kann sie dir zeigen.«

Heinrich erwiderte nichts, sondern kaute schweigend weiter, bis er den Rest der Mahlzeit mit einer Tasse Kaffee hinuntergespült hatte. Dann wischte er sich mit dem Rücken der Hand den Mund ab und sagte: »Du glaubst also, es war –«

Ein langgezogener, furchtbar trauriger Ton, der irgendwo aus der Dunkelheit hervorkam, unterbrach seine Rede. Er hielt inne, um zu lauschen. Dann schloß er den Satz mit einer Handbewegung nach dem Geheul hin, – »einer von denen?«

Bill nickte. »Ich möchte hunderttausendmal lieber das, als was andres glauben, und du hast ja selbst den Lärm gehört, den die Hunde machten.«

Ein Geheul nach dem andern, wobei eines immer wie die Antwort auf das andere klang, verwandelte die Stille ringsum in den lärmenden Tumult eines Tollhauses. Von allen Seiten kamen die Töne, und die Hunde drängten sich angstvoll aneinander und so dicht um das Feuer herum, daß die Hitze ihnen den Pelz versengte.

Bill warf mehr Holz auf die Glut, bevor er sich eine Pfeife anzündete.

»Ich denke, du bist ein bißchen melancholisch gestimmt«, bemerkte Heinrich.

»Du, Heinrich...« Er sog nachdenklich eine Weile an der Pfeife, bevor er fortfuhr: »ich dachte gerade daran, wie viel hunderttausendmal glücklicher doch der da dran ist, als wir, du und ich, es je sein werden.«

Dabei deutete er mit dem Daumen abwärts auf die Kiste, auf der sie saßen.

»Wenn wir, Heinrich, du oder ich, sterben, können wir glücklich sein, so viel Steine auf unsere Kadaver zu bekommen, daß die Hunde davon abgehalten werden.«

»Aber wir haben auch keine Verwandten und kein Geld und all das, wie der da«, entgegnete Heinrich. »Eine lange Reise als Leiche ist etwas, was wir uns nicht leisten können.«

»Was mich wundert, Heinrich, ist, was so 'n Mensch wie der da, der im eigenen Lande ein vornehmer Herr war und sich um Essen und Trinken und ums Nachtquartier nie hat zu sorgen brauchen, – was so einer hierher in diesen gottverlassenen Winkel kommt, das kann und kann ich nicht recht einsehen.«

»Er hätte ein hohes Alter erreichen können, wenn er zu Haus geblieben wäre«, stimmte Heinrich bei.

Bill öffnete den Mund, um zu sprechen, besann sich jedoch eines andern. Er deutete statt dessen in das Dunkel hinein, das wie eine Mauer sie auf allen Seiten umgab. Es waren in der dichten Finsternis weder Formen, noch Gestalten zu erblicken, nur ein Augenpaar konnte man wie glühende Kohlen darin leuchten sehen. Heinrich deutete mit einer Kopfbewegung nach einem zweiten und einem dritten Augenpaar. Ein Kreis glühender Augen schien sich um das Lager zu ziehen. Hin und wieder bewegten sich die glühenden Punkte, verschwanden, um einen Augenblick später wieder aufzutauchen.

Die Ruhelosigkeit der Hunde hatte zugenommen, sie rannten in einem Anfall plötzlicher Angst nach der Innenseite des Feuers und drängten sich an die Männer heran. Bei der wilden Flucht war einer dicht am Feuer zu Falle gekommen, und während der Geruch seines versengten Pelzes die Luft erfüllte, winselte er vor Schmerz und Angst. Unterdessen hatte sich der Kreis glühender Augen unruhig hin- und herbewegt und einen Augenblick sogar ein wenig zurückgezogen, aber wieder kehrten die leuchtenden Punkte an den früheren Platz zurück, als die Hunde ruhiger wurden.

»Heinrich, es ist ein großes Unglück, daß wir keine Patronen mehr haben.«

Bill hatte seine Pfeife ausgeraucht und half dem Gefährten, auf die Tannenzweige, die sie noch vor dem Abendessen auf den Schnee gelegt hatten, die wollenen Decken und Pelze zum Nachtlager auszubreiten. Heinrich brummte zustimmend und machte sich daran, seine Mokassins aufzuschnallen.

»Wie viele Patronen haben wir noch, sagtest du?« fragte er.

»Drei«, war die Antwort. »Ich wünschte, es wären dreihundert. Dann wollte ich ihnen schon was zeigen, den verdammten Bestien.«

Bill schüttelte ärgerlich die Faust nach den glühenden Augen hin und fing ebenfalls an, sich die Mokassins auszuziehen, die er am Feuer aufstellte.

»Ich wünschte, diese Kälte möchte mal endlich nachlassen«, fuhr er fort. »Wir haben nun schon vierzehn Tage lang fünfzig Grad gehabt, und ich wollte, ich hätte mich nie auf diese Fahrt begeben, Heinrich. Mir gefällt sie nicht! Mir ist nicht wohl dabei, und wenn ich einmal beim Wünschen bin, so möcht' ich, die Fahrt wäre erst vorbei, und du und ich, wir säßen am Feuer in Fort Mc. Gurry so um diese Zeit des Tages, und spielten Karten. Ja, das möcht' ich!«

Heinrich brummte und kroch ins Bett. Beim Einduseln weckte ihn die Stimme des Gefährten.

»Hör mal, Heinrich – den andern, der dazukam und den Fisch bekam –, warum bissen den die Hunde nicht weg? Das beunruhigt mich.«

»Du plagst dich zu sehr, Bill«, kam schläfrig die Antwort. »Du warst doch vorher nie so. Nun hör ,mal auf und schlafe, dann bist du morgen wieder frisch und munter. Du hast dir den Magen verdorben, und das quält dich!«

Die Männer schliefen unter derselben Decke schwer atmend nebeneinander. Das Feuer brannte herunter und der Kreis glühender Augen zog sich immer enger um das Lager. Die Hunde drängten sich angstvoll aneinander und knurrten jedesmal drohend, wenn ein Augenpaar näher herankam. Einmal wurde der Lärm so toll, daß Bill erwachte. Er kroch vorsichtig aus dem Bett, um den Schlaf seines Kameraden nicht zu stören, und warf mehr Holz auf das Feuer. Als es aufflammte, zog sich der Augenkreis weiter zurück. Zufällig blickte er nach den sich zusammendrängenden Hunden hinüber, rieb sich die Augen und blickte schärfer hin. Darauf kroch er unter die Decken zurück.

»Du, Heinrich«, sagte er, »hör doch mal, Heinrich!«

Dieser, aus dem Schlafe erwachend, brummte: »Was ist denn los?«

»Nichts«, war die Antwort. »Nur daß es jetzt wieder sieben sind. Ich hab' sie eben gezählt.«

Heinrich beantwortete die Kunde mit einem Brummen, das in ein Schnarchen überging, als der Schlaf ihn übermannte. – Am Morgen erwachte Heinrich zuerst und trieb den Gefährten zum Aufstehen an. Der Tag brach erst drei Stunden später an, obgleich es schon sechs Uhr war, und so ging Heinrich in der Dunkelheit umher und kochte das Frühstück, während Bill die Decken zusammenrollte und den Schlitten zur Abfahrt bereit machte.

»Hör mal, Heinrich«, fragte er plötzlich, »wie viel Hunde sagtest du, daß wir hätten?«

»Sechs.«

»Falsch!« verkündete Bill triumphierend.

»Wieder sieben?« fragte Heinrich.

»Nein, aber fünf, denn einer ist weg.«

»Höll und Teufel!« rief Heinrich wütend, ließ das Frühstück stehen und kam, um die Hunde zu zählen.

»Du hast recht«, erwiderte er. »Fett ist fort.«

»Und wie ein geölter Blitz ging es mit ihm, als er erst los war. Nichts war mehr von ihm zu sehen.«

»Wie sollte es auch?« erwiderte Heinrich. »Sie verschlangen ihn gewiß gleich lebendig. Ich wette, er bellte noch, als sie ihn hinunterschluckten, die verdammten Bestien.«

»Er war immer ein bißchen dämlich«, meinte Bill.

»Aber kein dummer Hund sollte so dämlich sein, daß er hinliefe, um Selbstmord zu begehen.« Dabei ließ Heinrich den Blick prüfend über die übrigen Hunde gleiten, als wollte er sich die Charakterzüge jedes Einzelnen vergegenwärtigen.

»Ich wette, das würde keiner von den andern tun.«

»Die könnte man nicht mal mit 'nem Knüppel vom Feuer jagen«, stimmte Bill bei. »Ich dachte immer, daß es mit Fett nicht ganz richtig wäre.«

Und dies war die Grabrede auf einen toten Hund bei einer Nordlandfahrt – nicht dürftiger als die manches anderen Hundes und manches Mannes.

2. Kapitel. Die Wölfin

Als das Frühstück verzehrt und die wenigen Lagergerätschaften auf den Schlitten gepackt waren, drehten die Männer dem hellen Feuer den Rücken und verschwanden in der Dunkelheit. Sogleich begann wieder das fürchterlich traurige Geheul, das auf verschiedenen Seiten wie antwortend durch Kälte und Dunkelheit tönte. Der Männer Gespräch verstummte. Um neun ward es Tag. – Mittags erglänzte der Himmel im Süden in rosigem Lichte, aber die Rosenfarbe verblaßte schnell. Das graue Tageslicht, das zurückblieb, dauerte bis drei Uhr, wo es ebenfalls erblich, und nun breitete die Polarnacht ihr dunkles Leichentuch über die einsame, schweigende Welt.

Als die Dunkelheit hereinbrach, erklang das Geheul rechts, links und im Rücken näher, ja, mehr als einmal so nahe, daß die müden Hunde vor Angst zitterten und in der Aufregung durcheinander gerieten.

Nach einem solchen kurzen Aufenthalt, als Bill und Heinrich das Gespann wieder in Ordnung gebracht hatten, sagte jener: »Ich wünschte, sie möchten ein anderes Wild irgendwo aufspüren und uns in Ruhe lassen.«

»Sie fallen einem wirklich gräßlich auf die Nerven«, stimmte Heinrich bei. Weiter sagten sie nichts, bis das Nachtlager aufgeschlagen wurde.

Heinrich beugte sich über den Topf, in dem die Bohnen brodelten, und in den er kleine Stückchen Eis hineintat, als ein lauter Schlag und ein Ausruf von Bill sowie das scharfe Knurren und das Wehgeschrei eines Hundes ihn zusammenfahren ließ. Er richtete sich auf und sah noch, wie eine dunkle Gestalt über den Schnee lief und in der Finsternis verschwand. Dann erblickte er Bill, halb triumphierend, halb niedergeschlagen, unter den Hunden, wie er in der einen

Hand einen dicken Knüttel, in der andern das Schwanzende eines gedörrten Lachses hielt.

»Die Hälfte hat die Bestie doch gekriegt«, verkündete er, »aber ich gab ihr dafür auch einen tüchtigen Klapps. Hörtest du sie schreien?«

»Wie sah sie denn aus?« fragte Heinrich.

»Sehen konnte ich nicht. Aber sie hatte vier Beine und ein Maul und Haare und sah wie ein Hund aus.«

»Es muß ein zahmer Wolf gewesen sein, glaub' ich.«

»Verdammt zahm, was es auch ist, wenn es so zur Fütterung kommt und sein Stück Fisch holt.«

Als das Abendbrot vorüber war und die beiden Männer auf dem länglichen Kasten saßen und ihre Pfeife schmauchten, zog sich der Kreis glühender Augen wieder dichter zusammen.

»Ich wünschte, sie möchten auf ein Rudel Elche oder was Ähnliches stoßen und uns zufrieden lassen«, sagte Bill.

Heinrich brummte etwas, was nicht wie eine Zustimmung klang, und eine Viertelstunde saßen sie schweigend da, wobei Heinrich ins Feuer und Bill auf den Augenkreis starrte, der in der Dunkelheit dicht hinter dem Feuer flimmerte.

»Ich wünschte, wir könnten von hier in einer Tour nach Mc. Gurry fahren«, begann Bill wieder.

»So hör endlich einmal mit deinem Gewünsch und Gekrächz auf«, brach Heinrich ärgerlich los. »Ich sag' dir, du hast dir den Magen verdorben. Schluck eine gute Dosis Natron runter, dann wird dir besser und deine Gesellschaft angenehmer werden.«

Am folgenden Morgen wurde Heinrich durch gräßliche Flüche aus Bills Munde geweckt. Er stützte sich auf den Ellenbogen und sah den Gefährten neben dem flackernden Feuer mitten unter den Hunden mit wutverzerrtem Gesicht und scheltend erhobenen Armen stehen.

»Hallo!« rief Heinrich. »Was ist denn los?«

»Frosch ist weg!« war die Antwort.

»Nein!«

»Ich sage ja!«

Heinrich sprang aus den Decken und lief auf die Hunde zu. Er zählte sie und stimmte dann in die Verwünschungen ein, womit sein Kamerad den Mächten der Wildnis fluchte, die ihnen abermals einen Hund geraubt hatten.

»Frosch war der stärkste von allen«, bemerkte Bill zuletzt.

»Und er war auch nicht dämlich«, fügte Heinrich hinzu, und das war innerhalb zwei Tagen die zweite Grabrede.

Das Frühstück wurde in düsterer Stimmung eingenommen und die vier noch übrigen Hunde vor den Schlitten gespannt. Der Tag war eine Wiederholung der vorhergegangenen. Die Männer wanderten stumm über die gefrorene Erde, und das Schweigen wurde nur durch das Geheul ihrer Verfolger unterbrochen, die ihnen unsichtbar folgten. Mit dem Einbruch der Dunkelheit am frühen Nachmittag klang das Geheul wieder näher, wie die Verfolger ihrer Gewohnheit gemäß näher kamen; die Hunde wurden aufgeregt und furchtsam und verwickelten sich in ihrer Angst in den Strängen, was die beiden Männer noch mehr entmutigte.

»So, das wird die dummen Dinger doch wohl festhalten«, sagte Bill am Abend voller Befriedigung, als er sich von seiner Arbeit aufrichtete.

Heinrich ließ den Kochtopf stehen und kam, um zu sehen, was der andere gemacht hatte. Bill hatte nicht nur die Hunde angebunden, sondern dies nach der Art der Indianer mit Stöcken getan. Um den Hals eines jeden Hundes hatte er einen ledernen Riemen so dicht befestigt, daß der Hund ihn mit den Zähnen nicht fassen konnte, und an diesen Riemen hatte er einen vier oder fünf Fuß langen Stock gebunden, und das andere Ende des Stockes mit einem zweiten Lederriemen an einem Pfahl im Boden festgemacht. So konnte der Hund wegen des Stockes weder an den einen noch an den anderen

Lederriemen gelangen, um ihn zu durchnagen. – Heinrich nickte zufrieden mit dem Kopfe.

»Es ist das einzige Mittel, um Einohr festzubinden«, sagte er. »Denn der beißt durch das Leder so glatt, als wenn es mit 'nem Messer durchschnitten wäre, nur daß es ein bißchen länger dauert. – Morgen werden sie alle am Platze sein.«

»Darauf kannst du eine Wette eingehen«, bekräftigte Bill. »Wenn morgen einer fehlt, so will ich keinen Kaffee haben.«

»Die wissen ganz genau, daß wir kein Pulver und kein Blei mehr haben«, bemerkte Heinrich beim Schlafengehen, indem er auf den Kreis glühender Punkte deutete. »Wenn wir ihnen nur eins auf den Pelz brennen könnten, so würden sie mehr Respekt haben. Sie kommen jede Nacht näher heran. Sieh eine Weile nicht ins Feuer, sondern scharf darauf hin. Sahst du den da?«

Die Männer amüsierten sich eine Zeitlang damit, die Bewegungen der undeutlichen Gestalten am Rande des Feuerscheins zu beobachten. Wenn sie die Augen fest auf ein im Dunkel leuchtendes Augenpaar hefteten, so fing die Gestalt des Tieres an, allmählich Form anzunehmen, und sie konnten dann und wann die Formen sich bewegen sehen.

Ein Lärm unter den Hunden zog die Aufmerksamkeit der Männer an. Einohr ließ ein flehendes Gewinsel hören, strebte am Ende seines Stockes ins Dunkel hinein und ließ nur davon ab, um von Zeit zu Zeit mit den Zähnen wahnsinnige Angriffe auf den Stock zu machen.

»Sieh doch mal, Bill«, flüsterte Heinrich.

Im vollen Feuerschein schlich von der Seite verstohlen ein Tier herbei, das einem Hunde auffallend ähnlich sah. Es bewegte sich mit einer Mischung von Argwohn und Kühnheit, beobachtete vorsichtig die Männer, heftete aber seine volle Aufmerksamkeit auf die Hunde. Einohr strebte am äußersten Ende des Stockes nach dem Eindringling hin und winselte kläglich.

»Der Narr, der Einohr, scheint sich nicht sehr zu fürchten«, sagte Bill leise.

»Es ist eine Wölfin«, flüsterte Heinrich zurück, »und das erklärt die Flucht des Dicken und des Frosch. Sie ist der Köder für das Rudel. Sie lockt die Hunde heraus, und dann stürzen sie alle drauf und fressen sie auf.«

Das Feuer knisterte. Ein Stück Holz fiel mit lautem Geprassel heraus. Bei dem Geräusch sprang das fremde Tier ins Dunkel zurück.

»Heinrich, ich glaube –« fing Bill an.

»Was denn?«

»Ich glaube, das war die Bestie, der ich eins mit dem Knüttel versetzte.«

»Ohne Zweifel«, war Heinrichs Antwort.

»Und hier möchte ich mir die Bemerkung erlauben«, fuhr Bill fort, »daß die Vertrautheit des Tieres mit Lagerfeuern verdächtig und unanständig ist.«

»Es weiß ganz sicher davon mehr, als ein anständiger Wolf wissen sollte«, gab Heinrich zu. »Ein Wolf, der so viel weiß, daß er mit den Hunden zur Fütterung kommt, hat Erfahrungen gehabt.«

»Der alte Villan hatte mal einen Hund, der mit den Wölfen auf und davon lief«, fuhr Bill nachdenklich fort. »Ich muß es wissen, denn ich schoß ihn da drüben im Rudel am »Kleinen Stock« auf einer Elchweide, und der alte Villan weinte wie ein Kind. Er sagte, er hätte ihn drei Jahre lang nicht gesehen. Die ganze Zeit war der bei den Wölfen gewesen.«

»Ich glaube, du hast den Nagel auf den Kopf getroffen. Der Wolf ist eigentlich ein Hund und hat manch liebes Stück Fisch aus der Hand eines Menschen gefressen.«

»Wenn ich könnte, wie ich wollte, so sollte der Wolf, der eigentlich ein Hund ist, am längsten gelebt haben«, erklärte Bill. »Wir können nicht noch mehr Hunde verlieren.«

»Aber du hast nur drei Patronen«, warf Heinrich ein.

»Ich will auch auf einen ganz sicheren Schuß warten«, war die Antwort.

Am Morgen schürte Heinrich das Feuer und kochte das Frühstück, während sein Kamerad noch schnarchte.

»Ich konnt's nicht übers Herz bringen, dich zu wecken«, sagte Heinrich, als er ihn darauf zum Frühstück rief. »Du schliefst so schön.«

Bill fing schlaftrunken an zu essen. Er bemerkte, daß seine Tasse leer war, und streckte die Hand nach dem Kaffeetopf aus. Aber der Topf stand neben Heinrich und war zu weit entfernt.

»Hör mal, Heinrich«, sagte er vorwurfsvoll, »hast du nicht was vergessen?«

Heinrich blickte sich um und schüttelte den Kopf. Bill hielt ihm die leere Tasse hin.

»Du kriegst keinen Kaffee«, verkündete Heinrich.

»Ist er alle geworden?« fragte Bill besorgt.

»Das hoffe ich nicht.«

»Denkst du, ich werde mir den Magen dran verderben?«

»Ich hoffe auch das nicht.«

Die Röte des Ärgers stieg in Bills Gesicht empor. »Dann möchte ich allerhöflichst bitten, daß du dich erklärst«, sagte er.

»Treiber ist weg«, antwortete Heinrich.

Ohne Hast und mit der Miene eines Menschen, der sich in sein Geschick ergibt, drehte Bill den Kopf herum und zählte von seinem Platze aus die Hunde.

»Wie ist das geschehen?« fragte er ruhig.

Heinrich zuckte die Achseln. »Weiß nicht. Wahrscheinlich hat Einohr ihn losgemacht. Selber hätt' er's nicht tun können, das ist sicher.«

»Der verfluchte Spitzbub!« Bill sprach ernst und langsam ohne ein Zeichen des Ärgers, der in ihm tobte. »Weil er sich nicht selbst losbeißen konnte, mußte er's mit Treiber tun.«

»Na, Treibers Müh und Arbeit ist jedenfalls vorbei. Wahrscheinlich ist er um diese Zeit schon verdaut und galoppiert im Bauche von zwanzig Wölfen im Lande umher«, war Heinrichs Grabrede auf diesen letzten verlorenen Hund. »Trink einen Schluck Kaffee, Bill.«

Aber Bill schüttelte den Kopf.

»So sei doch nicht närrisch«, nötigte Heinrich und hob den Topf in die Höhe.

Doch Bill schob die Tasse zur Seite. »Ich ließe mich eher hängen, als daß ich's täte. Ich habe gesagt, ich wollte keinen Kaffee, wenn ein Hund fehlte, und ich will auch keinen.«

»Der Kaffee ist aber verdammt gut«, meinte Heinrich.

Aber Bill war eigensinnig und aß sein Frühstück trocken, indem er es nur mit den gemurmelten Flüchen über den Streich, den Einohr ihm gespielt hatte, hinunterspülte.

»Heut' abend bind' ich sie aber weit voneinander an«, sagte Bill, als die Wanderung begann.

Sie waren wenig mehr als hundert Meter gegangen, als Heinrich, welcher der Vordermann war, sich bückte und etwas aufhob, an das er mit dem Schneeschuh gestoßen hatte. Es war so dunkel, daß er es nicht sehen konnte, aber er erkannte es am Gefühl. Er warf es rückwärts, wo es an dem Schlitten aufsprang und bis zu Bills Schneeschuhen hüpfte.

»Vielleicht kannst du's noch brauchen«, sagte Heinrich.

Bill ließ einen Ausruf hören. Es war alles, was von Treiber übrig war, – der Stock, womit er angebunden gewesen war.

»Sie haben ihn mit Haut und Haar aufgefressen«, verkündete Bill. »Der Stock ist so kahl, wie 'ne Pfeife. Sogar die Lederriemen an beiden Enden sind weg. Sie müssen verdammt hungrig sein; und ich sehe schon, sie werden uns auch noch kriegen, bevor die Fahrt vorbei ist.«

Heinrich lachte trotzig. »Ich bin zwar von Wölfen noch nie so sehr verfolgt worden, aber ich hab' Schlimmeres im Leben durchgemacht. Es braucht mehr als so 'ne Handvoll vertrackter Bestien, um dir und mir den Garaus zu machen, Bill, mein Sohn.«

»Das weiß ich doch nicht«, meinte Bill voll böser Ahnung.

»Schön, du wirst es wissen, wenn wir nach Mc Gurry kommen.«

»Ich glaube nicht recht daran«, beharrte Bill.

»Dein Magen ist nicht in Ordnung, und das quält dich«, belehrte Heinrich. »Dir fehlt eine tüchtige Dosis Chinin, und die werd' ich dir verabfolgen, wenn wir nach Mc Gurry kommen.«

Bill brummte unwirsch zu dieser Diagnose und versank in sein früheres Schweigen. Der Tag verging wie die andern alle. Um neun Uhr wurde es hell, und um zwölf erwärmte die unsichtbare Sonne den südlichen Horizont, worauf das kalte Grau des Nachmittags einsetzte, das drei Stunden später in dunkle Nacht versank.

Gerade als die Sonne die machtlose Anstrengung zu scheinen machte, zog Bill die Büchse unter den Stricken des Schlittens heraus und sagte: »Geh nur ruhig weiter, Heinrich, ich will sehen, was ich tun kann.«

»Du tätest besser, beim Schlitten zu bleiben«, ermahnte ihn der Gefährte. »Du hast nur drei Patronen, und man weiß nie, was noch kommen kann.«

»Wer unkt nun?« versetzte Bill triumphierend.

Heinrich gab keine Antwort und wanderte allein weiter, indem er oft ängstliche Blicke in die graue Einöde warf, worin der Gefährte verschwunden war. Eine Stunde später traf er auf Bill, der die Biegungen, die der Schlitten machen mußte, abgeschnitten hatte.

»Sie sind über eine weite Fläche verstreut«, meldete er. »Sie folgen uns und schauen zugleich nach Raub aus. Du siehst, sie haben uns sicher, nur daß sie wissen, sie müssen auf uns warten. Mittlerweile suchen sie alles Eßbare auf, was ihnen in den Weg kommt.«

»Du meinst doch wohl nur, sie glauben uns sicher zu haben«, warf Heinrich ein.

Aber Bill hörte nicht auf ihn. »Ich habe einige gesehen. Sie sind fürchterlich mager. Seit Wochen, glaube ich, haben sie keinen Bissen gehabt außer Fett, Frosch und Treiber, und es sind ihrer so viele, daß das nicht weit gereicht hat. Ja, furchtbar mager sind sie. Die Rippen sehen wie ein Waschbrett aus, und der Bauch ist dicht unter dem Rückgrat. Sie sind verzweifelt, kann ich dir sagen, und werden noch toll werden, dann paß aber auf.«

Ein paar Minuten später ließ Heinrich, der nun hinter dem Schlitten ging, ein leises, warnendes Pfeifen hören. Bill wandte sich um und schaute, dann hielt er ruhig die Hunde an. Hinter ihnen trabte um die letzte Biegung des Weges und deutlich sichtbar auf der Bahn, die sie eben zurückgelegt hatten, schleichend eine Gestalt in dickem Pelze. Die Nase hielt das Tier dicht am Boden, und trabte mit eigentümlich leichten, gleitenden Schritten. Als die Männer stehen blieben, blieb es auch stehen, hob den Kopf, schaute sie fest an und sog durch die Nasenlöcher zuckend die Witterung ein.

»Das ist die Wölfin«, sagte Bill.

Die Hunde hatten sich im Schnee niedergelegt, und er ging an ihnen vorüber zu dem Gefährten. Zusammen betrachteten sie das seltsame Tier, das sie seit Tagen verfolgt und sie das halbe Gespann gekostet hatte.

Vorsichtig machte das Tier immer ein paar Schritte vorwärts, bis es auf etwa hundert Meter herangekommen war. Dann stand es mit erhobenem Kopfe neben einer Tannengruppe still und studierte mit Auge und Nase die beobachtenden Männer. Es blickte dieselben in seltsam gespannter Weise an wie ein Hund, aber ohne die Zuneigung eines solchen, vielmehr lag in dem Blick die Gier des Hungers, grausam wie seine Zähne und unbarmherzig wie die Kälte. Es war für einen Wolf groß, seine hagere Gestalt zeigte die Umrisse eines Tieres, das zu den größten seiner Art zählte. »Es hat eine Schulterhöhe von gut zwei und einem halben Fuß«, bemerkte Heinrich, »und ich wette, es ist nicht weniger als fünf Fuß lang.«

»Und was für eine sonderbare Farbe für einen Wolf!« versetzte Bill. »Noch nie hab' ich einen roten Wolf gesehen, und dieser sieht ganz zimmetfarben aus.«

Nun war wohl das Tier nicht zimmetfarben, denn die vorherrschende Farbe seines Felles war die des echten Wolfes, nämlich grau, dennoch lag darüber ein rötlicher Schimmer, der kam und ging und mehr einer Augentäuschung glich, denn bald sah dasselbe grau, entschieden grau aus, bald zeigte es jene seltsame Färbung, für die es keine rechte Bezeichnung gab.

»Es sieht wie ein großer Schlittenhund aus«, sagte Bill. »Ich würd' mich gar nicht wundern, wenn es mit dem Schwanz wedelte. – Holla, du Hund«, rief er ihm zu. »Komm mal her, wie du auch heißen magst.«

»Es hat nicht ein bißchen Angst vor dir«, lachte Heinrich.

Bill drohte ihm mit der Hand und rief ihm laut zu, aber das Tier verriet keine Furcht. Die einzige Veränderung, die an ihm zu bemerken war, war eine erhöhte Spannung. Es betrachtete die Männer mit der mitleidslosen Gier des Hungers. Sie waren Fleisch, und da es hungrig war, wäre es, wenn es das gewagt hätte, gern vorwärts gegangen und hätte sie gefressen.

»Hör mal, Heinrich«, sagte Bill, indem er unwillkürlich die Stimme senkte, »wir haben zwar nur noch drei Patronen, aber es ist ein sicherer Schuß. Ich könnte nicht fehlen. Es hat uns drei Hunde entführt, und dem sollte Einhalt getan werden. Was sagst du?«

Heinrich nickte zustimmend. Bill zog vorsichtig die Flinte heraus und hob sie empor. Allein bevor er sie bis zur Schulter brachte, sprang die Wölfin zur Seite und verschwand unter den Tannen.

»Das hätt' ich wissen können«, schalt Bill laut, als er die Flinte an ihren Platz zurücklegte. »Natürlich versteht ein Wolf, der zu den Hunden zur Fütterung kommt, auch was von Feuerwaffen. – Ich sag' dir's jetzt gerade heraus, Heinrich, die Bestie ist an all unserm Unglück schuld. Wir hätten noch sechs statt der drei Hunde, wenn die nicht gewesen wäre. Die ist aber zu schlau, um offen geschossen zu werden, also werd' ich mich in den Hinterhalt legen, und da werd' ich ihr eins auf den Pelz brennen, so wahr ich Bill heiße.«

»Du mußt dich nur nicht zu weit entfernen«, warnte der Gefährte. »Wenn das Rudel dich angreift, so helfen drei Patronen ebensowenig wie drei Hilferufe in der Hölle. Die Tiere sind verdammt hungrig, und haben sie dich erst einmal umringt, dann bist du sicher verloren.«

Sie schlugen an jenem Abend das Lager frühzeitig auf. Drei Hunde konnten den Schlitten nicht mehr so schnell und so lange ziehen, als es sechs getan hatten, und sie zeigten deutlich, daß sie ermüdet waren. Auch die Männer gingen früh schlafen, nachdem Bill sich noch vorher überzeugt hatte, daß die Hunde so weit voneinander angebunden wären, daß sie sich nicht gegenseitig losbeißen könnten.

Allein die Wölfe waren dreister geworden, und mehr als einmal wurden die Männer aus dem Schlafe geweckt, wenn jene so nahe kamen, daß die Hunde vor Angst und Schreck wild wurden. Dann war es notwendig, mehr Holz auf das Feuer zu werfen, um die frechen Angreifer in sicherer Entfernung zu halten.

»Ich hab' die Matrosen von Haifischen erzählen hören, die ein Schiff verfolgten«, bemerkte Bill, als er, nachdem er das Feuer geschürt hatte, wieder unter die Decke kroch. »Diese Wölfe sind aber wie Haifische auf dem Lande. Sie verstehen ihr Geschäft besser als wir und folgen unserer Spur nicht zum Vergnügen. Sie kriegen uns; sie kriegen uns ganz sicher, Heinrich.«

»Sie haben dich schon halb und halb, wenn du so redest«, versetzte Heinrich ärgerlich. »Man ist schon halb besiegt, wenn man es eingesteht, und du bist halb gefressen, wenn du noch weiter so schwatzest.«

»Sie haben bessere Leute als dich und mich gekriegt«, antwortete Bill.

»Ach, hör auf mit deinem Unken! Das bekommt einer auf die Dauer satt.«

Heinrich drehte sich verdrießlich auf die Seite, wunderte sich jedoch, daß Bill nicht böse wurde. Das sah ihm nicht ähnlich, denn ein scharfes Wort kränkte ihn leicht. Heinrich dachte noch lange vor dem Einschlafen darüber nach, und sein letzter Gedanke war: ›Es läßt sich nicht leugnen, Bill ist fürchterlich trübselig gestimmt. Ich werd' ihn morgen ein bißchen aufheitern müssen.‹

3. Kapitel. Heulender Hunger

Der Tag begann günstig. Kein Hund war in der Nacht verschwunden, und in besserer Stimmung begaben sich die Männer auf die Fahrt durch das Schweigen, die Dunkelheit und die Kälte. Bill schien die trüben Ahnungen der letzten Nacht vergessen zu haben und scherzte und spaßte sogar mit den Hunden, die um die Mittagszeit den Schlitten an einer schlechten Wegstelle umgeworfen hatten.

Die Verwirrung war fürchterlich. Der Schlitten war zwischen einem Baumstamm und einem ungeheuren Felsblock eingeklemmt und noch dazu um und umgekehrt. Die Männer waren gezwungen, die Hunde auszuspannen, und als sie sich über den Schlitten beugten, um ihn aufzurichten, bemerkte Heinrich, daß Einohr zur Seite schlich.

»Hierher, Einohr!« rief er ihm zu, indem er sich aufrichtete und nach dem Hund umwandte. Aber Einohr begann über den Schnee zu laufen, indem er die Stricke hinter sich herschleppte, denn auf der zurückgelegten Bahn stand die Wölfin und wartete auf ihn. Als er näher kam, wurde er plötzlich vorsichtig. Anstatt zu laufen, machte er kurze, zierliche Schritte und blieb dann stehen. Er betrachtete sie aufmerksam und mißtrauisch, doch voller Verlangen. Sie schien ihm zuzulächeln, indem sie ihm die Zähne in mehr schmeichelnder als drohender Weise zeigte. Sie machte spielend ein paar Schritte auf ihn zu und blieb dann stehen. Einohr ging näher, immer noch auf der Hut, mit gespitzten Ohren, erhobenem Schwanz und den Kopf hoch in der Luft. Er machte den Versuch, sie zu beschnuppern, aber sie sprang scheu wie spielend rückwärts, und jedesmal, wenn er sich näherte, wich sie zurück und lockte ihn so Schritt für Schritt aus der Sicherheit der menschlichen Gefährten. Einmal, als ob eine unbestimmte Warnung ihm durch den Kopf geschossen wäre, blickte er sich nach dem umgeworfenen Schlitten, den Gefährten und den beiden Männern um, die ihm fortwährend zuriefen. Allein was auch immer in seinem Geiste vorgehen mochte, es wurde durch die Wölfin zerstreut, die auf ihn zukam, ihn einen Augenblick beschnüffelte und dann wieder scheu vor ihm zurückwich, als er sich von neuem ihr näherte.

Mittlerweile hatte sich Bill der Büchse erinnert, die eingeklemmt unter dem umgeworfenen Schlitten lag, doch bis Heinrich ihm geholfen hatte, denselben aufzurichten, standen Einohr und die Wölfin dicht beisammen, und die Entfernung war für einen Schuß zu groß.

Zu spät erst sah Einohr seinen Fehler ein. Bevor die Männer sehen konnten, was vorging, hatte er sich umgedreht und begann auf sie zuzulaufen. Plötzlich sahen sie, wie ein Dutzend hagere, graue Wölfe über den Schnee springend sich im rechten Winkel der Bahn näherten und ihm den Rückzug abschnitten. Augenblicklich verschwand die Scheu und die spielerische Laune der Wölfin. Wild knurrend sprang sie auf Einohr los. Er parierte den Angriff mit der Schulter und versuchte, da ihm der gerade Rückweg zum Schlitten abgeschnitten war, im Bogen dahin zu gelangen. Allein immer mehr Wölfe erschienen und nahmen die Verfolgung auf, während die Wölfin nur wenige Schritte hinter ihm herlief.

»Wo willst du hin?« fragte Heinrich plötzlich und legte die Hand auf den Arm des Gefährten. Bill riß sich los. »Ich kann das nicht länger mit ansehen«, sagte er. »Sie sollen keinen von den Hunden mehr haben, wenn ich's verhindern kann.«

Mit der Flinte in der Hand sprang er in das Gebüsch neben der Bahn. Seine Absicht war klar genug. Er wollte den Bogen, den Einohr beschrieb, noch vor dessen Verfolgern berühren, und er hoffte, mit der Büchse in der Hand und im hellen Licht des Tages würde es ihm möglich sein, den Wölfen Furcht einzujagen und den Hund zu retten.

»Höre, Bill«, rief ihm Heinrich nach, »sei vorsichtig. Wage dich nicht zu weit vor!«

Heinrich setzte sich auf den Schlitten und wartete, für ihn war weiter nichts zu tun. Bill war ihm gänzlich aus dem Gesicht verschwunden, aber er konnte Einohr sehen, wie er hin und wieder im Gebüsch oder hinter den Tannen verschwand und wieder zum Vorschein kam. Heinrich hielt das Schicksal des Hundes für hoffnungslos und dieser schien sich seiner Gefahr vollkommen bewußt zu sein, denn er rannte in dem weiteren Bogen, während das Rudel Wölfe den innern und kleineren Kreis beschrieb. Es war eine vergebliche Hoffnung, daß Einohr über die Verfolger einen so großen Vorsprung gewinnen würde, daß er an ihnen vorbei und quer zum Schlitten gelangen konnte. Rasch näherten sich die verschiedenen Linien dem verhängnisvollen Punkte. Draußen im Schnee, von Bäumen und Gebüsch verdeckt, das wußte Heinrich, waren die Wölfe mit Einohr und Bill zusammengekommen. Nur zu schnell, viel schneller als er es erwartet hatte, war es geschehen. Er hörte einen Schuß, dann noch zwei in rascher Aufeinanderfolge und wußte, daß Bills Munition verbraucht wäre. Dann erhob sich ein fürchterlicher Lärm, ein wütendes Knurren und Kläffen. Er erkannte Einohrs gellenden Todesschrei, er hörte das Wehgeschrei eines sterbenden Wolfs, dann war alles aus. Das wütende Geknurr hörte auf, das wilde Gekläff erstarb und tiefes Schweigen senkte sich über das einsame Land.

Der Mann blieb noch eine Zeitlang auf dem Schlitten sitzen. Er brauchte nicht hinzugehen, um zu sehen, was sich zugetragen hatte; er wußte es als wäre es vor seinen Augen geschehen. Einmal fuhr er auf und griff hastig nach der Axt, die auf dem Schlitten festgebunden war. Aber er setzte sich wieder und brütete weiter, während die beiden noch übrigen Hunde sich zitternd an ihn schmiegten.

Endlich erhob er sich müde, wie wenn alle Widerstandskraft aus seinem Körper gewichen wäre, und schickte sich an, die Hunde vor den Schlitten zu spannen. Er schlang einen Strick um die Schulter und zog mit den Hunden gemeinsam. Er wanderte nicht weit. Sobald die Dunkelheit hereinbrach, schlug er schnell das Lager auf und trug für einen reichlichen Holzvorrat Sorge. Er fütterte die Hunde, kochte das Abendessen und machte das Bett dicht neben dem Feuer zurecht.

Allein er sollte keine Ruhe finden. Bevor er die Augen schloß, waren die Wölfe für seine Sicherheit viel zu nahe gekommen. Man brauchte sich nicht mehr anzustrengen, um sie zu sehen. Sie waren alle in engem Kreise dicht um das Feuer, er konnte sie deutlich sehen. Einige lagen, andere saßen, noch andere krochen auf dem Bauche heran oder schlichen vor- und rückwärts, und einige schliefen sogar. Hier und da sah er einen, der wie ein Hund zusammengerollt im Schnee dalag und sich des Schlafes erfreute, der ihm versagt war.

Er unterhielt ein helles Feuer, denn er wußte, daß das das einzige Mittel sei, ihre gierigen Zähne von seinem Leibe fernzuhalten. Die beiden Hunde hielten sich dicht in seiner Nähe und schmiegten sich, wie um Schutz flehend, an ihn und knurrten wütend oder winselten erschrocken, wenn ein Wolf sich zu nahe heranwagte. In solchen Augenblicken pflegte der ganze Kreis lebendig zu werden. Die Wölfe sprangen dann auf und drängten vorwärts, während lautes Gekläff und wütendes Geknurr ringsum erscholl. Dann wieder legte sich der Lärm, und hier und da versank ein Wolf von neuem in Schlaf.

Doch immer enger ward der Kreis. Allmählich, Zoll für Zoll zog er sich zusammen, indem hier und da ein Wolf näher kroch, bis die Tiere nur noch auf Sprungweite entfernt waren. Dann pflegte wohl der Mann ein brennendes Holzscheit in die Hand zu nehmen und es unter das Rudel zu schleudern. Ein eiliger Rückzug erfolgte unter ärgerlichem Gekläff und Geknurr, wenn ein wohlgezielter Wurf ein zu dreistes Tier getroffen und versengt hatte.

Der Morgen fand den Mann müde, matt und schlaftrunken an. Er kochte im Dunkeln das Frühstück, und als der Tag um neun Uhr anbrach und das Rudel sich zurückzog, machte er sich an die Arbeit, die er in den langen Stunden der Nacht geplant hatte. Er hieb junge Tannenbäume um und machte daraus Stangen, der er hoch oben in den Kronen einiger Bäume zu einem festen Gerüste verschränkte. Dann zog er mit Hilfe der Hunde mit den Schlittenriemen, die er als Seil benutzte, den Sarg auf dieses Gerüst hinauf.

»Sie haben Bill gekriegt, und sie mögen auch mich bekommen, aber, junger Mann, dich sollen sie nicht haben«, sagte er zu der Leiche auf dem Baum.

Dann machte er sich auf den Weg, während der leichte Schlitten hinter den willigen Hunden rasch dahintanzte, denn auch sie wußten, daß ihre Sicherheit nur von ihrer Ankunft in Fort Mc. Gurry abhinge. Die Wölfe wurden in ihrer Verfolgung immer dreister, sie trabten lässig im Rücken und zu beiden Seiten hinterher, während die roten Zungen heraushingen und die Rippen in den mageren Körpern bei jeder Bewegung zu sehen waren. Sie waren wirklich nur noch Haut und Knochen und die Muskeln zu Bindfäden zusammengeschrumpft, so daß Heinrich sich im Stillen wunderte, wie sie noch auf den Beinen bleiben konnten, und sich fragte, ob sie nicht jeden Augenblick im Schnee zusammenbrechen würden.

Er wagte es nicht, bis zum Dunkelwerden zu wandern. Um Mittag erwärmte die Sonne nicht nur den südlichen Horizont, sondern sie zeigte sogar einen blassen, goldenen Streifen am Himmel. Er nahm dies als Zeichen, daß die Tage nun wieder länger würden und die Sonne wiederkehre. Allein kaum war ihr freundlicher Schein verschwunden, als er schon das Lager aufschlug. Es blieben ihm noch mehrere Stunden matten Tageslichtes und grauer Dämmerung, allein er benutzte dieselben, um einen großen Vorrat Brennholz zu schlagen.

Mit der Nacht kehrten die Schrecken wieder. Nicht nur wurden die hungrigen Wolfe dreister, sondern Heinrich litt auch unter der Schlaflosigkeit. Er entschlummerte unwillkürlich, wie er mit den Decken um die Schultern, dem Beil zwischen den Knien und die Hunde zu beiden Seiten neben dem Feuer hockte. Er erwachte einmal und erblickte vor sich, nicht zwölf Schritte entfernt, einen großen grauen Wolf, einen der größten des Rudels. Als er ihn erblickte, reckte sich das Tier bedächtig wie ein Hund und gähnte ihm ins Gesicht, indem er ihn mit einem Ausdruck anschaute, als sei er nur eine hinausgeschobene Mahlzeit, die bald verzehrt werden würde, und diese Sicherheit zeigte auch das ganze Rudel. Er zählte noch zwanzig Wölfe, die ihn alle hungrig anstarrten oder ruhig im Schnee liefen. Sie erinnerten ihn an Kinder, die um einen gedeckten Tisch herumstehen und nur auf die Erlaubnis zum Essen warten. Und er selber war diese Mahlzeit! Er wunderte sich nur, wie und wann dieselbe beginnen würde.

Wie er so Holz auf das Feuer warf, kam es ihm in den Sinn, daß er seinen Körper noch nie zuvor so bewundert hätte. Er betrachtete das Spiel der Muskeln, er bewunderte die sinnreiche Mechanik der Finger. Beim Schein des Feuers krümmte er dieselben langsam und wiederholt; bald jeden einzeln, bald alle zusammen spreizte er sie aus und machte damit schnelle Bewegungen des Greifens. Er besah genau die Nägel, betastete bald derb, bald sanft die Fingerspitzen, um das Gefühl in den Nerven zu prüfen. Das alles entzückte ihn, und er fing auf einmal an, diesen zu künstlich bereiteten Leib liebzugewinnen, der so schön, so glatt, so fein arbeitend ihm gehorchte. Dann warf er einen scheuen Blick auf die Wölfe, die erwartungsvoll im Kreise um ihn herumstanden, und mit einem Schlage fuhr es ihm durch den Sinn, daß dieser wunderbare Leib, dies lebendige Fleisch nichts weiter sei als eine von den hungrigen Tieren heißbegehrte Speise, die sie gierig mit den Zähnen zerfleischen würden, geradeso wie ein Elch, ein Kaninchen auch nur Speise für ihn gewesen wäre.

Einmal fuhr er aus dem Schlummer, der nur einem bösen Traume glich, empor und sah die rötliche Wölfin vor sich. Sie saß nur ein halb Dutzend Schritte von ihm entfernt im Schnee und blickte ihn unverwandt an. Die beiden Hunde ihm zu Füßen winselten und knurrten, aber sie kümmerte sich darum nicht. Sie blickte nur den Mann an, und auch er starrte sie eine Weile an. Es lag keine Drohung in ihrem Blick. Sie schaute ihn nur gleichsam sinnend an, aber er wußte, daß dieser Ausdruck nur eine Folge großen Hungers wäre. Er war Speise, und sein Anblick erzeugte in ihr die Begier des Appetits. Ihr Mund öffnete sich, der Speichel floß heraus und sie leckte sich das Maul im angenehmen Gefühl der Vorfreude.

Eine wilde Angst durchzuckte ihn. Er streckte die Hand nach einem brennenden Holzscheit aus, um es nach ihr zu werfen. Allein ehe seine Finger das Wurfgeschoß erfaßt hatten, sprang sie schnell zurück, und er wußte, daß sie es gewohnt gewesen war, mit Feuerbränden geworfen zu werden. Sie hatte beim Wegspringen geknurrt und dabei all ihre weißen Zähne bis zur Wurzel entblößt. Der sinnende Ausdruck war verschwunden und eine boshafte Gier an seine Stelle getreten, die ihm Schauder einflößte. Er blickte auf seine Hand, die noch das brennende Holzscheit hielt, und bemerkte, wie sich die Finger so zart und fein um die ungleiche Oberfläche legten, wie sie sich um das rauhe Holz krümmten, und wie der kleine, der dem brennenden Teil des Holzes zu nahe kam, feinfühlig von selber vor der sengenden Glut zurückfuhr und einen kühleren Platz aufsuchte, und im nämlichen Augenblick schaute der Mann wie in einem Gesichte, wie diese feinfühligen, zartbesaiteten Finger von den weißen Zähnen der Wölfin zermalmt wurden. Nein! nie zuvor hatte er seinen Leib so lieb gehabt als nun, da er denselben vielleicht nicht mehr lang sein eigen nennen würde.

Die ganze Nacht scheuchte er das hungrige Rudel mit Feuerbränden zurück. Wenn er unwillkürlich einschlummerte, so weckte ihn das Gewinsel und Geknurr der Hunde. Der Morgen kam, aber zum erstenmal verscheuchte das Licht des Tages die Wölfe nicht mehr. Der Mann wartete vergebens, daß sie sich zurückziehen sollten. Sie blieben im Kreise um ihn und um das Feuer und zeigten eine freche Sicherheit, die seinen durch das Morgenlicht erzeugten Mut erschütterte.

Er machte einen verzweifelten Versuch, sich auf den Weg zu machen, allein in dem Augenblick, als er den Schutz des Feuers verließ, sprang der kühnste Wolf auf ihn los, doch zu kurz. Der Mann rettete sich dadurch, daß er zurückwich, aber kaum sechs Zoll von seiner Hüfte klappten die Zähne des Tieres zusammen. Das übrige Rudel drang auf ihn ein, und nur durch Feuerbrände, die er rechts und links um sich warf, trieb er die Wölfe in eine respektvolle Entfernung zurück.

Selbst am hellen Tage wagte er es nicht, das Feuer zu verlassen, um Holz zu hauen. Etwa zwanzig Fuß entfernt erhob sich eine ungeheure vertrocknete Tanne. Er verbrachte die Hälfte des Tages damit, das Lagerfeuer nach dem Baume hinzuziehen, wobei er stets ein halbes Dutzend brennender Reisigbündel bereit hielt, um sie auf die Feinde zu schleudern. Als er den Baum erreicht hatte, studierte er den Wald in der Umgegend, um den Baum in der Richtung zu fällen, wo es das meiste Brennholz gab.

Die Nacht verlief wie die vorige, nur daß das Bedürfnis nach Schlaf überwältigend wurde. Das Knurren der Hunde verlor seine Wirksamkeit, denn sie knurrten jetzt fortwährend, und seine schlaftrunkenen, halb erstarrten Sinne nahmen es nicht mehr wahr, wenn der Ton lauter und dringender wurde. Einmal schreckte er empor; die Wölfin war kaum einen Meter von ihm entfernt. Mechanisch ergriff er einen Feuerbrand und schleuderte ihn ihr in den offenen Rachen. Sie sprang zurück und heulte gellend vor Schmerz, und während er über den Gestank des versengten Haares und Fleisches frohlockte, sah er, wie sie zornig knurrend mit dem Kopfe hin und her schlenkerte.

Darauf band er sich, bevor er wieder einschlummerte, einen brennenden Fichtenast an die rechte Hand. Nur auf wenige Augenblicke schloß er die Augen, dann erweckte ihn der Schmerz der Flamme an dem eigenen Fleische. An diesem Plane hielt er mehrere Stunden lang fest, und alles ging gut, bis er den Ast einmal nicht fest genug angebunden hatte. Als diesmal seine Augen sich geschlossen hatten, fiel ihm der Ast aus der Hand.

Er träumte, daß er in Fort Mc. Gurry wäre. Es war warm und gemütlich dort, und er spielte mit dem Agenten Karten. Dabei schien es ihm, als sei das Fort von Wölfen umzingelt. Sie heulten vor dem Tor, und manchmal hielt er oder der Agent im Spiel inne, um zu lauschen und über ihre fruchtlosen Versuche einzudringen, zu lachen. Plötzlich gab es einen Krach. Die Tür wurde seltsamerweise erbrochen, und er konnte sehen, wie die Wölfe in das große Wohnzimmer des Forts eindrangen. Der Lärm und das Geheul war fürchterlich geworden, und dieses Geheul störte ihn jetzt. Der Traum verwandelte sich, aber das Geheul blieb.

Plötzlich erwachte er vollständig und fand, daß der Lärm Wirklichkeit sei. Mit furchtbarem Geheul und Gekläff stürzten die Wölfe über ihn her. Die Zähne des einen hatten sich über seinem Arm geschlossen, und als er instinktiv ins Feuer sprang, fühlte er, wie die Zähne eines andern ihm ins Bein drangen. Und nun begann ein Kampf mit den Waffen des Feuers. Eine Zeitlang schützten die dicken Pelzhandschuhe ihm die Hände, und so warf er nach allen Richtungen glühende Kohlen in die Luft, bis das Lagerfeuer einem Vulkan glich.

Doch konnte das nicht lange dauern. Die Hitze versengte ihm das Gesicht, die Augenbrauen und Wimpern waren ihm verbrannt und an den Füßen wurde die Glut unerträglich.

Mit einem brennenden Ast in der Hand sprang er aus dem Feuer heraus, doch die Wölfe hatte er zurückgetrieben. Überall, wohin die glühenden Kohlen gefallen waren, zischte es im Schnee, und von Zeit zu Zeit verkündete ein knurrendes Gebrumm und ein wilder Satz, daß ein fliehender Wolf auf eine glühende Kohle getreten war.

Nachdem der Mann noch ein paar feurige Brände den letzten Feinden nachgeschickt hatte, warf er die rauchenden Pelzhandschuhe in den Schnee und stampfte umher, um sich die Füße abzukühlen. Die beiden letzten Hunde waren fort, und er wußte wohl, daß sie nur ein Gang bei dem lang ausgesponnenen Mahl gewesen waren, das mit dem Dicken begonnen hatte, und dessen letzter wahrscheinlich er selber sein würde.

»Ihr habt mich aber doch noch nicht!« schrie er und ballte die Faust gegen die hungrigen Bestien, und bei dem Ton seiner Stimme geriet das ganze Rudel in Aufregung. Das Knurren wurde allgemein, und die Wölfin schlich heran und betrachtete ihn gierig.

Er machte sich jetzt daran, eine Idee, die ihm gekommen war, auszuführen. Er dehnte das Feuer zu einem großen Kreise aus und ließ sich innerhalb desselben auf den Schlafdecken nieder, um sich gegen den schmelzenden Schnee zu schützen. Allein kaum war er hinter der Flammenmauer verschwunden, als das ganze Rudel neugierig näher kam, um zu sehen, was aus ihm geworden wäre. Bisher war ihnen die Nähe des Feuers verwehrt gewesen, nun ließen sie sich dicht um dasselbe nieder, und wie Hunde zwinkerten sie mit den Augen, gähnten und dehnten die mageren Glieder in der ungewohnten Wärme. Auf einmal setzte sich die Wölfin nieder, richtete die Nase zu den Sternen empor und begann zu heulen. Sogleich stimmte ein Wolf nach dem andern ein, bis das ganze Rudel mit himmelwärts gerichteten Nasen das Hungergeheul ertönen ließ.

Die Morgendämmerung kam und endlich das Tageslicht. Der Mann machte den Versuch, den Flammenkreis zu verlassen, aber die Wölfe stürzten über ihn her, und doch mußte er Brennholz holen, denn sein Vorrat war zu Ende und das Feuer heruntergebrannt. Zwar scheuchten die geschleuderten Feuerbrände die Wölfe zur Seite, doch nicht mehr völlig zurück, und als er es endlich aufgab und in den Flammenkreis zurücktaumelte sprang ein Wolf auf ihn los, doch zu kurz und fiel mit allen Vieren in die Kohlen. Das Tier schrie erschrocken auf, fletschte die Zähne und hinkte zurück, um die Pfoten im Schnee abzukühlen.

Der Mann kauerte auf den Decken nieder. Den Oberkörper vornübergelehnt, den Kopf zwischen den Knieen, schien er den Kampf aufgegeben zu haben, nur von Zeit zu Zeit hob er die Augen, um das Niedersinken des Feuers zu beobachten. Der Flammenkreis begann Lücken zu zeigen, die allmählich immer größer wurden.

»Vermutlich könnt ihr bald kommen, um mich zu holen«, murmelte er. »Auf jeden Fall will ich jetzt schlafen.«

Einmal erwachte er und sah in einer Lücke zwischen den Flammen gerade vor sich die Wölfin stehen und ihn unverwandt anblicken. Wiederum wachte er auf, nur wenig später, obgleich es ihm schien, als seien Stunden verstrichen. Allein eine merkwürdige Veränderung war eingetreten, eine so rätselhafte, daß er verwundert die Augen aufriß. Was sich zugetragen hatte, konnte er anfangs nicht verstehen, doch die Wölfe waren fort, nur der zertretene Schnee ringsum zeigte, wie nahe sie ihm gewesen. Der Schlaf übermannte ihn von neuem, sein Kopf sank herab, als er plötzlich zusammenfuhr. Er hatte Menschenstimmen gehört, das Knirschen des Schnees unter den Schlitten, das Knarren von Lederriemen, das Bellen von Hunden. Vier Schlitten kamen vom Flußbett herauf und nach dem Lagerplatz unter den Bäumen. Ein halbes Dutzend Leute umstanden den Mann, der mitten in dem ersterbenden Feuer hockte. Sie rüttelten ihn, sie brachten ihn mit Gewalt zu sich. Er blickte sie wie ein Betrunkener an und lallte in seltsam schlaftrunkener Weise: »Rothaarige Wölfin – kam mit den Hunden zum Füttern – fraß zuerst das Hundefutter, – dann die Hunde – und hernach Bill –«

»Wo ist Lord Alfred?« schrie einer der Männer ihm ins Ohr, indem er ihn derb schüttelte. Der andere schüttelte den Kopf.

»Nein, den hat sie nicht bekommen. Der ist oben in den Bäumen am letzten Lagerplatz.«

»Tot?« schrie der Mann.

»Ja, – und im Kasten«, antwortete Heinrich. Dann schüttelte er verdrießlich die Hand des Fragenden von der Schulter ab und fuhr fort: »Laß mich in Ruh', hörst du? Ich bin ganz kaputt. – Gute Nacht, ihr alle.«

Die Augen fielen ihm zu, sein Kinn sank auf die Brust, und kaum hatten sie ihn auf die Decken im Schnee gelegt, so erklang sein Schnarchen durch die frostkalte Luft.

Doch ein anderer Ton ließ sich noch vernehmen, schwach und in weiter Ferne – das Geheul der hungrigen Wölfe, die auf andern Raub ausgingen, da der Mensch ihnen entgangen war.

Zweiter Teil

1. Kapitel. Kampf mit den Zähnen

Die rothaarige Wölfin hatte zuerst den Klang von Menschenstimmen und das Gebell der Schlittenhunde gehört, und sie war auch zuerst von dem Manne im Flammenkreis weggesprungen. Die anderen Wölfe hatten nur zögernd die Beute, der sie so lange gefolgt waren, aufgegeben, und sie verweilten noch ein paar Minuten lang und versicherten sich erst der Töne, bevor sie ihrem Beispiel folgten.

An der Spitze des Rudels lief ein großer, grauer Wolf, einer der vielen Führer. Er zwang die andern, den Spuren der Wölfin zu folgen, und er knurrte drohend oder schnappte zu, wenn die jüngeren Glieder des Rudels ihn überholen wollten. Auch beschleunigte er den Schritt, als er ihr, die langsam über die Schneefläche trabte, nahe kam.

Sie lief neben ihm her, als sei das der ihr gebührende Platz, und hielt mit dem Rudel Schritt. Er knurrte sie nicht an, noch zeigte er ihr die Zähne, wenn sie zufällig einen Satz ihm voran machte. Im Gegenteil behandelte er sie freundlich, für ihren Geschmack sogar zu freundlich, denn er drängte sich gern an sie heran, und dann zeigte sie ihm knurrend die Zähne, und einmal biß sie ihn sogar in die Schulter. Allein er bezeigte keine Empfindlichkeit, sondern sprang nur zur Seite und machte steifbeinig ein paar linkische Sätze, wobei er in Haltung und Benehmen einem verlegenen jungen Burschen vom Lande glich.

Dies war sein einziger Verdruß, wie er so mit dem Rudel dahinlief, allein sie hatte deren mehr. Auf ihrer andern Seite lief ein hagerer, alter Wolf, ergraut und mit den Narben mancher Schlacht bedeckt. Er lief ihr immer zur Rechten, denn er hatte nur ein Auge, und zwar das linke. Auch er hatte die Neigung, ihr so nahe zu kommen, daß seine narbenvolle Schnauze ihr die Schulter oder den Hals berührte, allein diese Aufmerksamkeiten, wie ähnliche des Gefährten ihr zur Linken, wies sie mit den Zähnen zurück. Wenn aber beide Liebhaber sie zu gleicher Zeit bedrängten, so mußte sie sich nach beiden Seiten hin mit raschen, scharfen Bissen wehren, um sie fortzutreiben, während sie zugleich mit dem Rudel Schritt halten und auf den Weg aufpassen mußte. In solchen Augenblicken knurrten die beiden Nebenbuhler sich drohend und zähnefletschend an. Sie hätten miteinander gekämpft, wenn nicht Werbung und Eifersucht vor der dringenderen Not des Hungers in den Hintergrund getreten wären.

Nach jeder Abweisung, wenn der alte Wolf den scharfen Zähnen des Gegenstandes seines Verlangens auswich, stieß er gegen einen jungen, dreijährigen Rivalen, der auf seiner blinden Seite lief. Dieser junge, aber völlig ausgewachsene Wolf besaß gegenüber dem schwachen und verhungerten Zustande des Rudels mehr als durchschnittliche Kraft und Kühnheit. Nichtsdestoweniger lief er neben dem alten Einäugigen nur so hin, daß sein Kopf mit der Schulter des letzteren in gleicher Linie blieb. Wagte er sich weiter vor, was nur selten geschah, so schnappte der Alte zähnefletschend nach ihm und trieb ihn an den früheren Platz zurück. Manchmal blieb er jedoch langsam und vorsichtig zurück und drängte sich zwischen den Führer und die Wölfin. Dies trug ihm jedesmal zwei-, ja dreifache Ahndung ein. Während die Wölfin ihm nur die Zähne wies, pflegte der Alte sich gegen ihn zu drehen; tat dies jedoch auch einmal die Wölfin, so mischte sich auch der junge Führer zur Linken ein.

Zu solchen Zeiten blieb der junge Wolf, von drei scharfen Gebissen angegriffen, eiligst stehen, setzte sich fest auf die

Hinterbeine, stemmte die Vorderfüße steif auf den Boden, sträubte das Haar und knurrte drohend. Solch ein Aufenthalt an der Spitze des trabenden Rudels verursachte immer eine große Verwirrung am Ende desselben. Die Wölfe prallten von hinten auf den jungen und drückten ihr Mißfallen durch scharfe Bisse in seine Hinterbeine und Flanken aus. So brachte er sich stets in großes Ungemach, denn der Mangel an Nahrung erzeugt verdrießliche Stimmung, doch mit der unerschöpflichen Hoffnungsfreudigkeit der Jugend wiederholte er immer wieder das Manöver, obwohl es ihm nichts als Unbehagen eintrug.

Wäre Speise vorhanden gewesen, so würden Werbung und Kampf Hand in Hand gegangen sein, und das Rudel hätte sich bald zerstreut. Aber die Lage der Wölfe ward verzweifelt. Durch die lange Hungersnot abgemagert, liefen sie weniger rasch als sonst. Im Nachtrab hinkten die Schwachen, die Jungen und die ganz Alten. An der Spitze trabten die Stärksten, doch sahen alle mehr wie Skelette denn wie ausgewachsene Wölfe aus, trotzdem waren ihre Bewegungen, mit Ausnahme der lahmen Tiere, leicht und mühelos. Die dünnen Muskeln schienen von Stahl zu sein und unerschöpfliche Kraft in sich zu bergen, hinter jeder Zusammenziehung derselben lag immer noch eine andere in endloser Folge.

Sie liefen an jenem Tage viele Meilen weit, und auch die ganze Nacht hindurch liefen sie. Auch der nächste Tag fand sie noch in Bewegung. Sie trabten über die weite Fläche einer gefrorenen, toten Welt. Kein Leben regte sich. Sie allein regten sich in der ungeheuren Öde. Sie allein waren lebendig, und sie suchten andere lebendige Wesen, um sie zu verschlingen, damit sie weiter leben könnten.

Sie passierten niedrige Wasserscheiden und kamen an einem Dutzend kleiner Ströme vorüber in eine tiefer gelegene Gegend, wo ihr Suchen endlich belohnt wurde. Hier stießen sie auf Elche, und der erste, den sie fanden, war ein mächtiger Elchbulle. Hier war Leben, hier war Fleisch und kein geheimnisvolles Feuer, keine fliegenden Brände, die es schützten. Gespaltene Hufe und gezacktes Geweih kannten sie, und dem gegenüber schlugen sie die gewohnte Geduld und Vorsicht in den Wind. Der Kampf war kurz und verzweifelt. Auf allen Seiten wurde der große Elch angegriffen. Zwar brachte er ihnen Wunden bei, zerschmetterte ihnen mit schlau berechneten Schlägen der großen Hufe den Schädel, zermalmte sie, zerbrach ihnen die Knochen mit dem großen Geweih und zerstampfte sie unter seinem Gewicht im Schnee. Dennoch gab es keine Rettung für ihn, und der Kampf endigte damit, daß die Wölfin ihn an der Kehle packte, während die Zähne der andern überall in sein Fleisch einschlugen, und sie ihn zu verzehren begannen, ehe noch sein letzter Atemzug getan und sein Todeskampf vorüber war.

Nun gab es Speise in Fülle. Der Elch wog über achthundert Pfund, was auf jeden der ungefähr vierzig Wölfe zwanzig Pfund Fleisch ausmachte. Wenn sie aber auch lange und andauernd fasten konnten, so vertrugen sie auch eine reichliche Mahlzeit, und bald waren ein paar umhergestreute Knochen alles, was von dem herrlichen Geschöpf übrig war, das noch vor wenigen Stunden dem Rudel die Stirn geboten hatte.

Nun legten sie sich zu langer Ruhe und zum Schlafe nieder. Doch mit dem vollen Magen fing unter den jüngeren Wölfen Uneinigkeit, Streit und Hader an. Und dies dauerte an, bis das Rudel sich auflöste. Denn die Zeit der Not war vorüber. Sie waren in einem Lande, wo es Wild gab, und sie jagten nun vorsichtiger, indem sie nur lahme und krüppelige Tiere aus kleinen Elchrudeln aussuchten.

Dann kam in diesem Lande der Fülle ein Tag, wo das Rudel sich teilte und ein Teil in anderer Richtung abzog. Die Wölfin, der junge Führer an ihrer Linken und der alte Einäugige ihr zur Rechten führten die Hälfte des Rudels nach dem Mackenzieflusse hinunter und in das Land der Seen im Osten.

Von Tag zu Tag verminderte sich dieser Rest des Rudels. Zu zweien, immer ein Wolf und eine Wölfin, machten sie sich aus dem Staube. Dann und wann wurde auch ein Einzelwolf von den scharfen Zähnen der Nebenbuhler ausgetrieben. Zuletzt blieben nur noch vier übrig: die Wölfin, der junge Führer, der Einäugige und der ehrgeizige Dreijährige.

Die Wölfin zeigte jetzt grimmige Laune, bald trugen ihre drei Bewerber alle die Spuren ihrer Zähne. Dennoch verteidigten sie sich nie, noch vergalten sie Gleiches mit Gleichem. Bei den ungestümsten Angriffen drehten sie ihr die Schulter zu und suchten, mit dem Schweife wedelnd und mit zierlichen Schritten sie umtänzelnd, ihren Zorn zu beschwichtigen. Waren sie aber auch ihr gegenüber ganz zahm, so waren sie wild genug gegeneinander. Der Dreijährige wurde in seinem Ärger eines Tages gar zu frech. Er zauste den Einäugigen auf der blinden Seite und riß ihm das Ohr in Fetzen. Wenn auch der alte Wolf nur auf einer Seite sehen konnte, so brachte er gegen die Jugendkraft des Gegners doch die Weisheit und Erfahrung vieler Jahre ins Feld, und sein verlorenes Auge, seine narbenvolle Schnauze zeugten von der Natur dieser Erfahrungen. Er hatte zu viele Kämpfe überlebt, um über das, was er zu tun hatte, einen Augenblick im Zweifel zu sein.

Der Kampf begann ehrlich, endigte jedoch nicht so. Wer hätte das Ende voraussagen können, wenn nicht der dritte Wolf sich auf die Seite des alten gestellt hätte, und nun griffen beide, der alte und der junge Führer, den ehrgeizigen Dreijährigen an, in der Absicht, ihn zu töten. Von beiden Seiten fielen die unbarmherzigen Zähne seiner früheren Kameraden ihn an. Vergessen waren die Tage, da sie miteinander getrabt, das Wild, das sie gejagt, die Hungersnot, die sie durchgemacht hatten! Das lag in der Vergangenheit; aber was sie jetzt beschäftigte, war ein viel ernsteres, grausameres Geschäft als die Jagd nach Speise.

Währenddessen setzte sich die Wölfin, die Ursache und der Preis des Kampfes, geduldig hin und wartete. Sie schaute sehr befriedigt drein. Dies war der Tag ihres Triumphs, der nicht oft kam, der Tag, da um ihren Besitz die Haare der Gegner sich sträubten, die Zähne aufeinanderklappten oder Wunden in weiches Fleisch rissen. Und bei diesem Liebesabenteuer, dem ersten, das der Dreijährige wahrscheinlich gehabt hatte, mußte er das Leben lassen. Zu beiden Seiten seines Leichnams standen die Nebenbuhler. Sie blickten die Wölfin an, die zufrieden dreinschauend im Schnee saß. Allein der alte Wolf war klug, sehr klug, in der Liebe sowohl wie im Kampf. Als der jüngere den Kopf wandte, um eine Wunde an der Schulter zu lecken, kehrte er die Krümmung des Halses dem Nebenbuhler zu. Mit dem einen Auge erschaute der ältere die günstige Gelegenheit. Er schoß auf jenen los und packte ihn an der Gurgel. Er biß tief und scharf zu und zerriß ihm die große Schlagader am Halse. Dann sprang er zurück.

Der junge Anführer knurrte fürchterlich, aber das Knurren ging plötzlich in ein prustendes Husten über. Zum Tode verwundet, sprang er auf den andern los und kämpfte, bis das Leben ihn verließ, die Glieder ihm versagten, und es ihm dunkel vor den Augen wurde.

Und die ganze Zeit über saß die Wölfin da und schaute zufrieden drein. Sie freute sich über den Kampf; dies war das Liebeswerben der Wildnis, die Liebestragödie der natürlichen Welt, eine Tragödie nur für die, welche starben, denn für die Überlebenden war es Triumph und Sieg.

Als der junge Führer regungslos auf dem Schnee lag, ging der Einäugige mit großen Schritten zu der Wölfin hin. Seine Haltung war ein Gemisch von Triumph und Vorsicht. Er erwartete augenscheinlich eine Abweisung und war ebenso augenscheinlich überrascht, als jene ihm nicht ärgerlich die Zähne wies. Zum erstenmal begegnete die Wölfin ihm freundlich. Sie beschnüffelte ihn, sie ließ sich sogar herab, um ihn herumzuspringen und wie ein Hündchen mit ihm zu spielen, und er, trotz seiner grauen Haare und großen Erfahrung, betrug sich ebenso kindisch und vielleicht noch ein bißchen närrischer.

Schon waren die besiegten Nebenbuhler und die mit roten Lettern in den Schnee geschriebene Liebesgeschichte vergessen, bis auf einen Augenblick vergessen, wo der Einäugige stille stand, um sich die Wunden zu lecken. Dabei kräuselten sich seine Lippen, entblößten sich die Zähne, sein Haar auf Nacken und Schultern hob sich empor und, zum Sprunge geduckt, stemmte er die Pfoten fest auf den Boden, so daß die Krallen sich tief in den Schnee drückten. Doch im nächsten Augenblick war alles vorbei, und er sprang der Wölfin nach, die ihm durch die Wälder voraneilte.

Darauf trabten sie wie gute Freunde, die sich vertragen haben, dicht nebeneinander her. Die Tage verstrichen, und sie blieben beisammen, jagten zusammen, töteten ihre Beute und verzehrten sie gemeinsam. Einige Zeit darauf schien die Wölfin ruhelos zu werden. Es war, als suchte sie etwas, was sie nicht finden konnte. Die Höhlungen unter gefallenen Bäumen schienen sie anzuziehen, und sie verbrachte viel Zeit damit, unter den Schneegruben in den Felsen und in den Höhlen an steilen Flußufern herumzustöbern. Einauge hatte kein Interesse daran, aber er folgte ihr gutmütig bei der Suche, und wenn ihre Untersuchungen dann und wann sich zu sehr in die Länge zogen, so pflegte er sich hinzulegen und zu warten, bis sie bereit war, weiterzuwandern.

Sie blieben nie lange an einem Orte, sondern wanderten quer durch das Land, bis sie den Mackenzie erreichten, dessen Laufe sie langsam folgten, wenn sie auch oft denselben verließen, um an kleinen Nebenflüssen nach Wild zu suchen. Dennoch kehrten sie immer nach dem Hauptstrome zurück. Manchmal trafen sie auf Wölfe, gewöhnlich in Paaren, allein kein freundlicher Verkehr wurde angeknüpft, keine Freude über das Zusammentreffen, kein Verlangen, sich zu Rudeln zu vereinigen, gezeigt. Zuweilen trafen sie einen einsamen Wolf, der dann begierig war, sich Einauge und seiner Gefährtin anzuschließen, was dieser übel aufnahm. Stand sie dann aber zähnefletschend und mit gesträubtem Haar Schulter an Schulter mit ihm, so pflegte der einsame Freier sich zurückzuziehen und einsam seinen Weg fortzusetzen.

Als sie an einem hellen Mondscheinabend durch die öden Wälder liefen, blieb Einauge plötzlich stehen. Seine Schnauze richtete sich empor, der Schwanz wurde steif und die Nasenlöcher weiteten sich, wie er die Witterung einzog. Auch hob er nach Art der Hunde einen Fuß in die Höhe. Er war sich nicht klar über die Sache und bemühte sich, die Kunde, welche die Luft ihm brachte, zu verstehen. Bei seiner Gefährtin dagegen hatte ein gleichgültiges Schnüffeln genügt, und sie trabte ruhig weiter, um auch ihn zu beruhigen. Er folgte ihr zwar, war aber immer noch im unklaren und blieb dann und wann stehen, um sich die Warnung zu deuten.

Die Wölfin glitt vorsichtig bis an den Rand einer großen, von Bäumen umgebenen Lichtung. Eine Weile stand sie allein, dann kam Einauge leise heran, alle Sinne gespannt, jedes Haar am Körper argwöhnisch gesträubt. So standen sie dicht nebeneinander, lauernd, horchend, witternd. Hundegekläff drang an ihr Ohr, dann Kehllaute von Männerstimmen, schrilles Weiberschelten und einmal das gellende Geschrei eines Kindes. Bei den großen Zelten aus Fell war wenig zu sehen, ausgenommen die Flammen des Feuers, dann und wann durch vorbeiwandelnde Gestalten verdeckt und der Rauch, der langsam in die ruhige Luft emporstieg. Doch in ihre Nasen stiegen die tausendfachen Gerüche eines Indianerlagers, die eine Geschichte erzählten, die zwar für Einauge unverständlich war, der Wölfin jedoch in allen Einzelheiten bekannt.

Sie war seltsam aufgeregt und sog die Luft mit wachsendem Interesse ein; Einauge jedoch verriet Besorgnis und machte den Versuch weiterzugehen. Sie drehte sich zu ihm, berührte wie beruhigend seinen Hals mit der Schnauze und blickte nach dem Lager hinüber. Wiederum schaute sie wie sinnend drein, aber diesmal ohne die Gier des Hungers. Sie zitterte vor Verlangen, vorwärts zu gehen, am Feuer sich zu wärmen, mit den Hunden sich zu balgen und zwischen den umherwandernden Männern hin und her zu laufen.

Einauge bewegte sich ungeduldig neben ihr, und seine Unruhe ging auch auf sie über. Sie erinnerte sich, daß sie das, wonach sie suchte, finden müsse. Sie kehrte um und trabte wieder in den Wald zurück zur großen Erleichterung des Gefährten, der voranlief, bis sie wieder unter dem Schutz der Bäume sich befanden. Als sie geräuschlos wie Schatten im Mondlicht dahinglitten, kamen sie auf einen ausgetretenen Fußpfad. Beider Nasen richteten sich sogleich auf die frischen Fußspuren im Schnee. Einauge rannte behutsam vorwärts, die Gefährtin dicht auf seinen Fersen; wie auf Sammetpfoten glitten sie über den Schnee. Plötzlich erblickte Einauge etwas Weißes, das über die schneeige Fläche huschte. So schnell sein schleichender Gang auch gewesen war, das war nichts gegen die Geschwindigkeit, mit der er nun rannte, da der weiße Fleck, den er entdeckt hatte, vor ihm hersprang.

Zu beiden Seiten des schmalen Pfades, auf dem sie einherliefen, stand junger Tannenwuchs, und durch diesen hindurch konnte man das Ende des Ganges erblicken, der auf mondbeglänzter Lichtung mündete. Einauge näherte sich rasend dem weißen, fliehenden Schatten; jeder Satz brachte ihn näher. Nur noch einer, und seine Zähne hatten es gepackt. Allein dieser Satz wurde nie gemacht. Denn hoch in der Luft, gerade über ihm schwebte plötzlich das weiße Ding, ein zappelndes Kaninchen, das hüpfend und springend einen phantastischen Tanz in der Luft über ihm aufführte, doch nie auf den Boden zurückkam. Einauge sprang mit einem Schnarren in plötzlicher Furcht zurück, dann kauerte er im Schnee nieder und knurrte drohend die fürchterliche Erscheinung an, die ihm unverständlich war. Allein die Wölfin drängte sich kaltblütig an ihm vorbei, maß einen Augenblick die Entfernung und sprang dann nach dem tanzenden Kaninchen empor. Doch so hoch sie auch sprang, es war nicht hoch genug für die ersehnte Beute, und ihre Zähne klappten leer und mit metallischem Klang aufeinander, als sie sie fehlte. Abermals sprang sie und noch einmal, doch immer vergebens.

Ihr Gefährte hatte sich langsam aus der kauernden Stellung erhoben und beobachtete sie. Er zeigte sich über ihre wiederholten Fehlsprünge unzufrieden und machte selber einen mächtigen Satz aufwärts. Wirklich packte er das Kaninchen mit den Zähnen und brachte es zur Erde nieder. Doch im nämlichen Augenblick vernahm er neben sich ein verdächtiges Rascheln, und erstaunt sah er ein junges Bäumchen sich herabbeugen, als wolle es ihn schlagen. Er ließ die Beute fahren und sprang zurück, um der seltsamen Gefahr zu entgehen, und seine Lefzen zogen sich in die Höhe, aus seiner Brust stieg ein drohendes Knurren, und jedes Haar auf seinem Körper sträubte sich vor Angst und Wut. Im selben Augenblick stand das schlanke Bäumchen wieder aufrecht, und das Kaninchen tanzte von neuem in der Luft.

Die Wölfin war ärgerlich und biß ihn gereizt in die Schulter. Erschrocken und ohne sich den neuen Angriff erklären zu können, schnappte er zurück und verletzte sie an der Schnauze. Auch ihr kam es unerwartet, daß er ihren Verweis so übelnahm, und unwillig knurrend sprang sie auf ihn los. Nun sah er seinen Irrtum ein und suchte sie zu begütigen, doch sie fuhr fort, ihn derb zu zausen, bis er alle Besänftigungsversuche aufgab und sich mit abgewandtem Kopfe im Kreise um sich herumdrehte und seine Schulter ihren Zähnen preisgab.

Unterdessen zappelte das Kaninchen über ihnen in der Luft. Die Wölfin setzte sich in den Schnee nieder, und Einauge sprang mehr aus Angst vor der Gefährtin als vor dem geheimnisvollen Bäumchen wieder nach dem Kaninchen in die Höhe. Als er es diesmal mit den Zähnen packte, behielt er das Bäumchen fest im Auge. Wie vorher folgte es ihm wieder zu Boden. Er duckte sich unter dem erwarteten Schlage, mit gesträubtem Haar, aber sein Gebiß hielt das Kaninchen fest. Doch der Schlag fiel nicht; das Bäumchen beugte sich nur über ihn. Wenn er sich regte, so bewegte es sich auch, und er knurrte es durch die zusammengebissenen Zähne an; blieb er ruhig, so regte es sich ebenfalls nicht, und er schloß daraus, daß es sicherer wäre, stillzuhalten. Doch schmeckte ihm das warme Blut des Kaninchens so gut.

Da befreite ihn seine Genossin aus der rätselhaften Lage, indem sie ihm das Kaninchen wegnahm und, während das Bäumchen über ihr sich drohend und raschelnd hin und her bewegte, dem Tierchen ruhig den Kopf abbiß. Sogleich schnellte das Bäumchen in die Höhe und verursachte keine Besorgnis mehr, sondern verblieb in der anständigen, senkrechten Stellung, die die Natur ihm gegeben hatte. Darauf verzehrten Einauge und die Wölfin zusammen den Raub, den das geheimnisvolle Bäumchen für sie gefangen hatte.

Es gab aber noch mehr Wege und Stege, wo Kaninchen in der Luft hingen und das Wolfspaar fand sie eins nach dem andern, denn die Wölfin hatte die Führung übernommen und Einauge folgte aufmerksam und lernte, wie man Schlingen ausraubte, was ihm in Zukunft noch gute Dienste leisten sollte.

2. Kapitel. Das Lager

Zwei Tage hindurch umkreisten die Wölfin und Einauge das Indianerlager. Er war in großer Sorge, daß seine Gefährtin sich anlocken lassen und ihn verlassen würde. Als eines Morgens jedoch dicht neben ihnen der Knall einer Büchse ertönte, und die Kugel einige Zoll von Einauges Kopf entfernt in den Stamm eines Baumes einschlug, da zögerten sie nicht länger, sondern wanderten mit langen, schwingenden Schritten hinweg, bis viele Meilen sie von der Gefahr trennten.

Sie wanderten jedoch nur wenige Tagereisen weit. Das Verlangen der Wölfin nach dem, was sie suchte, wurde immer dringender. Sie war schwerfällig geworden und konnte nur langsam laufen. Einmal gab sie die Verfolgung eines Kaninchens auf, das sie sonst mit Leichtigkeit gefangen hätte, und legte sich nieder, um zu ruhen. Einauge kam zu ihr, aber als er ihr leise mit der Schnauze den Hals berührte, schnappte sie so rasch und wild nach ihm, daß er einen Purzelbaum schoß und eine höchst lächerliche Figur spielte, als er ihre Zähne vermeiden wollte. Allein je größer ihre Heftigkeit wurde, desto geduldiger und fürsorglicher wurde er.

An einem Nebenflüßchen des Mackenzie, das zur Sommerszeit wohl lustig dahinfließen mochte, nun aber bis zum Grunde des Felsenbettes zugefroren war und von der Quelle bis zur Mündung tot und weiß dalag, fand sie endlich was sie suchte. Sie war müde weitergetrabt, ihr Gefährte immer eine Strecke voraus, als sie an eine hohe, steile Lehmwand kam. Sie wandte sich zur Seite und trabte zu ihr hin. Die Frühlingsstürme und die Schneeschmelze hatten das Ufer hier an einer Stelle unterwaschen und aus einer engen Spalte eine kleine Höhle gemacht.

Vor der Öffnung der Höhle machte sie Halt und besah sich genau die Wand. Dann lief sie zuerst auf der einen Seite, dann auf der andern am Fuße der Wand entlang, bis dahin, wo das flache Land zum Ufer abfiel. Dann kehrte sie zur Höhle zurück und kroch durch die enge Öffnung. Sie hatte nur eine kurze Strecke weit zu kriechen, dann wichen die Wände zurück und bildeten höher ansteigend eine kleine, runde Kammer, kaum sechs Fuß im Durchmesser. Die Decke war dicht über ihrem Kopfe, aber der Raum war trocken und behaglich. Sie beschaute alles sorglich, während Einauge am Eingange stand und sie geduldig beobachtete. Endlich senkte sie den Kopf, hielt die Nase dicht am Boden und drehte sich mehrere Male um und um, worauf sie sich mit einem Seufzer, der fast wie ein Brummen klang, zusammenrollte, die Beine ausstreckte und, den Kopf nach dem Eingang gerichtet, niederlegte. Einauge schaute ihr zufrieden mit aufmerksam gespitzten Ohren zu, und sie konnte gegen das weiße Licht sehen, wie er gutmütig mit dem Schweif wedelte. Dann legte sie die gespitzten Ohren behaglich zurück, öffnete das Maul, so daß die Zunge lang heraushing, und zeigte dadurch, wie zufrieden und glücklich sie sich fühlte.

Aber Einauge war hungrig. Er legte sich zwar am Eingange der Höhle zum Schlafe nieder, doch wachte er von Zeit zu Zeit auf, spitzte die Ohren und schaute nach der hellen Welt draußen, wo die Aprilsonne warm auf den Schnee schien. Schlummerte er wieder ein, so schlug an sein Ohr das schwache Wispern und unsichtbare Tröpfeln tauenden Wassers, und er pflegte dann aufzufahren und gespannt zu lauschen. Ja, die Sonne war wiedergekehrt; die erwachende Welt des Nordens rief es ihm zu. Das Leben regte sich; man fühlte den Frühling in der Luft, das Wachstum unter dem Schnee, man merkte, wie der Saft in die Bäume emporstieg und die Knospen die Bande des Winters brachen.

Einauge warf der Gefährtin bittende Blicke zu, aber sie hatte nicht den Wunsch aufzustehen. Er blickte hinaus und sah einige Schneehühner vorüberfliegen. Er sprang auf, blickte wieder nach der Gefährtin hin, legte sich nieder und schlummerte weiter. Ein schrilles, scharfes Surren traf sein Ohr. Er fuhr sich ein paarmal schläfrig mit der Pfote über die Nase, dann wachte er vollends auf. Da summte über seiner Nasenspitze eine einsame Mücke in der Luft. Es war eine ausgewachsene Mücke, die den Winter hindurch eingefroren in einem trockenen Stück Holz gelegen, und die die Sonne nun aufgetaut hatte. Da konnte er nicht länger widerstehen; die Welt da draußen rief ihn, auch fühlte er Hunger.

Er kroch zur Wölfin hin und versuchte, sie zum Aufstehen zu bewegen. Aber sie knurrte ihn nur an, und so wanderte er allein in den hellen Sonnenschein hinaus, wo der Schnee an der Oberfläche weich und das Gehen beschwerlich war. Er ging aufwärts an dem gefrorenen Flußbette, wo im Schatten der Bäume der Schnee noch hart und wie kristallisiert war. So wanderte er stundenlang und kehrte erst in der Dunkelheit hungriger denn je zurück. Zwar hatte er Wild gesehen, aber nichts erwischt. Er war durch die Kruste des schmelzenden Schnees gebrochen, während die weißen Kaninchen leichtfüßig darüber hinweggesprungen waren.

Plötzlich blieb er am Eingange der Höhle mißtrauisch stehen. Schwache, seltsame Laute machten sich drinnen vernehmbar, doch kamen sie nicht von der Wölfin her, obgleich sie ihm bekannt vorkamen. Vorsichtig kroch er auf dem Bauche hinein, als ein warnendes Knurren von der Wölfin ihn begrüßte. Er blieb zwar gehorsam in einiger Entfernung liegen, aber die Töne interessierten ihn, – sie klangen wie ein schwaches, halberstícktes Schluchzen und Schlabbern.

Wieder ließ die Wölfin das warnende Knurren hören, worauf er sich zusammenrollte und am Eingang der Höhle zur Ruhe legte. Als der Morgen anbrach und sein schwaches Licht in die Höhle drang, untersuchte er wieder, von woher die ihm nicht unbekannten Töne kämen. Da bemerkte er einen neuen Klang in dem warnenden Geknurr der Gefährtin, etwas das wie Eifersucht klang, und er trug Sorge, sich in respektvoller Entfernung zu halten. Doch unterschied er zwischen ihren Beinen und dem Körper fünf drollige, lebende Bündelchen, die sehr schwach und hilflos erschienen und leise winselten, und deren Augen dem Lichte noch nicht geöffnet waren. Er war überrascht. Nicht zum erstenmal war ihm während seines jungen Lebens ähnliches geschehen, öfters schon war es gewesen, aber jedesmal hatte er es als eine Überraschung empfunden.

Die Wölfin sah ihn ängstlich an. Von Zeit zu Zeit ließ sie ein leises Grollen hören, das jedesmal, wenn er ihr zu nahe kam, zum scharfen Knurren wurde. Aus eigener Erfahrung konnte sie nichts darüber wissen, aber aus Instinkt, der Erfahrung der Wolfsmütter, ihrer Vorfahren, erinnerte sie sich daran, daß Väter ihre neugeborene hilflose Nachkommenschaft zuweilen gefressen hatten. Diese Erinnerung bekundete sich als lebhafte Furcht, und sie suchte darum zu verhindern, daß Einauge den Jungen, deren Vater er doch war, zu nahe käme. Aber es war diesmal keine Gefahr, denn der alte Einauge fühlte den Stachel eines Triebes, der auch ihm von seinen wölfischen Vätern überliefert worden war. Er zerbrach sich nicht den Kopf darüber, es lag ihm gleichsam im Blute und er gehorchte demselben wie etwas ganz Natürlichem, indem er seiner neugeborenen Familie den Rücken kehrte und sich auf die Jagd nach Beute für sich und die Seinen begab.

Acht bis zehn Kilometer von der Höhle aufwärts teilte sich der Strom, und die Gabelung führte im rechten Winkel bis in die Berge hinauf. Er wandte sich links und traf auf eine frische Spur. Er beschnupperte sie und fand sie so frisch, daß er sich niederlegte und in die Richtung blickte, wohin dieselbe sich verlor. Dann kehrte er gemächlich um und lief den rechten Flußarm hinauf. Die Fußspuren, die er gesehen hatte, waren viel größer als die eigenen, und er wußte, daß es auf einer solchen Spur wenig Wild für ihn gäbe.

Ungefähr tausend Schritt aufwärts am rechten Flußufer vernahm sein scharfes Ohr das Geräusch nagender Zähne. Er ging langsam darauf los und fand ein Stachelschwein, das aufrecht an einem Baume stand und die Rinde desselben mit den Zähnen bearbeitete. Einauge näherte sich vorsichtig, doch ohne Hoffnung. Er kannte diese Art von Tieren, obgleich er ein solches nie zuvor so weit im Norden angetroffen hatte; auch hatte ihm keines je als Mahlzeit gedient. Allein er wußte seit langem, daß es so etwas wie einen Zufall oder eine günstige Gelegenheit gibt, und er kam immer näher. Man konnte ja niemals wissen, was geschehen würde, denn, wo lebende Wesen ins Spiel kamen, geschah alles immer anders als man dachte.

Das Stachelschwein rollte sich zu einem Ball zusammen und streckte die langen, scharfen Stacheln nach allen Richtungen aus, um den Angriff abzuwehren. In der Jugend war Einauge einem solchen, scheinbar regungslosen Ball mit der Nase zu nahe gekommen. Da war der Schwanz desselben ihm plötzlich ins Gesicht geschossen und ein Stachel war in seiner Nase stecken geblieben, wo er wochenlang wie Feuer gebrannt hatte, bis er schließlich ausgeschworen war. Also duckte er sich wieder nieder, die Nase mehr als einen Fuß breit von der Schnauze entfernt und wartete ruhig. Man konnte ja nicht wissen, das Stachelschwein mochte sich aufrollen, und dann war eine gute Gelegenheit, die Pfote ihm rasch und derb in den weichen, unbeschützten Leib zu schlagen.

Allein nach einer halben Stunde erhob er sich, knurrte zornig den regungslosen Ball an und trabte weiter. Er hatte zu oft vergeblich darauf gewartet, daß Stachelschweine sich aufrollen sollten, um damit noch mehr Zeit zu verlieren, und so schritt er am rechten Flußarm weiter. Allein der Tag verging und sein Suchen blieb unbelohnt.

Der Trieb der erwachten Vaterliebe war mächtig in ihm. Er mußte Speise finden. Da stieß er am Nachmittag auf ein

Schneehuhn. Der einfältige Vogel saß nicht drei Fuß von ihm entfernt auf einem umgefallenen Baumstamm, als er gerade aus dem Dickicht kam. Die beiden blickten einander an, und der Vogel fuhr erschrocken auf, aber Einauge schlug mit der Pfote nach ihm, warf ihn zu Boden, sprang darauf los und packte ihn mit den Zähnen, als er versuchte, über den Schnee zu laufen, um aufzufliegen. Als er das zarte Fleisch und die weichen Knochen durchbiß, bekam er Lust, die Beute zu verzehren. Dann erinnerte er sich, kehrte um und lief heim, indem er das Schneehuhn im Maule trug.

Eine Strecke oberhalb der Gabelung, als er wie ein gleitender Schatten auf Sammetpfoten dahinlief und vorsichtig bei der Wendung des Weges ausschaute, traf er wieder auf die frischen, großen Fußspuren, die er am Morgen entdeckt hatte. Sie führten seinen Weg entlang, und so folgte er denselben, erwartend, bei jeder Biegung des Flußufers dem Tier zu begegnen, das sie gemacht hatte. Als er einmal den Kopf um eine Felsecke streckte, wo eine ungewöhnlich langgezogene Biegung des Flüßchens begann, erspähte sein schnelles Auge etwas, das ihn rasch niederducken ließ. Die Spuren, die er gesehen hatte, rührten von einer großen Luchsin her, und da lag sie geduckt vor der zusammengerollten Stachelkugel, gerade wie er es früher am Tage selber gemacht hatte. War er vorhin nur wie ein Schatten dahingeglitten, so wurde er nun der Geist eines solchen, so behutsam kroch er näher, immer von der Seite gegen den Wind, bis er dicht an das regungslose, schweigende Paar herankam. Er legte das Schneehuhn neben sich in den Schnee und duckte sich nieder. Dann spähte er durch die Zweige einer niedrigen Tanne auf das Drama vor sich, den wartenden Luchs und das ebenfalls wartende Stachelschwein, von denen jedes sich fest an das Leben klammerte. Und das Seltsame an dem Schauspiel war, daß für den einen das Leben darin bestand, den andern zu verspeisen, und für den andern, nicht verspeist zu werden. So kauerte der alte, einäugige Wolf im Versteck und spielte in dem Drama auch seine Rolle, indem er auf den glücklichen Zufall rechnete, der ihm auf der Jagd nach Beute, die auch für ihn das Leben war, helfen sollte.

Eine halbe Stunde verstrich, dann noch eine, und nichts ereignete sich. Die stachlichte Kugel hätte von Stein sein können, so wenig bewegte sie sich, ebenso wie der Luchs hätte zu Marmor erstarrt, der alte Einauge tot sein können. Dennoch war das Leben in allen drei Tieren so mächtig, daß es fast wie Schmerz empfunden wurde, und kaum waren sie jemals so voller Leben gewesen, als sie es jetzt in ihrer scheinbaren Leblosigkeit waren.

Einauge machte eine leichte Bewegung und spähte mit erhöhter Spannung. Es ging jetzt etwas vor. Das Stachelschwein hatte endlich angenommen, daß der Feind fort sei. Langsam und vorsichtig rollte es den undurchdringlichen Panzer auf. Kein Vorgefühl warnte es. Langsam streckte sich die stachlichte Kugel in die Länge. Einauge schaute zu, das Wasser lief ihm im Munde zusammen, der Speichel tropfte herab, so erregt war er durch die lebende Beute, die wie eine Mahlzeit sich vor ihm ausbreitete. Doch bevor das Stachelschwein sich ganz aufgerollt hatte, erblickte es den Feind. Da schlug der Luchs mit Blitzesschnelle zu. Die Pfote mit den ausgestreckten Krallen, die sich wie Fänge krümmten, schoß nach dem weichen Bauche hin, kratzte und zog sich dann rasch zurück. Wäre das Stachelschwein ganz aufgerollt gewesen, oder hätte es den Feind nicht den Bruchteil einer Sekunde vor dem Schlage entdeckt, so wäre die Pfote unverletzt davongekommen, doch, bevor dieselbe sich zurückzog, schoß das Stachelschwein durch eine Seitenbewegung des Schwanzes scharfe Stachel hinein.

Alles, der Schlag, der Gegenhieb, der Schmerzensschrei des Stachelschweins und das gellende Geheul der erschreckten Katze bei der plötzlichen Verwundung, all das war fast gleichzeitig gewesen. Einauge hob sich erregt in die Höhe, die Ohren gespitzt, den Schwanz steif und bebend. Der wütende Schmerz der Luchsin ließ sie jede Vorsicht vergessen. Wild sprang sie auf das Geschöpf los, das sie verletzt hatte. Aber das grunzende, quiekende Stachelschwein machte noch mit aufgeschlitztem Leibe den schwachen Versuch, sich zur Kugel zusammen zu rollen, und hieb mit dem Schwanze nach der großen Katze, die wiederum vor Schreck und Schmerz zu kreischen begann. Dann zog sie sich prustend zurück, da ihre Nase wie ein großes Stecknadelkissen aussah. Sie fuhr mit den Pfoten darüber, um die brennenden Pfeile zu entfernen, stieß damit in den Schnee und rieb sich an Ästen und Zweigen, indem sie fortwährend vorwärts und seitwärts auf und ab in rasender Angst und im Schmerz umhersprang. Dabei prustete sie immerfort, der kurze Schwanz war in unablässiger Bewegung und peitschte mit kurzen, heftigen Streichen ihre Flanken. Plötzlich gab sie das tolle Herumspringen auf und legte sich ein paar Minuten lang ruhig hin. Einauge beobachtete sie, aber er fuhr mit gesträubtem Haar zurück, als sie auf einmal ohne jede Warnung hoch in die Luft sprang und zu gleicher Zeit einen gellenden Schrei ausstieß. Dann entfernte sie sich in großen Sätzen den Fluß hinauf, wobei sie bei jedem Satze laut aufschrie.

Erst als der Lärm in der Ferne erstarb, wagte sich Einauge aus dem Versteck heraus. Er trat so vorsichtig auf, als wäre der Schnee mit Stacheln übersät gewesen, die gerade und aufrechtstehend ihm in die weichen Sohlen der Füße hätten dringen können. Das Stachelschwein begrüßte ihn bei der Annäherung mit wütendem Gequiek und schlug drohend die langen Zähne zusammen. Es hatte versucht, sich wieder zur Kugel zusammenzurollen, allein es war ihm nicht ganz gelungen, dazu waren die Muskeln zu sehr zerrissen, und es blutete stark. Einauge leckte den blutbefleckten Schnee mit Lust und verschlang ganze Stücke davon. Das reizte seinen

Appetit, sein Hunger wuchs mächtig, aber er hatte zu lange gelebt, um die Vorsicht außer acht zu lassen. Er legte sich hin und wartete, während das Stachelschwein mit den Zähnen klappte, stöhnte und grunzte und dann und wann laut aufquiekte. Nach einer kleinen Weile bemerkte Einauge, daß sich die Stacheln heftig zitternd senkten. Das hörte plötzlich auf, dann klappten die langen Zähne noch einmal wie herausfordernd zusammen, die Stacheln sanken vollends herab, der Körper streckte sich und bewegte sich nicht mehr.

Ängstlich und oft zurückfahrend streckte Einauge das Stachelschwein seiner vollen Länge nach mit der Pfote aus und drehte es auf den Rücken. Nichts geschah ihm dabei, also war es sicher tot. Er betrachtete es einen Augenblick genau, dann packte er es vorsichtig mit den Zähnen und trabte damit den Fluß hinunter, indem er es teils schleppte, teils trug und dabei den Kopf zur Seite drehte, um nicht auf die Stacheln zu treten. Plötzlich besann er sich auf etwas, legte die Bürde nieder und trabte bis zur Stelle zurück, wo er das Schneehuhn gelassen hatte. Er zögerte keinen Augenblick, sondern verzehrte das Schneehuhn sogleich. Dann kehrte er zurück und nahm seine Bürde wieder auf.

Als er die Jagdbeute des Tages in die Höhle schleppte, besah sich die Wölfin dieselbe, drehte die Schnauze nach ihm und leckte ihm leicht den Nacken. Allein im nächsten Augenblick scheuchte sie ihn durch ihr Knurren von den Jungen hinweg, doch klang dasselbe weniger rauh als früher, ja, es klang sogar mehr bittend als drohend. Die angeborene Furcht vor dem Vater ihrer Nachkommenschaft legte sich. Er hatte sich ja wie ein echter Vater benommen und kein rohes Verlangen gezeigt, das junge Leben, das er in die Welt gesetzt hatte, zu zerstören.

3. Kapitel. Das graue Junge

Es war anders als seine Geschwister. Deren Haarfarbe verriet schon den rötlichen, von der Mutter ererbten Schimmer, während es als das einzige wirklich graue Junge dem Vater glich. Es war ein richtiger Wolf, ein echter Sohn des alten Einauge selbst im Äußern, nur mit dem Unterschiede, daß es zwei Augen statt des einen des Vaters hatte. Die Augen des grauen Wölfleins waren noch nicht lange offen, als es schon mit großer Deutlichkeit sah. Doch als dieselben noch geschlossen waren, hatte es schon gefühlt, geschmeckt, gerochen. Es kannte die beiden Brüder und auch die beiden Schwestern und hatte schon angefangen, auf linkische Weise mit ihnen zu tollen und sogar sich mit ihnen zu zanken, wobei, wenn es wütend wurde, ein drolliger, rasselnder Ton in der kleinen Kehle erzitterte, ein Ton, der später zum Grollen werden sollte. Auch hatte es, lange bevor seine Augen sich öffneten, gelernt, durch Berührung, Geschmack und Geruch die Mutter zu erkennen, die für ihn eine Quelle von Wärme, von flüssiger Nahrung und Zärtlichkeit war. Sie hatte eine sanfte, liebkosende Zunge, die ihm wohltat, wenn sie sein weiches Körperchen berührte, und es drückte und schmiegte sich dicht an sie, bevor es einschlummerte.

Die ersten vier Wochen seines Daseins wurden größtenteils schlafend verbracht, als es aber erst sehen konnte, blieb es länger wach und lernte die Welt, die es umgab, kennen. Zwar war es eine düstere Welt, aber es wußte das nicht, da es keine andere kannte. Sie war nur schwach erleuchtet, aber seine Augen hatten sich noch an kein anderes Licht gewöhnt. Auch war sie sehr klein; ihre Grenzen waren die Wände der Höhle, aber da es keine Kenntnis von der großen Welt draußen hatte, so bedrückte die Enge seines Daseins es nicht.

Es hatte früh entdeckt, daß eine Wand seiner Welt von den übrigen verschieden war; dies war der Eingang zur Höhle und die Quelle des Lichtes. Lange bevor es eigene Gedanken und bewußte Willensregungen hatte, machte es diese Entdeckung, und die Wand übte eine unwiderstehliche Anziehungskraft auf es aus. Noch bevor seine Augen geöffnet waren und es um sich blicken konnte, hatte das von dort kommende Licht auf seine geschlossenen Lider gewirkt, und Augen und Sehnerven hatten seltsam angenehme Empfindungen verspürt, wenn Licht, Wärme und Farben dieselben trafen. Das Leben in seinem Körper, in jeder Ader desselben, das unbewußte Leben, hatte sich nach diesem Lichte gesehnt und diesen seinen Körper in derselben Weise dahin getrieben, wie sinnreiche Einrichtungen bei den chemischen Bestandteilen der Pflanze dieselbe zur Sonne hintreiben.

Von Anfang an, bevor noch sein bewußtes Leben zu dämmern begann, war es nach dem Eingang zur Höhle gekrochen, und darin war es mit seinen Geschwistern stets einig gewesen. Nie kroch eines von ihnen in die dunklen Winkel der hintern Wand. Das Licht zog sie an, als wären sie Pflanzen; die chemischen Bestandteile, die Leben in ihnen erzeugten, verlangten das Licht als eine Notwendigkeit des Daseins, und die winzigen Körperchen krochen blindlings wie die Ranken eines Weinstocks danach. Später, als jedes persönliche Triebe entwickelte und bewußte Begierden empfand, wurde die Anziehungskraft des Lichtes immer stärker. Immer wieder krochen sie darauf zu und wurden von der Mutter zurückgetrieben. Dabei lernte das graue Junge außer der weichen, liebkosenden Zunge der Mutter noch andere Eigenschaften an ihr kennen. Wie es immer wieder nach dem Lichte kroch, entdeckte es an ihr eine Nase, die durch einen scharfen Puff ihm einen Verweis erteilte, und auch eine Pfote, die sich auf es legte und mit schnellem, wohlberechnetem Stoß es um und um kegelte. So lernte es das, was wehe tat, kennen, und auch, wie man es vermeiden könnte, indem man davor seitwärts oder rückwärts auswich. Dies waren schon bewußte Handlungen und die ersten abstrakten Begriffe, die es sich von der Welt machte. Vorher war es wie ein Automat vor dem, was wehe tat, zurückgewichen, so wie es auch wie ein solcher zum Lichte gekrochen war; nun wich es vor dem Schmerz zurück, weil es ihn kannte.

Es war wie seine Geschwister ein wildes, kleines Tier. Was konnte man auch anders von einem Fleischfresser erwarten! Es stammte von solchen her, sein Vater und seine Mutter hatten nur von Fleisch gelebt. Die Milch, die es in den ersten Tagen seines schwachen Lebens gekostet, hatte sich aus Fleisch gebildet, und nun fing es, vier Wochen alt, und wenige Tage, nachdem seine Augen sich dem Lichte geöffnet hatten, an, selber Fleisch zu fressen, halbverdautes, das die Wölfin für die fünf Jungen, die schon zu große Ansprüche an ihre Nahrung machten, ausspie.

Aber es war auch das stärkste und wildeste von allen Jungen. Es konnte lauter grollen und knurren als eines der andern. Seine Wutanfälle waren toller als die ihren. Es lernte zuerst, wie es eines der Jungen mit einem schlauen Streich der Pfote um und um kehren konnte. Es zerrte und riß wohl ein anderes am Ohr, während es durch die zusammengebissenen Zähne knurrte, und es war ganz sicher, daß es der Mutter die meiste Mühe machte, es vom Eingange zur Höhle zurückzuhalten.

Mit jedem Tage wuchs der Zauber des Lichtes für das graue Junge. Es machte sich beständig auf, um an dem Eingang zur Höhle auf Abenteuer auszugehen, und beständig wurde es zurückgetrieben. Allerdings wußte es nicht, daß das ein Eingang sei; was wußte es davon, ob und wie man zu andern Orten gelangen könne! Es kannte ja keine andern, noch viel weniger, wie man dahin kommen könnte. So blieb der Eingang der Höhle für ihn eine Wand, aber eine lichte

Wand. Was die Sonne für die draußen Wohnenden, das war diese Wand für es, die Sonne seiner Welt. Sie zog es an wie das Licht die Motte; es strebte immer danach. Das Leben, das sich so schnell in ihm entwickelte, trieb es unablässig nach der hellen Wand. Das Leben in ihm wußte, daß es der einzige Weg hinaus sei, der einzige, den es betreten könnte, aber das Kleine selber wußte nichts davon. Es wußte überhaupt nicht, daß es ein Draußen gäbe.

Es war doch etwas höchst Seltsames um diese Wand. Der Vater – es war schon so weit gekommen, den Vater als den einzigen, weiteren Bewohner seiner Welt zu erkennen, als ein der Mutter ähnliches Geschöpf, das nahe am Licht schlief und Fleisch brachte –, der Vater hatte die sonderbare Gewohnheit, durch die ferne, weiße Wand zu verschwinden. Das konnte das graue Wölflein nicht begreifen. Zwar erlaubte ihm die Mutter nie, sich jener Wand zu nähern, doch war es den andern Wänden nahe gekommen und hatte eine harte Mauer am Ende seiner kleinen, zarten Nase angetroffen. Und das hatte wehe getan, also ließ es nach einigen Versuchen die Wände in Ruhe. Ohne darüber nachzudenken, hielt es das Verschwinden des Vaters durch die Wand für eine Eigentümlichkeit desselben, wie Milch und halbverdautes Fleisch es bei der Mutter war. Übrigens dachte das Wölflein nicht weiter darüber nach, wenigstens nicht nach Art eines Menschen. Sein Gehirn arbeitete in unklarer Weise, wenn auch die Schlußfolgerungen ebenso scharf und richtig waren, wie die eines Menschen. Es nahm jedoch die Dinge hin, ohne sich um das Warum und das Wozu zu kümmern. Seine Idee war, sich nicht den Kopf darüber zu zerbrechen, warum, sondern wie etwas geschah. Das genügte ihm allein. So nahm es an, als es mehrmals mit der Nase gegen die hintere Wand gerannt war, daß es durch Mauern nicht verschwinden könnte, wohl aber könnte es der Vater. Aber das Verlangen, den Unterschied zwischen sich und dem Vater ausfindig zu machen, quälte es nicht im mindesten; Logik und Physik gehörten nicht zu den Tätigkeiten seines Gehirns.

Wie die meisten Geschöpfe der Wildnis lernte es früh den Hunger kennen. Es kam eine Zeit, wo das Fleisch nicht nur mangelte, sondern wo auch die Milch in der Mutterbrust versiegte. Zuerst winselten und schrieen die Jungen, es dauerte jedoch nicht lange, so überkam sie die Sucht zu schlafen, und nun schlummerten sie meistens. Da gab es kein Spiel mehr, keinen Zank, keine drolligen Wutanfälle, keinen Versuch zu knurren, auch hörten die Wanderungen auf Abenteuer nach der fernen, weißen Wand auf. Die Jungen schliefen, während das Leben nur schwach in ihnen glimmte und allmählich niedersank. Einauge war der Verzweiflung nah. Er suchte weit und breit, er schlief nur noch wenig im Lager, das nun elend und trübselig geworden war. In den ersten Tagen nach der Geburt der Jungen war Einauge mehrmals zum Indianerlager hingewandert und hatte Kaninchen aus den Schlingen gestohlen, als aber der Schnee schmolz und die Ströme auftauten, zogen die Indianer fort, und auch diese Nahrungsquelle versiegte.

Als das graue Junge wieder ins Leben zurückkehrte und an der fernen, weißen Wand Interesse zeigte, fand es die Bevölkerung seiner Welt sehr zusammengeschrumpft. Nur noch eins der Geschwister war übrig, alle andern waren fort; und als es wieder kräftiger wurde, war es gezwungen, allein zu spielen, denn auch die letzte Schwester lief nicht mehr herum und hob nicht einmal mehr den Kopf empor. Zwar wurde sein Körperchen durch das Fleisch, das es nun bekam, runder, allein für jene war die Nahrungsfülle zu spät gekommen. Sie schlief nur noch, ein winziges Skelett aus Haut und Knochen, in dem die Lebensflamme schwach und schwächer flackerte und endlich ausging.

Dann kam eine Zeit, wo das graue Wölflein den Vater in der Wand nicht mehr erscheinen und verschwinden sah, wo er sich nicht am Eingange zum Schlafe niederlegte. Dies geschah am Ende einer zweiten, doch weniger harten Hungersnot. Die Wölfin wußte, warum Einauge nicht zurückgekommen war, allein wie sollte sie das, was sie gesehen hatte, dem grauen Jungen mitteilen? Denn als sie selber die linke Gabel des Flusses nach Beute hinaufgegangen war, da hatte sie dort, wo die Luchsin wohnte, Einauges einen Tag alte Spur gefunden und am Ende derselben alles, was von ihm übrig war. Es waren da noch viele Zeichen des Kampfes, der ausgefochten worden war, und des Rückzuges der Luchsin in ihr Lager nach gewonnenem Siege, vorhanden. Bevor die Wölfin umkehrte, hatte sie dies Lager gefunden, aber es waren sichere Anzeichen da, daß die Luchsin drinnen sei, und so hatte sie sich nicht hineingewagt.

Danach vermied die Wölfin den linken Flußarm auf ihren Jagdzügen. Sie wußte wohl, daß in dem Lager der Luchsin Junge waren, und sie kannte jene als ein starkes, heimtückisches Geschöpf und als eine tüchtige Streitkraft. Zwar hätten ein halb Dutzend Wölfe einen fauchenden Luchs vor sich her auf einen Baum hinauftreiben können, doch für einen Wolf allein war es eine gefährliche Sache, es mit einer Luchsin aufzunehmen, die Junge hatte.

Aber Wildnis bleibt Wildnis, und die Mutterliebe bleibt die schützende, verteidigende Liebe, ob in der Wildnis oder außerhalb derselben, und es sollte eine Zeit kommen, wo die Wölfin sich um des grauen Jungen willen auch den linken Flußarm hinaufwagen und dem Lager in den Felsen und dem Zorn der Luchsin Trotz bieten sollte.

4. Kapitel. Die Wand der Außenwelt

Um die Zeit, da die Mutter anfing, zu ihren Jagdzügen die Höhle zu verlassen, hatte das graue Junge sich das Verbot, den Eingang zu meiden, wohl gemerkt. Nicht nur war ihm dasselbe von der mütterlichen Nase und Pfote häufig nachdrücklich eingeschärft worden, sondern in ihm hatte sich auch der Instinkt der Furcht entwickelt. Allerdings war in seinem kurzen Leben in der Höhle nie etwas passiert, was ihm Furcht eingejagt hätte, dennoch war das Gefühl da, war ihm von Tausenden seiner Vorfahren vererbt worden. Direkt war es Erbschaft von Einauge und der Wölfin, allein sie hatten es von all den Generationen von Wölfen geerbt, die vor ihnen gelebt hatten. Furcht – das Erbe der Wildnis, dem kein Geschöpf entgeht –, kann nicht für ein Gericht Linsen veräußert werden.

So also kannte das Graue die Furcht, ohne zu wissen, was dieselbe eigentlich bedeute. Möglicherweise sah es dieselbe als eine Schranke des Lebens an, denn es hatte schon gelernt, daß es solche Schranken gab. Es kannte den ungestillten Hunger, die Härte der Höhlenwand, den derben Stoß der mütterlichen Nase, den hurtigen Schlag ihrer Pfote, – all das hatte ihm gezeigt, daß nicht alles in der Welt Freiheit sei, sondern daß es im Leben Hemmnisse gab. Diese Hemmnisse waren für ihn Gesetze; war man diesen gehorsam, so entging man der Strafe und war glücklich. Nicht, daß es sich dies wie ein Mansch überlegt hätte, sondern es teilte die Dinge in solche ein, die wehe taten, und in solche, die angenehm waren, und danach vermied es die einen, um die Annehmlichkeiten der andern zu genießen.

So kam es, daß es, dem Gebot der Mutter und dem Gesetz jenes geheimnisvollen Schrecknisses, der Furcht, gehorsam sich von dem Eingang der Höhle fern hielt. Diese blieb für ihn die weiße, lichte Wand. War die Mutter abwesend, so schlief es die meiste Zeit, und in den Zwischenzeiten verhielt es sich ruhig, indem es den Kitzel im Halse unterdrückte, der sich in winselnden Tönen Luft machen wollte.

Als es so einst wachend dalag, hörte es in der weißen Wand einen seltsamen Ton. Es wußte nicht, daß ein Vielfraß draußen stand und zitternd ob der eigenen Kühnheit vorsichtig den Inhalt der Höhle beschnupperte. Das Wölflein wußte nur, daß der Ton seltsam klänge wie etwas, was es noch nie gehört hätte, und darum war es für es voller Schrecken, denn das Unbekannte vor allem flößte ihm Furcht ein.

Das Haar auf seinem Rücken richtete sich lautlos empor. Was wußte es davon, daß bei irgend einem Ton sein Haar sich emporrichten sollte? Das war kein angeborener Instinkt, nur der sichtbare Ausdruck der ihm innewohnenden Furcht, für die es in seinem Leben keine Erklärung gab. Auch war die Furcht von einem wilden Instinkt, dem, sich zu verbergen, begleitet. Das Wölflein war außer sich vor Schreck, doch blieb es so regungslos und still, als ob es versteinert oder tot wäre. Als die Mutter heimkam, knurrte sie, als sie die Spur des Vielfraßes fand. Sie eilte in die Höhle und leckte und liebkoste ihr Junges voll ungewöhnlicher Zärtlichkeit, und dieses fühlte, daß es einer großen, unbekannten Gefahr entgangen sei.

Aber noch andere Kräfte arbeiteten in dem jungen Wölflein, vor allem seine zunehmende Stärke. Instinkt und mütterliches Verbot verlangten von ihm Gehorsam, aber sein Wachstum drängte ihn zum Ungehorsam. Die Mutter und seine Furcht warnten ihn vor der weißen Wand, aber Wachstum ist Leben, und das Leben strebt von jeher nach dem Lichte. Die wachsende Lebenskraft in ihm ließ sich nicht mehr eindämmen, sie stieg mit jedem Bissen, denn es aß, mit jedem Atemzuge, den es tat, und am Ende wurden Furcht und Gehorsam eines Tages von dem Lebensdrange weggefegt, und das Wölflein schritt wackelnd und breitbeinig dem Eingange zu.

Ungleich den andern Wänden, mit denen es bisher zu tun gehabt hatte, schien diese, als es ihr näher kam, vor ihm zurückzuweichen. Seine zarte kleine Nase, als es dieselbe tastend vorstreckte, kam nicht mit einer harten Fläche in Berührung. Das Material, aus dem diese Wand gemacht war, schien, ebenso wie das Licht, zurückzuweichen, auch konnte man durch dasselbe schreiten, und da in seinen Augen Substanz und scheinbare Form ein und dasselbe war, so trat es in das, was ihm als Wand erschien, hinein und badete sich gleichsam darin.

Es war höchst seltsam. Man konnte also durch feste Wände schreiten, wobei das Licht immer heller wurde. Dann riet ihm die Furcht dringend umzukehren, aber das drängende Leben in ihm trieb es vorwärts. Plötzlich befand es sich am Rande der Höhle. Die Wand, vor der es sich gewähnt hatte, wich auf einmal in unermeßliche Ferne zurück. Das Licht wurde blendend hell, es tat seinen Augen wehe, und die jähe Ausdehnung des Raumes machte es schwindlig. Nach und nach gewöhnten sich jedoch seine Augen an die Helligkeit und paßten sich der größeren Entfernung der Gegenstände an. Das erste, was ihm auffiel, war, daß nun die Wand so ungeheuer weit zurückgewichen war. Denn sie erschien jetzt wieder, aber merkwürdig weit entfernt. Auch war ihr Aussehen verändert. Sie war jetzt bunt, Bäume waren darauf, die einen Fluß umgaben, und über den Bäumen ein Berg und über dem Berge der Himmel.

Eine große Furcht kam über es. Hier war noch mehr des schrecklichen Unbekannten. Das Wölflein kauerte am Rande der Höhle nieder und schaute auf die Welt. Es ängstigte sich sehr, denn das vor ihm war das Unbekannte, und das war sein Feind. Unwillkürlich sträubte sich wieder sein Haar auf dem Rücken empor, seine Lippen zogen sich in die Höhe, und es machte einen schwachen Versuch, grimmig und warnend zu knurren. So winzig und furchtsam es auch war, so forderte es doch die ganze weite Welt trotzig heraus.

Nichts passierte jedoch. Es fuhr fort zu schauen, und so vertieft war es, daß es zu knurren vergaß, und auch die Angst vergaß es. Eine Weile wenigstens verjagte das drängende Leben in ihm unter der Maske der Neugier alle Furcht, und es fing an, die nahen Gegenstände zu bemerken, – eine eisfreie Stelle im Strome, die im Sonnenschein glitzerte, einen vom Blitz zerschmetterten Tannenbaum unten am Ufer und dieses Ufer selber, das sich zu ihm hinauf erstreckte und etwa zwei Fuß unterhalb der Höhle aufhörte.

Nun hatte das graue Wölflein sein Lebenlang auf ebener Erde gelebt und nie erfahren, wie weh ein Fall täte. Es wußte ja gar nicht, was ein Fall bedeute, also schritt es kühn in die Luft hinaus. Seine Hinterbeine ruhten noch auf dem Rande der Höhle, als es auf einmal kopfüber hinunterfiel. Die Erde gab ihm einen tüchtigen Schlag gegen die Nase, und es schrie jämmerlich.

Dann fing es an, den Abhang hinunter zu rutschen. Es war wie betäubt vor Schreck, denn jetzt hatte das Unbekannte es doch gepackt, mit harter Faust gepackt und würde ihm gewiß ein fürchterliches Leid antun. Nun verjagte die Furcht all seine Kraft und Stärke, und es winselte und schrie wie ein erschrecktes Hündchen.

Das Unbekannte trug es weiter, es wußte nicht zu welch furchtbarem Weh, und es winselte und heulte unaufhörlich. Dies war etwas ganz anderes, was ihm geschah, als damals, wo es vor Furcht wie versteinert sich geduckt hatte, während das Unbekannte dicht neben ihm lauerte. Nun hatte es das Tier gepackt, und es war unnütz, stille zu sein; auch war es nicht bloß Furcht, es war Entsetzen, was es schüttelte.

Allein der Abhang wurde allmählich sanfter, und es rollte den grasigen Hang ganz hinunter. Als es endlich stille lag, stieß es noch einen letzten Schmerzensschrei aus, darauf machte es sich in einem langen, kläglichen Gewinsel Luft. Dann machte es sich daran, als hätte es in seinem Leben schon hundertmal

Toilette gemacht, sich das graue Körperchen von der trockenen Erde, die es besudelte, rein zu lecken.

Hierauf setzte es sich aufrecht und schaute umher, wie es der erste Mensch auf dem Mars etwa tun würde. Ja, das Wölflein hatte die Wand der Welt durchbrochen, das Unbekannte, das es gepackt, hatte es wieder losgelassen, und dennoch war es unverletzt! Aber der erste Mensch auf dem Mars würde sich dort weniger fremd fühlen, als das graue Junge es tat. Ohne eine Warnung, ohne vorherige Kunde von dem Vorhandensein einer neuen Welt befand es sich plötzlich als Erforscher mitten darin.

Doch nun, da das Schreckliche, das Unbekannte, es losgelassen hatte, vergaß es, daß es irgend welche Schrecken für es gehabt hätte. Es fühlte nur Neugier bei all den es umgebenden Dingen. Es besah sich das Gras zu seinen Füßen, die Moosbeerenstaude dicht neben sich, den toten Stamm der vom Blitz getroffenen Tanne am Rande eines freien Platzes unter den Bäumen. Ein Eichhörnchen, das rund um den Stamm lief, kam plötzlich auf es los und jagte ihm große Angst ein. Das Wölflein duckte sich und knurrte. Doch das Eichhörnchen war ebenso erschrocken, es lief den Baum hinauf und fauchte es vom sichern Standpunkt aus wild an.

Dies erhöhte den Mut des Wölfleins, und obgleich ein Specht, den es darauf traf, ihm einigen Schreck einjagte, so setzte es dennoch seinen Weg zuversichtlich fort. So groß war sein Vertrauen, daß es, als ein Häher frech auf es zuhüpfte, spielend die Pfoten danach ausstreckte. Die Folge davon war ein scharfer Schnabelhieb auf seine Nase, und nun duckte es sich und schrie. Der Lärm wurde dem Häher zu viel, und er ergriff schleunigst die Flucht.

Aber das Wölflein lernte zu. Mit seinen noch schwachen Verstandeskräften machte es unbewußt Unterschiede; es fand lebende und leblose Dinge. Auch begriff es schon, daß man sich vor den lebendigen in acht nehmen mußte. Die leblosen blieben auf ihrem Platze, aber die lebendigen bewegten sich, und man wußte nie, was sie unternehmen würden. Man hatte von ihnen das Unerwartete zu erwarten und mußte darauf vorbereitet sein.

Es kam nur ungeschickt vorwärts. Es rannte gegen die Dinge. Ein Zweig, den es weitab glaubte, pflegte ihm im nächsten Augenblick einen Schlag auf die Nase zu versetzen oder seine Seiten zu peitschen. Auch war der Boden uneben, und es fiel entweder auf die Nase oder stolperte über seine Füße. Dann glitten oft kleinere oder größere Steinchen hinweg, wenn es darauf trat, und es sah ein, daß leblose Dinge auch nicht so unbeweglich waren, als sie es in der Höhle gewesen waren, und daß kleine Dinge leichter umfielen und hinunterrollten als große. So lernte es bei einem jeden Fehltritt; und je länger es dauerte, desto besser ging es, denn es paßte sich mit der Zeit den Dingen an. Es lernte seine Muskelbewegungen berechnen, seine physischen Beschränkungen kennen, die Entfernungen zwischen den Gegenständen untereinander und zwischen sich und denselben abmessen.

Es hatte das Glück, das dem Anfänger hold ist. Ein Fleischfresser von Geburt, ohne es zu wissen, stieß es auf seinem ersten Streifzug in die Welt, sowie es nur den Fuß vor den Eingang seiner Höhle gesetzt hatte, auf Fleisch, und aus reinem Ungeschick kam es auf das schlau versteckte Nest eines Schneehuhns. Es fiel gerade in dasselbe hinein. Es hatte sich's einfallen lassen, auf dem umgestürzten Stamm einer Tanne entlang zu wandern. Plötzlich gab die vermoderte Rinde unter seinen Füßen nach, und mit einem Geheul der Verzweiflung rutschte es an der Rundung des Stammes hinunter und purzelte durch die Zweige und Blätter eines kleinen Busches mitten unter sieben junge Schneehühnchen. Diese schrieen laut, was es zuerst erschreckte. Dann sah es, daß dieselben klein waren, und das machte es kühner. Sie bewegten sich unruhig, und es legte die Pfote auf eines, was die Bewegungen desselben noch unruhiger machte. Das amüsierte es, und es beroch das Vögelchen. Darauf nahm es dasselbe in den Mund, und es zappelte und kitzelte ihm die Zunge. Zu gleicher Zeit regte sich bei ihm die Empfindung des Hungers. Seine Kinnbacken schlossen sich fester, es hörte, wie zarte Knochen prasselten, es fühlte, wie warmes Blut ihm in den Mund lief, und das schmeckte gut. Dies war Fleisch, wie die Mutter es ihm gab, nur daß es ganz frisch und darum so viel besser war. So verzehrte es das Schneehühnchen und hörte nicht eher auf, als bis die ganze Brut verzehrt war. Dann leckte es sich das Mäulchen, wie es die Mutter tat, und schickte sich an, aus dem Busch zu kriechen.

Da traf es auf einen Wirbelwind von Federn. Der heftige Angriff und die wütenden Flügelschläge der Schneehuhnmutter blendeten und verwirrten es. Es steckte den Kopf zwischen die Pfoten und schrie jämmerlich. Aber die Schneehuhnmutter schlug immer ärger mit den Flügeln, denn sie war in großem Zorn. Da wurde es auch böse. Es hob den Kopf, knurrte und schlug mit der Pfote zu. Seine winzigen Zähnchen ergriffen einen Flügel des Schneehuhns und rissen und zerrten mit aller Macht daran. Das Schneehuhn wehrte sich und schlug mit dem freien Flügel um so heftiger nach ihm. Dies war sein erster Kampf, und es war davon wie begeistert. Es vergaß das Unbekannte vollständig, es fürchtete sich vor nichts mehr. Es kämpfte gegen ein lebendiges Wesen, das Fleisch war. Die Lust zu töten regte sich in ihm. Es hatte soeben kleine Wesen vernichtet, nun wollte es ein großes töten. Es war in seinem Eifer ganz glücklich, ohne zu wissen, daß es glücklich sei. Es bebte vor Entzücken über Empfindungen, die ihm ganz neu und so großartig waren, wie es solche nie zuvor gekannt hatte. Es hielt an dem Flügel fest und knurrte durch die zusammengebissenen Zähne. Die Schneehenne schleppte es aus dem Busch. Als sie sich umdrehte, versuchte sie, es wieder ins Gebüsch hineinzuziehen, aber es zerrte sie hinweg und ins Freie. Die ganze Zeit über machte sie einen Höllenlärm und schlug nach ihm mit dem Flügel, so daß die weißen Federn umherstoben. Das Wölflein war in furchtbarer Erregung, das Blut seiner streitbaren Vorfahren kreiste rasch in seinen Adern. Dies war echtes Leben, wenn es sich dessen auch nicht bewußt war. Die Bedeutung der Welt für es wurde ihm jetzt klar, da es das tat, wofür es geschaffen war, nämlich seine Nahrung zu töten und darum zu kämpfen. Dies war der Endzweck seines Daseins, und indem es das vollbrachte, wozu es da war, erreichte das Leben für es den Gipfelpunkt.

Nach einer Weile stellte das Schneehuhn den Kampf ein. Das Wölflein hielt immer noch an dem Flügel fest, und beide lagen auf der Erde und schauten einander an. Es versuchte, grimmig zu knurren. Da gab ihm jenes mit dem Schnabel einen Hieb auf die Nase, die von den früheren Abenteuern noch schmerzte. Es krümmte sich vor Schmerz, doch hielt es fest, allein das Schneehuhn hieb immer wieder nach ihm. Wieder krümmte es sich und winselte, dabei versuchte es rückwärts auszuweichen, vergaß jedoch, daß es, wenn es festhielte, das Schneehuhn nach sich zöge. Immer dichter hagelten die Hiebe auf seine schmerzende Nase herab. Die Kampfeslust verging ihm, es ließ die Beute fahren, drehte ihr den Rücken und rannte in schmachvollem Rückzuge quer über die Lichtung.

Auf der andern Seite legte es sich am Rande des Gebüsches nieder. Die Zunge hing ihm aus dem Halse, seine Brust hob und senkte sich keuchend, und es winselte, da die Nase noch immer wehe tat. Wie es so dalag, überkam es plötzlich das Gefühl, als ob etwas Schreckliches hereinbräche. Das Unbekannte mit all seinen Schrecken stürmte wieder auf es ein, und instinktmäßig kroch es in den Schutz des Gebüsches. Da traf es ein heftiger Luftzug, ein großer, beschwingter Habicht war vom blauen Himmel herabgestoßen und hatte es nur um Haaresbreite verfehlt.

Während es im Gebüsch lag, sich von dem Schreck erholte und furchtsam umblickte, flatterte das Schneehuhn aus dem verwüsteten Nest gegenüber heraus. Vertieft in seinen Verlust achtete es nicht auf den beschwingten Pfeil des Himmels. Aber das Wölflein sah alles – und es war ihm eine Lehre und eine Warnung –, es sah das rasche Niedersausen des Habichts, sah, wie er den Boden mit dem Körper streifte, die Fänge in das Schneehuhn schlug, es hörte den Schmerzensschrei desselben und sah den Habicht in die blaue Luft emporsteigen und das Schneehuhn mit sich forttragen.

Es dauerte lange, bis das Wölflein sein Versteck verließ. Es hatte viel gelernt. Lebendiges war Beute und schmeckte gut, aber, wenn es groß war, konnte es auch Schmerzen verursachen. Darum war es besser, kleine Geschöpfe wie Schneehuhnjunge zu verzehren, und die großen in Ruhe zu lassen. Dennoch fühlte es den Stachel des Ehrgeizes und den heimlichen Wunsch, noch einmal den Kampf mit dem Schneehuhn zu wagen, nur hatte der Habicht es fortgetragen. Vielleicht aber gab es noch mehr zu erleben. Es wollte hingehen und sehen.

Es kam den sanften Abhang zum Flusse hinunter. Nie zuvor hatte es eine Wasserfläche gesehen. Das sah gut aus zum Gehen, es war glatt und hatte keine Unebenheiten. Es trat kühn darauf, aber sogleich ging es unter und schrie vor Angst, denn von neuem hielt das Unbekannte es umklammert. Das Wasser war kalt und das Wölflein schnappte keuchend nach Luft, denn statt der Luft, die es sonst geatmet hatte, hatte ihm Wasser die Lungen gefüllt, und es hatte das Gefühl des Erstickens, was für es Tod bedeutete. Zwar kannte es nicht den Tod, aber wie jedes Tier der Wildnis hatte es eine instinktmäßige Furcht vor dem Tode, der für es der höchste aller Schmerzen war. Denn der Tod war das eigentliche Unbekannte, die Summe all seiner Schrecken, das höchste, gar nicht auszudrückende Unglück, das ihm passieren konnte, wovon es zwar nichts wußte, wovon es aber alles fürchtete.

Es kam wieder an die Oberfläche, und die sanfte Luft strömte ihm in den geöffneten Mund. Es ging nicht wieder unter, sondern wie aus alter Gewohnheit arbeitete es mit allen Vieren und schwamm. Das Ufer, von dem es gekommen, war kaum einen Meter weit entfernt, aber es lag hinter ihm, und so schwamm es nach dem gegenüberliegenden, das ihm vor Augen lag. Das Flüßchen war nur schmal, aber es bildete hier ein Becken von etwa zwanzig Fuß Breite.

Mitten im Wasser ergriff es die Strömung und zog es stromabwärts in eine winzige Stromschnelle unterhalb des Beckens. Hier war wenig Aussicht auf Schwimmen, denn das bisher ruhige Wasser wurde auf einmal ganz toll. Es drehte es bald auf den Rücken, bald auf den Bauch, es hielt es immer in heftiger Bewegung und schleuderte es bald gegen einen Stein, bald gegen einen Felsen, wobei das Wölflein jedesmal kläglich aufschrie. Die ganze Fahrt war eine Reihenfolge solch kläglicher Schreie, was auf eine große Anzahl Steine schließen ließ. Unterhalb der Stromschnelle befand sich wieder ein Becken, und hier wurde es durch die kreisende Bewegung des Wassers ans Ufer getragen und sanft auf ein Kieslager gebettet. Es kroch in wahnsinniger Angst von dem Wasser hinweg und legte sich nieder. Es hatte von der Welt etwas mehr kennen gelernt. Das Wasser war zwar nicht lebendig, aber es bewegte sich dennoch. Es sah so fest aus wie die Erde und besaß doch keine Festigkeit. Also waren die Dinge nicht immer das, was sie schienen. Zwar war seine Furcht vor dem Unbekannten nur ererbtes Mißtrauen, doch nun durch die Erfahrung verstärkt. Darum mußte man fortwährend gegen den Schein auf der Hut sein. Man mußte die Beschaffenheit eines Dinges erst kennen lernen, ehe man sich darauf verlassen konnte.

Noch ein Abenteuer war ihm für diesen Tag vorbehalten. Es fiel ihm plötzlich ein, daß es eine Mutter habe, und das Gefühl überkam es, daß es sie mehr als irgend etwas in der Welt herbeiwünschte. Nicht nur war sein Körper von all den durchlebten Abenteuern ermattet, sondern sein kleines Hirn war auch müde. Nie zuvor hatte es in seinem ganzen Leben so schwer gearbeitet wie an diesem einen Tage. Auch schläferte es, also machte es sich auf, zur Höhle und zur Mutter zurückzukehren, da das Gefühl der Einsamkeit und Hilflosigkeit es zu überwältigen begann.

Es schritt breitbeinig zwischen den Büschen dahin, als es einen scharfen, drohenden Schrei vernahm. Etwas Gelbliches schoß blitzschnell an seinen Augen vorüber, und es sah ein Wiesel hinwegspringen. Da es nur ein kleines Geschöpf war, so hatte es keine Furcht. Dann erblickte es dicht vor seinen Füßen ein noch viel kleineres Wiesel, ein nur einige Zoll langes Junges, das ebenso ungehorsam wie das Wolflein auch auf Abenteuer ausgegangen war. Es versuchte zu fliehen, und der junge Wolf drehte es mit der Pfote um und um. Es gab drollige, schrille Töne von sich, als abermals der gelbliche Blitz vor den Augen des Wölfleins vorüberschoß. Abermals hörte es den drohenden Schrei, empfing zu gleicher Zeit einen heftigen Schlag am Halse und fühlte die scharfen Zähne der Wieselmutter in seinem Fleische.

Das Wölflein schrie gellend auf und kroch rückwärts, während es sah, wie das Wiesel auf das Junge zusprang und im nahen Dickicht verschwand. Der Biß am Halse schmerzte, aber tiefer noch war es in seinen Gefühlen verletzt, und es setzte sich hin und winselte kläglich. Das Wiesel war doch nur so klein, und dennoch war es so wild. Das Wölflein hatte noch zu lernen, daß ein Wiesel trotz seiner Kleinheit und seines geringen Gewichtes der blutdürstigste, rachsüchtigste und schrecklichste Mörder der Wildnis ist; und diese Erkenntnis sollte ihm bald zuteil werden.

Es winselte noch, als die Wieselmutter wieder erschien. Sie schoß diesmal nicht auf den Feind los, da ihr Junges in Sicherheit war. Sie näherte sich ihm vorsichtig, und das Wölflein hatte Zeit, den dünnen, schlangenartigen Leib und den hocherhobenen spitzen, ebenfalls schlangenhaften Kopf zu betrachten. Das durchdringende, drohende Geschrei des Wiesels machte, daß dem Wölflein das Haar zu Berge stand, und es knurrte warnend. Aber das Wiesel kam immer näher, endlich machte es einen Satz, schneller als das ungeübte Auge des Wölfleins demselben folgen konnte, und der dünne, gelbe Körper, der einen Augenblick seinen Augen entschwunden war, hing im nächsten ihm an der Kehle, wo die Zähne desselben sich durch sein Fell tief ins Fleisch bohrten.

Zuerst knurrte das Wölflein und setzte sich zur Wehr, aber es war noch sehr jung, und dies war sein erster Tag draußen in der Welt, und so wurde das Knurren zum Gewinsel, und der Kampf endigte in einem Fluchtversuch. Doch das Wiesel ließ nicht locker; es hielt fest und mühte sich, mit den Zähnen die große Schlagader zu erreichen, wo das Lebensblut kreiste. Denn es sog ja den Tieren das Blut aus, und am liebsten tat es ihnen das bei lebendigem Leibe, und so wäre es mit der Geschichte des armen Wölfleins aus gewesen, wenn nicht die Wölfin durch das Gebüsch herbeigesprungen wäre. Da ließ das Wiesel die Beute los und schoß blitzschnell der Wölfin an die Kehle. Aber der Sprung ging fehl und traf nur auf den Kinnbacken. Da schlenkerte die Wölfin mit dem Kopf hin und her, wie man mit einer Peitsche tut, wenn man knallen will, und schleuderte dabei das Wiesel hoch in die Luft. Dann fing sie es auf, und ihre Kinnladen schlossen sich über dem dünnen, gelben Körper, und unter ihren zermalmenden Zähnen hauchte das Wiesel sein Leben aus.

Nun spielte sich eine Szene voll überquellender Zärtlichkeit zwischen der Wölfin und dem grauen Jungen ab. Die Freude der Mutter, ihr Kind wiederzufinden, war vielleicht noch größer, als die des Wölfleins. Sie liebkoste es mit der Schnauze und leckte ihm die Wunden, welche die Zähne des Wiesels ihm beigebracht hatten. Dann verzehrten sie zusammen den Blutsauger und gingen darauf zur Höhle, um dort zu schlafen.

5. Kapitel. Das Recht auf Fleisch

Das Wölflein entwickelte sich schnell. Es ruhte sich zwei Tage aus, dann wagte es sich wieder aus der Höhle. Bei diesem Abenteuer fand es das junge Wiesel wieder, dessen Mutter es mitverzehrt hatte, und es sorgte dafür, daß das Junge der Mutter nachfolgte. Diesmal aber verirrte es sich nicht. Als es müde war, trat es den Rückzug zur Höhle an, um zu schlafen, und jeden Tag machte es sich nun auf Abenteuer aus und wagte sich immer weiter hinaus.

Es fing an, seine Stärke gegen seine Schwäche genau abzuwägen und zu wissen, wann es kuhn und wann es vorsichtig sein müßte. Es fand es ratsam, immer vorsichtig zu sein, bis auf die seltenen Augenblicke, wo es auf die eigene Unerschrockenheit sicher bauen konnte, um sich Wutanfällen oder Begierden hinzugeben.

Immer gebärdete es sich wie ein kleiner Teufel, wenn es ein verirrtes Schneehuhn antraf, und stets antwortete es wütend auf das Geschnatter des Eichhörnchens, das es zuerst an der zerschmetterten Tanne getroffen hatte. Der Anblick eines Hähers versetzte es fast immer in die wildeste Wut, denn nie vergaß es den Schnabelhieb, den es von dem ersten Vogel dieser Gattung auf die Nase erhalten hatte. Allein es gab Zeiten, wo selbst ein solcher Vogel es nicht aufregen konnte, und das war, wenn es sich vor einem lauernden Feind in Gefahr glaubte. Nie vergaß es den Habicht und ein beweglicher Schatten trieb es ins nächste Dickicht, wo es niederkauerte. Es schritt nicht länger breitbeinig und ungeschickt einher, sondern nahm allmählich den schleichenden, verstohlenen Gang der Mutter an, indem es scheinbar ohne Anstrengung mit unberechenbarer Schnelligkeit dahinglitt.

Aber nur am Anfang hatte es bei der Jagd auf Raub Glück gehabt. Die sieben Küchlein des Schneehuhns und das junge Wiesel waren lange alles, was es getötet hatte. Mit jedem Tage jedoch wuchs sein Verlangen zu töten, und hungrig und ehrgeizig verlangte es auch nach dem Eichhörnchen, das so geläufig schnatterte und alle wilden Geschöpfe vor der Annäherung des Wölfleins warnte. Aber wie die Vögel in die Luft aufflogen, so konnten die Eichhörnchen auf Bäume klettern, und das Wölflein konnte nur versuchen, das Eichhörnchen unbeobachtet zu beschleichen, wenn es auf dem Boden war.

Es hatte großen Respekt vor der Mutter. Ging sie auf Raub aus, so brachte sie ihm stets seinen Anteil daran heim; auch hatte sie vor nichts Angst. Es kam ihm nicht in den Sinn, daß diese Furchtlosigkeit auf Erfahrung beruhte, es machte ihm den Eindruck von Macht. Die Mutter stellte ihm die Macht vor, und es fühlte dieselbe, als es älter wurde, in der härter strafenden Pfote, in dem scharfen Biß der Zähne, der gegen den sanften Stoß der Nase vertauscht wurde. Deshalb hatte es vor ihr Respekt, denn sie zwang es zum Gehorsam, und je älter es wurde, desto leichter wurde sie böse.

Abermals brach eine Hungersnot aus, und das Wölflein erfuhr von neuem, und diesmal mit klarem Bewußtsein, die Pein des nagenden Hungers. Die Wölfin magerte aus Mangel an Nahrung ab. Sie blieb kaum mehr in der Höhle, sie verbrachte die meiste Zeit auf der Suche und immer ohne Erfolg. Diese Hungersnot dauerte zwar nicht lange, war aber sehr heftig. Das Wölflein fand keine Milch mehr in der Mutterbrust, auch bekam es nicht einen Bissen Fleisch. Früher hatte es zum Scherz gejagt, zum bloßen Zeitvertreib, jetzt war es bitterer Ernst damit und dennoch fand es nichts. Doch dieser Mißerfolg entwickelte seine Fähigkeiten. Es studierte die Gewohnheiten des Eichhörnchens sorgfältiger und bemühte sich, dasselbe mit größerer Schlauheit zu beschleichen. Es studierte auch die Waldmäuse und versuchte, sie aus ihren Löchern herauszugraben; es lernte die Gewohnheiten der Spechte und anderer Vögel kennen. Dann kam ein Tag, wo der Schatten des Habichts es nicht mehr ins Gebüsch und ins Versteck trieb. Es wurde stärker, klüger, zuversichtlicher; auch war es in Verzweiflung. So saß es ganz offenkundig in der Lichtung und forderte den Habicht in den Lüften heraus. Denn es wußte, daß dort über ihm im Blauen Speise sei, wonach sein Magen so beharrlich verlangte. Allein der Habicht wollte nicht herabkommen, um zu kämpfen, und das Wölflein kroch ins Dickicht zurück und winselte vor Enttäuschung und Hunger.

Aber auch diese Hungersnot ging vorüber, und die Wölfin brachte wieder Fleisch heim. Es war eine ganz seltsame Beute, etwas ganz anderes, als sie je früher heimgebracht hatte. Es war ein halb ausgewachsener junger Luchs, nicht ganz so groß wie das Wölflein, und ganz allein für ihn. Die Mutter hatte ihren Hunger anderwärts gestillt. Es wußte ja nicht, daß der Luchs der letzte von dem Wurf sei, der ihr vollständig zum Opfer gefallen war. Auch wußte es nicht, wie verzweifelt die Tat gewesen war. Nur daß das Kätzchen mit dem Sammetfell Fleisch sei, wußte es, und es verzehrte dasselbe, und bei jedem Bissen wurde ihm wohler.

Ein voller Bauch führt zur Untätigkeit, und das Wölflein lag in der Höhle dicht neben der Mutter und schlief. Es wachte durch ihr Knurren auf. Nie hatte es sie so fürchterlich knurren hören. Vielleicht nie im Leben hatte sie einen so furchtbaren Ton ausgestoßen, und sie hatte auch allen Grund dazu, das wußte niemand besser als sie, denn das Lager eines Luchses wird nicht ungestraft beraubt. Im vollen Licht der Nachmittagssonne sah das graue Wölflein die Luchsin geduckt vor dem Eingang der Höhle liegen; sein Haar sträubte sich ihm auf dem Rücken empor. Hier war etwas Furchtbares, das brauchte ihm der Instinkt nicht erst zu sagen, und wenn der Anblick allein nicht genügt hätte, so wäre das wütende Geschrei des Eindringlings, das mit Knurren begann und rasch zu heiserem Kreischen wurde, hinreichend überzeugend gewesen. In dem Wölflein regte sich die Liebe zum Leben, es stand auf und stellte sich mit tapferem Knurren neben die Mutter. Allein sie schob es verächtlich beiseite und stellte sich vor es. Die Luchsin konnte des niedrigen Eingangs wegen nicht in die Höhle hineinspringen, aber als sie behende hineinkroch, sprang die Wölfin auf sie los und drückte sie zu Boden. Das Wölflein sah von dem Kampfe nur wenig, allein es hörte fürchterlich knurren, fauchen und kreischen. Die beiden Tiere hieben aufeinander los, die Katze, indem sie mit den Krallen riß und kratzte und auch die Zähne gebrauchte, während die Wölfin nur diese als Waffe besaß. Einmal sprang das Wölflein zu und biß der Luchsin in eines der Hinterbeine. Es hielt fest und knurrte wütend. Ohne daß es das wußte, lähmte das Gewicht seines Körpers die Bewegung des Beines, und es ersparte dadurch der Mutter manche Wunde. Bei einer Wendung des Kampfes jedoch kam es unter die beiden Kämpfenden und ließ das Bein fahren. Einen Augenblick später trennten sich die beiden Feinde, und bevor sie von neuem aufeinander losstürzten, versetzte die Luchsin dem Wölflein einen Schlag mit der Vorderpfote, riß ihm die Schulter bis zum Knochen auf und schleuderte es an die Wand. Nun mischte sich auch sein gellendes Schmerzensgeschrei in den Lärm, aber das Wölflein hatte Zeit, sich auszuheulen und noch einmal mutig einzugreifen, indem es wiederum die Luchsin bei einem Hinterbeine packte und zornig knurrend festhielt, bis der Kampf zu Ende war.

Zwar war die Luchsin endlich tot, aber auch die Wölfin war sehr wund und krank. Sie liebkoste ihr Junges und leckte ihm die wunde Schulter, aber der große Blutverlust hatte sie sehr schwach gemacht, und einen Tag und eine Nacht lag sie bewegungslos und kaum atmend neben der toten Feindin. Acht Tage lang verließ sie die Höhle nur, um zu trinken, und hernach noch waren ihre Bewegungen langsam und matt. In dieser Zeit wurde der tote Feind verzehrt und die Wunden der Wölfin heilten wieder so weit, daß sie auf Raub ausgehen konnte.

Eine Zeitlang blieb die Schulter des Wölfleins nach dem furchtbaren Schlage, den es erhalten hatte, steif und tat sehr wehe, und es hinkte beim Gehen. Aber die Welt hatte sich seitdem für es verändert. Es schritt mit erhöhter Zuversicht einher, es fühlte sich als Held. Das Leben hatte sich ihm von einer wilderen Seite gezeigt, es hatte gekämpft, die Zähne ins Fleisch des Feindes geschlagen und war am Leben geblieben. Drum trat es kühner und trotziger auf, und kleinere Geschöpfe jagten ihm keine Furcht mehr ein. Seine Schüchternheit war verschwunden, wenn auch das Unbekannte ihm immer noch geheimnisvolle Schrecken einflößte.

Fortan begleitete es die Mutter auf ihren Streifzügen, und es sah nicht nur, wie Beute gemacht wurde, sondern spielte dabei auch eine Rolle. So lernte es in seiner Weise das Recht auf Fleisch kennen. Es gab zwei Arten von Leben, das eigne, das auch die Mutter einschloß, und das der andern. Dies umfaßte all die Geschöpfe, die entweder von ihm und den Seinen getötet und gefressen wurden, oder die ihn töten und fressen würden, wenn sie es könnten. Und aus dieser Einteilung entstand das Recht. Fleisch war die Grundbedingung des Lebens, Fleisch war selbst Leben, und so lebte das Leben vom Leben. »Friß oder werde gefressen«, so lautete das Gesetz. Zwar brachte das Wölflein dasselbe nicht in einen so klaren, bestimmten Satz und dachte auch nicht weiter darüber nach; aber es lebte nach dem Gesetze, ohne darüber nachzudenken.

Es sah, wie das Gesetz rings umher in Kraft war. Es hatte einst die Küchlein des Schneehuhns gefressen und der Habicht die Mutter. Dieser hätte auch es gefressen, und später, als es stärker geworden war, hatte es den Habicht fressen wollen. Es hatte den jungen Luchs verzehrt, und die Luchsin würde dasselbe mit ihm getan haben, wäre sie nicht selber getötet worden, und so ging es immer weiter. Alle lebenden Wesen ringsum lebten nach dem Raubgesetz, und das Wölflein war nur ein winziger Bruchteil desselben, ein Fleischfresser wie sie, dessen einzige Nahrung lebendes Fleisch war, das flink vor ihm herlief, emporflog, auf die Bäume kletterte oder sich im Boden versteckte, oder das den Spieß umkehrte, sich zur Wehr setzte und es jagte und verfolgte.

Hätte das Wölflein nach Menschenweise überlegt, so hätte es das Leben als eine gefräßige Gier bezeichnet und die Welt als einen Ort, worin zahllose ähnliche Begierden herrschten, die sich verfolgten, sich jagten, sich gegenseitig vernichteten, all das wirr und blind, gewalttätig und ohne Ordnung, ein wildes Durcheinander, gelenkt nur durch den Zufall, unbarmherzig, plan- und endlos.

Aber das Wölflein sah die Dinge nicht von so hohem Standpunkte an. Es hatte nur den einen Zweck im Auge, nur den einen Gedanken, die eine Begier. Außer dem Raubgesetz gab es noch viele andere, weniger wichtige Gesetze, die es lernen und befolgen mußte. Die Welt war voller Überraschungen. Das eigene Leben, das Spiel seiner Muskeln verursachte ihm unendliches Wohlbehagen, die Jagd auf Beute lebendiges Entzücken. Selbst Zorn und Kampf war Genuß. Sogar der Schreck und das Geheimnis des Unbekannten erhöhte das Lebensgefühl.

Und es gab auch Erleichterung und Zufriedenheit. Mit vollem Magen faul in der Sonne zu dösen, das war voller Ersatz für Arbeit und Mühe, während diese Mühe und Arbeit ihre Belohnung in sich selbst fanden. Waren sie doch eine Betätigung des Lebens, das glücklich ist, wenn es sich betätigt. So war das Wolfsjunge mit der ihm feindlichen Umgebung nicht unzufrieden, denn es lebte ja, war glücklich und sehr stolz auf sich selber.

Dritter Teil

1. Kapitel. Die Feuermacher

Ganz plötzlich machte das Wölflein eine neue Entdeckung. Es war einst ganz sorglos aus der Höhle zum Bach hinuntergelaufen, um zu trinken, vielleicht war es noch schlaftrunken, denn es war die ganze Nacht auf Raub aus gewesen und eben erst aufgewacht; auch hatte es den Weg zum Bache so oft gemacht, daß es denselben genau kannte, und niemals war ihm dort irgend etwas passiert. So war es an der umgefallenen Tanne vorbeigekommen, dann quer über den freien Platz und unter die Bäume getrabt. Dann witterte und erblickte es das Neue im nämlichen Augenblick. Vor ihm auf der Erde saßen fünf lebende Wesen, wie es ähnliche nie im Leben gesehen hatte. Es waren die ersten Menschen, die es erblickte. Die Fünfe sprangen jedoch bei seiner Annäherung nicht auf, auch wiesen sie nicht knurrend die Zähne; unbeweglich, schweigend, unheimlich saßen sie da.

Auch das Wölflein regte sich nicht. Alle Instinkte seiner Natur trieben es an, fortzurennen, doch zum erstenmal regte sich in ihm ein anderer, entgegengesetzter Trieb. Eine Art geheimnisvoller Ehrfurcht überkam es; ein Gefühl der eigenen Schwäche und Unbedeutsamkeit drückte es nieder. Hier, fühlte es, war Herrschaft und Macht, etwas viel, viel Größeres als es selber.

Das Wölflein hatte zwar nie Menschen gesehen, aber dem Instinkt nach kannte es sie. Unklar erkannte es in ihnen das Tier, das über alle andern herrscht. Nicht bloß mit eigenen Augen, sondern auch mit denen seiner Vorfahren blickte es jetzt auf den Menschen – mit Augen, die in der Dunkelheit sich um zahllose Lagerfeuer gedrängt, die aus dem Dickicht aus sicherer Entfernung auf das seltsame, zweibeinige Geschöpf geschaut hatten, das Herr über die lebenden Wesen war. Der Bann seines Erbteils lag auf ihm, die Furcht, der Respekt, den ein jahrhundertelanger Kampf und die gesammelte Erfahrung ganzer Generationen erzeugt hatten. Dies Erbteil war für einen so jungen Wolf zu mächtig. Wäre er erwachsen gewesen, so wäre er weggelaufen; jetzt kauerte er in lähmender Furcht nieder und brachte ihnen die Unterwerfung dar, die sein Geschlecht zum erstenmal den Menschen dargebracht hatte, als ein Wolf herangekommen war, um sich an ihrem Feuer zu wärmen.

Einer der Indianer stand auf, ging zu ihm hin und bückte sich zu ihm herab. Das Wölflein duckte sich tiefer. Das Unbekannte, das Wirklichkeit, ja, Fleisch und Blut geworden war, beugte sich über es und wollte es packen. Unwillkürlich richtete sich sein Haar empor, seine Lippen zogen sich zurück und entblößten die kleinen Zähne. Die Hand, die wie das Verhängnis über ihm schwebte, zögerte, und der Mann sagte lachend: »Seht doch die weißen Zähne!«

Die andern Indianer lachten laut und drängten den Mann, das Wölflein emporzuheben. Wie die Hand ihm näher kam, stritten sich widerstrebende Empfindungen in ihm. Es hatte das Verlangen, nachzugeben, und den Wunsch, sich zu wehren, und das Resultat war, daß es beides tat. Es ließ es geschehen, daß die Hand es fast berührte, dann schnappte es blitzschnell danach. Im nächsten Augenblick bekam es eine Ohrfeige, die es umwarf. Nun war ihm die Streitlust vergangen. Seine große Jugend und der Instinkt der Unterwerfung gewannen die Oberhand, es setzte sich aufrecht und winselte kläglich. Allein der Mann, den es in die Hand gebissen hatte, war ärgerlich. Das Wölflein erhielt noch eine Ohrfeige auf die andere Seite, worauf es noch kläglicher schrie.

Die andern Indianer lachten laut, und selbst der Gebissene stimmte ein. Sie standen rings um das Wölflein und lachten, während es in seinem Jammer und in seiner Angst laut winselte. Da hörte es einen wohlbekannten Ton. Auch die Indianer lauschten, aber das Wölflein wußte, was das war, und nachdem es noch einmal laut aufgejammert hatte, schwieg es und wartete auf die Ankunft der Mutter, seiner wilden, unbezwinglichen Mutter, die mit allem kämpfte, was da lebte, und es tötete und Furcht nicht kannte.

Sie kam knurrend herangestürmt. Sie hatte den Ruf ihres Jungen gehört und stürzte herbei, um es zu retten. Sie sprang mitten unter die Männer, und ihre mütterliche Angst und ihre wilde Kampfbereitschaft machten sie furchtbar. Aber dem Wölflein gefiel ihr rasender Zorn; das verhieß ihm Schutz. Es stieß einen schwachen Freudenschrei aus und sprang ihr entgegen, während die Männer eiligst ein paar Schritte zurückwichen. Die Wölfin stellte sich mit gesträubtem Haar vor ihr Junges, und ein tiefes, grollendes Knurren stieg aus ihrer Brust empor. Ihre Züge waren drohend verzerrt, die Nase von der Spitze bis zu den Augen voller Falten, und ihr Knurren klang boshaft.

Auf einmal schrie einer der Indianer: »Kische!« Es lag Erstaunen in dem Ruf. Das Wölflein fühlte, wie die Mutter bei dem Ruf zusammenzuckte.

»Kische!« rief der Mann noch einmal, diesmal scharf und gebietend, und nun sah das Wölflein, wie seine sonst so unbändige Mutter sich duckte, bis sie fast den Boden berührte, und winselnd und schweifwedelnd um Frieden bat. Es konnte sie nicht verstehen, und es war entsetzt. Angst und Grauen vor den Menschen übermannte es. Sein Instinkt hatte also recht gehabt, auch die Mutter bestätigte es, denn auch sie unterwarf sich den Menschen.

Der Mann, der so gesprochen hatte, näherte sich ihr. Er legte ihr die Hand auf den Kopf, und sie duckte sich noch tiefer. Sie schnappte nicht zu oder drohte, es zu tun. Auch die andern kamen näher, stellten sich um sie, betasteten und streichelten sie, was sie sich geduldig gefallen ließ. Sie waren alle sehr aufgeregt und machten seltsame Töne mit dem Munde. Diese Töne bekundeten jedoch keine Gefahr, das sah das Wölflein ein, als es zur Mutter herankroch, und wenn auch sein Haar sich emporrichtete, doch so gut es konnte, seine Unterwerfung bezeigte.

»Es ist nicht zu verwundern«, sagte einer der Indianer. »Ihr Vater war ein Wolf, wenn auch die Mutter eine Hündin war. Allein mein Bruder band diese in der Paarungszeit oft nachts im Walde an. Darum war Kisches Vater ein Wolf.«

»Ist es nicht ein Jahr her, Grauer Biber«, sagte ein anderer Indianer, »seitdem sie weglief?«

»Das ist kein Wunder«, antwortete der Graue Biber. »Es war eine knappe Zeit, und es gab kein Fleisch für die Hunde.«

»Sie hat bei den Wölfen gelebt«, sagte ein dritter.

»So scheint es, Drei Adler«, antwortete der Graue Biber und legte die Hand auf den jungen Wolf, »und das ist das Resultat davon.«

Das Wölflein knurrte ein bißchen bei der Berührung. Sofort wurde die Hand zurückgezogen, um ihm eine Ohrfeige zu geben. Darauf wies es nicht mehr die Zähne, sondern legte sich unterwürfig nieder, während die Hand ihm am Kopfe kraulte und ihm den Rücken streichelte.

»Ja, das ist das Resultat davon«, fuhr der Graue Biber fort. »Es ist klar, daß Kische seine Mutter ist. Aber der Vater ist ein Wolf. Darum ist wenig vom Hunde und viel vom Wolfe in ihm, und ›Wolfsblut‹ soll sein Name sein. Ich habe gesprochen. Es ist mein Hund. War nicht Kische meines Bruders Hund? Und ist nicht mein Bruder tot?!«

Das junge Tier, das so einen Namen erhalten hatte, lag wartend da. Eine Weile noch machten die Männer ihren Lärm mit dem Munde, dann nahm der Graue Biber ein Messer aus der Scheide, die er am Halse trug, ging in das Dickicht und schnitt einen Stock ab. Wolf beobachtete ihn. Er kerbte den Stock oben und unten ein und befestigte Riemen von ungegerbtem Leder in die Kerbschnitte. Den einen Riemen band er um Kisches Hals, dann führte er sie zu einer jungen Tanne, um welche er den andern Riemen befestigte.

Wolfsblut folgte und legte sich neben ihr nieder. Lachszunge streckte die Hand aus und rollte ihn auf den Rücken. Kische sah ängstlich zu. Wolfsblut fühlte, wie die Angst wieder in ihm emporstieg. Er konnte ein Knurren nicht ganz unterdrücken, aber er machte nicht Miene zu beißen. Die Hand mit den gespreizten und gekrümmten Fingern rieb ihm spielend den Bauch und rollte ihn von einer Seite auf die andere. Es war lächerlich und häßlich, so auf dem Rücken zu liegen und die Beine in die Luft zu strecken. Auch war es eine so äußerst hilflose Stellung, daß Wolfsbluts Natur sich dagegen empörte. Er konnte nichts tun, um sich zu verteidigen. Wenn der Mann Böses im Schilde führte, so wußte er, daß er dem nicht entrinnen würde. Wie konnte er, wenn er seine vier Beine in die Luft streckte, aufspringen? Doch bezwang er unterwürfig seine Furcht und knurrte nur leise. Dies konnte er nicht unterdrücken, und der Mann nahm es auch nicht übel und gab ihm keinen Schlag an den Kopf. Allein das Seltsamste war, daß Wolfsblut, wie die Hand ihn hin und her rollte, ein unerklärliches Vergnügen empfand. Wurde er zur Seite gerollt, so hörte er zu knurren auf, und wenn die Finger ihn am Kopfe krauten, so wuchs die angenehme Empfindung, und als der Mann nach einem letzten Streicheln und Krauen ihn losließ, war die Furcht in ihm verschwunden. Zwar sollte er noch oftmals in seinem Umgang mit den Menschen vor ihnen Furcht empfinden, doch bereitete sich schon jetzt der furchtlose Verkehr mit ihnen vor. Nach einer Weile hörte Wolfsblut den Ton fremder Stimmen, die näher kamen. Er erkannte sogleich, daß es der Lärm sei, den die Menschen mit dem Munde machten. Einige Minuten später erschien der Rest des Stammes in langer Marschlinie. Es gab noch mehr Männer und viele Frauen und Kinder, im ganzen etwa vierzig Personen, alle mit Lager- und Hausgerät schwer beladen. Auch viele Hunde waren dabei, und diese waren mit Ausnahme der noch nicht erwachsenen ebenfalls beladen. Sie trugen auf dem Rücken in Säcken, die ihnen umgeschnallt waren, ein Gewicht von zwanzig bis fünfzig Pfund.

Wolfsblut hatte noch nie zuvor Hunde gesehen, aber bei ihrem Anblick wußte er, daß sie, wenn auch ein wenig verschieden, doch zu seiner Gattung gehörten; sie unterschieden sich nicht sehr von Wölfen. Als sie Wolfsblut und seine Mutter erblickten, stürzten sie auf die beiden los. Wolfsbluts Haar richtete sich empor, und er knurrte und schnappte zu, als die Schar Hunde mit offenem Maule herankam. Doch er wurde um und um geworfen, kam unter ihre Füße und fühlte ihre scharfen Zähne an seinem Körper, während er selber ihnen in die Beine und in den Bauch biß. Es war ein großes Spektakel. Er hörte Kisches Knurren, sah, wie sie für ihn kämpfte, hörte die Rufe der Menschen, den Ton der Knüttel, wenn die Hunde geschlagen wurden, und das klägliche Geschrei der also Geschlagenen.

Ein paar Minuten später stand er wieder auf den Beinen. Er sah nun die Menschen, wie sie die Hunde mit Knütteln und Steinwürfen verjagten, wie sie ihn verteidigten und vor den wilden Zähnen seiner Gattung erretteten, die doch auch wieder nicht ganz seinesgleichen war. Wenn auch in seinem Hirn keine ganz klare Vorstellung von der Idee der Gerechtigkeit vorhanden war, so fühlte er in seiner Weise doch den Gerechtigkeitssinn der Menschen, und er lernte sie als das kennen, was sie allein waren, nämlich Gesetzgeber und Wächter des Gesetzes. Auch lernte er die Macht, womit sie das Gesetz handhabten, schätzen. Ungleich allen andern Geschöpfen, die er bisher angetroffen hatte, bissen sie nicht, auch kratzten sie nicht. Sie unterstützten jedoch ihre lebendige Stärke durch leblose Dinge, die ihr Geheiß ausführen mußten. So sprangen Stöcke und Steine von diesen seltsamen Wesen gelenkt, wie lebende Dinge durch die Luft und brachten den Hunden Schmerz und Pein.

Das war eine seiner Meinung nach ungewöhnliche und unbegreifliche Macht, die übernatürlich und darum gottähnlich war. Wolfsblut konnte seiner Natur nach nichts von Göttern wissen, höchstens kannte er Dinge, die unbegreiflich waren, aber die staunende Ehrfurcht, die er vor den Menschen empfand, glich in mancher Beziehung den Empfindungen, die der Mensch beim Anblick eines himmlischen Wesens haben würde, das von einer Bergesspitze Blitz und Donner auf die staunende Welt schleudert.

Der letzte Hund war zurückgetrieben. Der tolle Lärm erstarb, und Wolfsblut leckte sich die Wunden und dachte über seine erste Bekanntschaft mit der Grausamkeit eines Rudels nach. Er hatte sich nicht träumen lassen, daß seine eigene Gattung aus mehr als Einauge, der Mutter und ihm selber bestehen könne. Diese hatten eine Gattung für sich gebildet, und jetzt hatte er plötzlich noch viele ähnliche Geschöpfe erblickt. Er fühlte sich unwillkürlich verletzt, daß diese Verwandten gleich beim ersten Anblick über ihn hergestürzt waren und versucht hatten, ihn zu vernichten. Auch nahm er es übel, daß die Mutter angebunden war, wenn es auch durch die höheren Wesen, die Menschen, geschehen war. Es schmeckte nach einer Falle, nach Knechtschaft, wenn er auch von solchen Dingen noch nichts wußte. Frei umherzuschweifen, herumzulaufen, oder sich hinzulegen, wo und wann er wollte, das war sein Erbteil gewesen, und das war ihm nun verwehrt. Die freie Bewegung der Mutter war durch den Stock, an den sie gebunden war, beschränkt, und so war es auch die seine, denn er bedurfte noch der mütterlichen Nähe.

Diese Sache gefiel ihm nicht; es gefiel ihm auch nicht, daß, als die Menschen sich erhoben und den Marsch fortsetzten, ein winziges Menschlein den Stock in die Hand nahm und Kische als Gefangene hinter sich herführte. Wolfsblut folgte ihr, aber durch das neue Abenteuer verstört und geängstigt.

Sie gingen das Flußtal entlang und weiter, als er sich je gewagt hatte, und kamen an die Stelle, wo das Flüßchen in den großen Mackenziefluß mündete. Hier waren Boote hoch in der Luft an Stangen befestigt und Vorrichtungen zum Trocknen der Fische aufgestellt, und hier wurde das Lager aufgeschlagen, und Wolfsblut schaute verwunderten Auges zu. Die Überlegenheit der Menschen flößte ihm von Augenblick zu Augenblick größere Ehrfurcht ein. Welche Macht übten sie nicht über die bissigen Hunde aus! Aber noch größer war seiner Meinung nach ihre Macht über die leblosen Dinge, denen sie Bewegung verliehen, und mit denen sie das Aussehen der Welt veränderten. Dies besonders setzte ihn in Erstaunen. Hatten schon die hohen Gerüste aus Latten und Staunen seine Blicke auf sich gezogen, so war das noch nicht das Merkwürdigste, was diese Geschöpfe, die Stöcke und Steine in große Entfernungen schleuderten, machen konnten. Erst als diese Gerüste, indem sie mit Fellen und Geweben bekleidet wurden, sich in Zelte verwandelten, da kannte Wolfsbluts Erstaunen keine Grenzen. Vor allem machte der ungeheure Umfang der Zelte Eindruck auf ihn. Sie stiegen auf allen Seiten um ihn herum empor, wie mächtige, schnell wachsende Formen des Lebens. Sie erstreckten sich soweit er sehen konnte, und er fürchtete sich davor. Sie sahen unheimlich auf ihn herab, und wenn der Wind sie schaukelnd hin und her bewegte, so duckte er sich und ließ sie nicht aus den Augen, immer bereit, fortzuspringen, sollten sie versuchen, sich auf ihn zu stürzen.

Bald jedoch schwand seine Furcht vor den Zelten. Er sah, wie Hunde es oft versuchten, einzudringen, und mit scharfen

Worten und fliegenden Steinen fortgejagt wurden. Er verließ Kisches Seite und kroch vorsichtig an die Wand des nächsten Zeltes. Die Neugier trieb ihn, der Drang zu lernen und Erfahrungen zu sammeln. Die letzten Schritte wurden sehr langsam und vorsichtig zurückgelegt. Die Ereignisse des Tages hatten ihn gelehrt, daß das Unbekannte sich in höchst wunderlicher und überraschender Weise offenbart. Er wartete, aber es geschah nichts. Endlich berührte seine Nase die Zeltleinwand. Er beroch das seltsame Gewebe, das voll von den Gerüchen der Menschen war. Er biß hinein und zerrte daran. Es geschah nichts weiter, als daß die Zeltleinwand sich ein wenig bewegte. Er riß stärker, und die Bewegung wurde gleichfalls heftiger. Das amüsierte ihn, und so zerrte und riß er immer tüchtiger, bis der ganze Bau in Bewegung geriet, worauf die scharfe Stimme einer Indianerin drinnen ihn zu Kische zurücktrieb. Hiernach fürchtete er sich gar nicht mehr vor den unheimlich hohen und breiten Dingen.

Einige Minuten später wanderte er wieder von der Mutter fort. Der Stock, womit sie an den Pflock im Boden gebunden war, erlaubte ihr nicht, ihm zu folgen. Ein junger Hund, etwas größer und älter als er, kam langsam mit sichtlich feindseligen Absichten auf ihn los. Sein Name war, wie Wolfsblut später herausfand, Liplip. Er war in Kämpfen mit jungen Hunden schon erfahren und hatte etwas vom Raufbold an sich. Da Liplip zu Wolfsbluts Gattung gehörte und noch jung war, so erschien er ihm nicht gefährlich, und er schickte sich an, ihm freundlich zu begegnen. Als aber der Fremde mit steifen Beinen auf ihn zukam und ihm die Zähne wies, da wurde auch sein Gang steif, und seine Lippen kräuselten sich. Prüfend drehten sich die beiden im Halbkreis umeinander herum, knurrend und mit gesträubtem Haar. Das dauerte einige Minuten, so daß Wolfsblut anfing, es vergnügt als eine Art Spiel anzusehen. Doch plötzlich sprang Liplip mit staunenswerter Geschwindigkeit zu, biß den Gegner und sprang wieder zurück. Der Biß hatte Wolfsblut in die Schulter getroffen, die durch die Luchsin bis auf den Knochen verwundet worden war. Überraschung und Schmerz erpreßten ihm ein gellendes Geheul, und im nächsten Augenblick sprang er ärgerlich auf Liplip los und biß ihn tüchtig. Allein dieser hatte sein Lebenlang im Lager gelebt und viele Kämpfe mit seinesgleichen gehabt. Dreimal, viermal, ja, ein halbes dutzendmal trafen seine scharfen Zähne den neuen Ankömmling, bis Wolfsblut heulend zur Mutter floh. Dies war der erste der vielen Kämpfe, die er mit Liplip bestehen sollte, denn sie waren die geborenen Feinde, deren Naturen sich stets feindlich bleiben sollten.

Kische leckte Wolfsblut beruhigend mit der Zunge und versuchte, ihn bei sich zu behalten. Aber die Neugier drängte ihn fort, und einige Minuten später wagte er sich auf ein neues Abenteuer. Er traf auf den Grauen Biber, der am Boden saß und mit Reisig und trockenem Moose, das vor ihm lag, herumhantierte. Wolfsblut ging nahe an ihn heran und schaute zu. Der Graue Biber machte mit dem Munde ein Geräusch, doch da es nicht drohend klang, kam jener immer näher.

Die Frauen und Kinder trugen immer mehr Stöckchen und Zweige für den Grauen Biber herbei. Es war augenscheinlich eine wichtige Sache. Wolfsblut kam so dicht heran, daß er das Knie des Grauen Biber berührte, so neugierig war er, so wenig dachte er daran, daß dieser eines der furchtbaren menschlichen Wesen sei. Plötzlich sah er unter den Händen des Grauen Biber aus den Stöckchen und dem Moose etwas Sonderbares emporsteigen, das wie ein Nebel aussah. Dann erschien zwischen den Holzstückchen etwas Lebendiges, das sich wendete und drehte und eine Farbe wie die Sonne am Himmel hatte. Wolfsblut wußte nichts vom Feuer, aber es zog ihn an, wie das Licht am Eingang der Höhle in seinen ersten Lebenstagen es getan hatte. Er kroch die wenigen Schritte bis zur Flamme hin. Er hörte über sich den Grauen Biber kichern, doch der Ton klang nicht feindselig. Dann berührte er mit der Nase die Flamme, und im selben Augenblick streckte er sein Zünglein aus.

Einen Augenblick war er wie gelähmt. Das Unbekannte, das in den Holzstückchen und im Moose gelauert hatte, zwickte ihn derb an der Nase. Er krabbelte zurück und brach in ein klägliches Geheul aus. Bei dem Ton sprang Kische knurrend, soweit der Stock es erlaubte, vorwärts und raste, weil sie ihm nicht zu Hilfe kommen konnte. Allein der Graue Biber lachte laut, schlug sich vor Vergnügen auf die Schenkel und erzählte dem ganzen Lager, was sich zugetragen hatte, bis alle laut lachten. Wolfsblut saß jedoch da und heulte kläglich – ein armes, verlassenes Geschöpfchen mitten unter den Menschen.

Es war der ärgste Schmerz, den er ja gefühlt hatte. Nase und Zunge waren von dem sonnenfarbigen Wesen, das unter den Händen des Grauen Biber aufgesprungen war, versengt. Er heulte unausgesetzt, und jeder neue Klagelaut wurde von den Menschen mit lautem Gelächter begrüßt. Er versuchte, den Schmerz in der Nase mit der Zunge zu lindern, aber auch diese schmerzte, und er war hilfloser und heute hoffnungsloser als je. Dann aber begann er sich zu schämen. Er wußte, was das Gelächter bedeutete. Wie manche Tiere wissen, daß man über sie lacht, das können wir Menschen allerdings nicht begreifen; aber Wolfsblut wußte es, er fühlte sich beschämt, daß die Menschen über ihn lachten. Darum machte er kehrt und lief weg, nicht weil das Feuer ihn verbrannt hatte, sondern weil das Gelächter ihn tief verletzte. Er floh zu Kische, die am Ende ihres Stockes sich wie toll gebärdete, zu Kische, dem einzigen Wesen in der Welt, das mit ihm Mitleid fühlte.

Die Dämmerung brach herein und dann die Nacht, und Wolfsblut lag dicht neben der Mutter. Seine Nase und Zunge taten ihm noch wehe, aber ein noch größerer Kummer peinigte ihn. Er hatte Heimweh. Er fühlte in sich eine Leere, ein Bedürfnis nach der Ruhe, nach der Stille in der Höhle am

Flußufer. Das Leben war zu geräuschvoll geworden, es waren zu viele Menschen, zu viele Männer, Frauen und Kinder da, die alle lärmten und ihn störten. Auch zankten die Hunde unaufhörlich und stritten sich und machten tollen Lärm. Die ruhige Einsamkeit seines bisherigen Lebens war dahin; hier war sogar die Luft mit Lärm erfüllt. Es summte und lärmte beständig, die Töne wechselten fortwährend in Höhe und Tiefe, in Stärke und Schwäche, das regte ihm die Nerven und Sinne auf, machte ihn ruhelos und ängstlich und quälte ihn durch die fortdauernde Erwartung dessen, was alles geschehen könnte.

Er beobachtete die Menschen, wie sie gingen und kamen und sich im Lager herumbewegten. So ungefähr würden Menschen die Götter anschauen, die sie sich geschaffen hatten, wie Wolfsblut jetzt auf die Menschen blickte, die sich vor seinen Augen bewegten. Für ihn waren sie wirklich höhere Wesen, für seine unklaren Begriffe verrichteten sie ebenso viele Wunder, wie die Götter es für die Menschen tun würden. Sie waren mächtige Wesen, die allerlei unbekannte, geheimnisvolle Kräfte besaßen, die das Lebendige und das Leblose beherrschten, die das Bewegliche zum Gehorsam zwangen, die dem Regungslosen Bewegung erteilten, und die Leben schufen, sonnenfarbiges Leben, das biß, und das aus dürrem Moos und totem Reisig emporsprang. Sie zündeten Feuer an, und darum waren sie für ihn Götter!

2. Kapitel. Die Knechtschaft

Die Tage waren für Wolfsblut reich an neuen Erfahrungen. Während Kische angebunden blieb, rannte er neugierig schauend und lernend umher. Er lernte die Gewohnheiten der Menschen schnell kennen, aber die Vertrautheit mit ihnen setzte sie in seinen Augen nicht herab. Je mehr er von ihnen sah, desto höher wuchs ihre Überlegenheit, desto größer zeigten sich ihre geheimnisvollen Kräfte, ja ihre Gottähnlichkeit.

Der Mensch hat oft das Unglück, daß ihm seine Götter vom Altare gestoßen werden, oder daß sie zu Staub zerfallen; der Wolf aber oder der wilde Hund, der aus der Wildnis zu dem Menschen kommt, erfährt diesen Kummer nicht. Seine Götter sind nicht unsichtbar, nicht nebelhafte Gestalten der Phantasie, sondern greifbare Wesen aus Fleisch und Blut, denen man nicht entrinnen kann, die auf zwei Beinen und mit dem Knüttel in der Hand dastehen, bald zornig, bald liebevoll, aber immer groß, mächtig und geheimnisvoll.

So erging es auch Wolfsblut. Auch er begriff, daß er ihnen nicht entrinnen konnte, und wie seine Mutter Kische beim ersten Ruf ihres Namens ihnen gefolgt war, so lernte auch er, ihnen Gehorsam zu leisten. Er gab ihnen überall den Vortritt. Kamen sie, so ging er ihnen aus dem Wege, riefen sie, so eilte er zu ihnen; drohten sie, so duckte er sich, und hießen sie ihn gehen, so entfernte er sich schleunigst. Denn er wußte, daß hinter jedem ihrer Wünsche die Macht lauerte, denselben Nachdruck zu verleihen, die Macht, ihm durch Püffe und Stockschläge, durch Steinwürfe und Peitschenhiebe wehe zu tun. Ihnen gehörte er, wie alle Hunde ihnen gehörten, und seine Handlungen standen unter ihrem Machtgebot. Sie konnten ihn mit Füßen treten oder um sich dulden, das war ihm schnell eingebläut worden, und wenn es auch in direktem Widerspruch mit vielem stand, was in seiner eigenen

Natur stark und herrisch war, und was ihm nicht gefiel, so lernte er es doch unwillkürlich, und er legte damit sein Geschick in ihre Hände und schob ihnen damit die Verantwortung für die Bedürfnisse seines Daseins zu. Dies war an und für sich ein Ersatz, denn es ist immer leichter, sich auf andere zu stützen, als auf eigenen Füßen zu stehen.

Dies geschah jedoch nicht alles an einem Tage, dieses Aufgeben der eigenen Persönlichkeit an die Menschen. Nicht sogleich konnte er das Erbteil der Wildnis und die Erinnerungen an das freie Leben in derselben hingeben. Es kamen Tage, wo er zum Rande des Waldes lief und dort auf etwas lauschte, was ihn aus der Ferne zu rufen schien, und ruhelos und unglücklich kehrte er dann zurück und drückte sich leise und sehnsüchtig winselnd an Kisches Seite und leckte ihr zärtlich und eifrig Gesicht und Schnauze.

Rasch lernte er die Gewohnheiten des Lagers kennen. Er begriff, wie gierig und ungerecht die älteren Hunde waren, wenn Fleisch oder Fisch ihnen hingeworfen wurde. Er erkannte, daß bei den Menschen die Männer meistens gerecht, die Kinder grausam und die Frauen gutmütig genug waren, um ihm dann und wann ein Stückchen Fleisch oder einen Knochen hinzuwerfen, und nach einigen unangenehmen Abenteuern mit den Müttern junger Hunde kam er zu dem Schlusse, daß es besser sei, diesen Müttern weit aus dem Wege zu gehen und sie zu meiden, wenn er sie kommen sah.

Aber der Fluch seines Lebens wurde Liplip. Älter, größer und stärker als Wolfsblut, hatte jener ihn zum Gegenstand seiner Verfolgungen ausersehen. Zwar balgte sich Wolfsblut nur zu gern, aber es war doch nicht schön, immer im Nachteil zu sein. Wenn er nur von der Mutter sich fortwagte, so erschien der andere und heftete sich ihm an die Fersen, knurrte ihn an, schnappte nach ihm, und wenn niemand in der Nähe war, so stürzte er auf ihn los und zwang ihn zum Kampfe, aus dem Liplip stets als Sieger hervorging. Das amüsierte den ungeheuer, und so wurde Liplips höchstes Vergnügen Wolfsbluts höchste Qual.

Dennoch hatte diese Behandlung keine einschüchternde Wirkung auf ihn. Obgleich er stets den kürzeren zog, blieb sein Mut doch ungebeugt. Nur auf seinen Charakter blieb diese Behandlung nicht ohne schlimmen Einfluß. Sie machte ihn verdrossen und bissig. Er war von Natur mit einer guten Portion Wildheit ausgestattet, aber diese fortwährenden Verfolgungen machten ihn noch wilder. Der freundliche, spielende Zug der Jugend kam bei ihm fast gar nicht mehr zum Ausdruck. Nie spielte oder sprang er mit den andern jungen Hunden im Lager umher, denn das erlaubte Liplip nicht. Sobald er sich in ihrer Nähe zeigte, stürzte Liplip auf ihn los und raufte sich mit ihm, bis er ihn weggescheucht hatte.

Das alles trug dazu bei, seine Jugend zu verbittern und ihn im Wesen älter erscheinen zu lassen. Da der Überschuß seiner Kräfte keinen Ausweg im Spiel fand, so kehrten dieselben auf ihn selbst zurück und beschleunigten seine geistige Entwicklung. Er wurde schlau, denn er hatte Zeit genug, auf Ränke und Kniffe zu sinnen. Erhielt er bei der Fütterung der Hunde im Lager nicht seinen Anteil an Fleisch oder Fisch, so wurde er zum Dieb, und zu einem schlauen Diebe, der oft die Indianerinnen ärgerte. Er schlich im Lager umher, paßte pfiffig auf alles auf, was vorging, sah und hörte alles und konnte dabei auf Mittel und Wege sinnen, wie er seinem unversöhnlichen Feinde entschlüpfen könnte.

In den allerersten Tagen dieser Feindschaft spielte er seinem Verfolger einen wirklich schlauen Streich und kostete zum erstenmale die Süßigkeit der Rache. Wie Kische bei den Wölfen die Hunde aus dem Lager der Menschen hinausgelockt hatte zum Tode, so machte es Wolfsblut jetzt ähnlich, indem er Liplip bis zu den rächenden Zähnen der Mutter lockte. Scheinbar zog er sich vor Liplip zurück und floh im Zickzack um die Wigwams herum. Er war ein schneller Läufer, flinker als irgend ein junger Hund seines Alters und flinker auch als Liplip. Allein diesmal tat er nicht sein Bestes, sondern blieb immer nur ein paar Schritte vor dem Verfolger, der durch die Jagd und die beständige Nähe seines Opfers erregt, alle Vorsicht vergaß und erst auf die Umgebung achtete, als es zu spät war. Da, als Liplip in vollem Lauf um einen Wigwam bog, rannte er geradewegs auf Kische los, die am Ende ihres Stockes lag. Er ließ ein bestürztes Kläffen hören, da hatten aber ihre Zähne ihn schon gepackt. Trotzdem sie angebunden war, konnte er nicht von ihr loskommen, denn sie warf ihn kopfüber zu Boden und bearbeitete ihn mit den Zähnen.

Als es ihm endlich gelang, aus ihrem Bereich zu entkommen, kroch er arg zerzaust und an Leib und Seele tief verletzt davon. Dann stellte er sich auf die Füße und brach in ein langgezogenes Klagegeheul aus. Aber auch dies wurde ihm nicht gestattet, denn Wolfsblut schoß wütend auf ihn los und packte ihn am Hinterbein. Aus war es da mit aller Kampfeslust des Raufbolds, und schmachvoll rannte er davon, während sein Opfer ihm dicht auf den Fersen folgte und ihn auf dem ganzen Wege bis zum Wigwam seines Herrn belästigte. Hier kamen die Frauen Liplip zu Hilfe und verscheuchten Wolfsblut, der sich wie ein rasender Teufel gebärdete, durch einen Hagel von Steinen.

Endlich kam der Tag, wo der Graue Biber nicht mehr zu fürchten brauchte, daß Kische weglaufen würde, und wo er sie frei herumlaufen ließ. Wolfsblut geriet über die Freiheit der Mutter in großes Entzücken. Er begleitete sie munter im Lager umher, und Liplip hielt sich, so lange er dicht neben ihr blieb, in respektvoller Entfernung und beachtete nicht die Herausforderung, als Wolfsblut mit gesträubtem Haar und steifen Beinen auf ihn losging. Er war ja kein Tor und konnte die Gelegenheit abwarten, wenn jener allein sein würde, um sein Mütchen an ihm zu kühlen. Später am Tage wanderten Mutter und Sohn eine Strecke in den Wald hinein, der dicht am Lager war. Schritt für Schritt lockte er die Mutter vorwärts, denn der Fluß, die Höhle, der stille Wald riefen ihn, und er wünschte, daß sie mitkäme. Blieb sie stehen, so versuchte er, sie weiter zu locken, indem er ein paar Schritte voranlief, stille stand und sich umblickte. Als sie regungslos stehen blieb, winselte er flehend und rannte spielend ins Gebüsch hinein und hinaus. Darauf lief er zu ihr zurück, leckte ihr die Schnauze und rannte wieder weiter. Als sie sich immer noch nicht regte, blieb auch er stehen und schaute sie an, jeder Nerv, jede Fiber seines Wesens gespannt, als sie jedoch den Kopf umwandte und nach dem Lager zurückblickte, da ließ die Spannung bei ihm allmählich nach.

Auch die Mutter hörte, was ihn draußen im Walde rief, allein sie hörte auch den anderen und lauteren Ruf, die Stimme des Menschen und des Feuers, den Ruf, auf den unter allen Tieren der Wildnis der Wolf und sein Halbbruder, der wilde Hund, allein Antwort gegeben haben. Endlich kehrte Kische um und trabte langsam ins Lager zurück. Stärker als der körperliche Zwang des Stockes war die Anziehungskraft, welche das Lager für sie hatte. Unsichtbar und geheimnisvoll packten die Götter sie mit aller Gewalt an und ließen sie nicht wieder los. Da setzte sich Wolfsblut unter eine Birke und winselte leise. Es roch dort stark nach Tannen, und dieser Duft vermischte sich mit dem schwachen Geruch des Holzes, was ihn alles an das alte, freie Leben vor den Tagen der Knechtschaft erinnerte. Allein er war erst ein junges Hündchen, und stärker als die Stimme des Menschen und der Ruf der Wildnis war das Band, das ihn an die Mutter fesselte. Bis jetzt war er noch in jeder Stunde seines kurzen Lebens von ihr abhängig gewesen, und die Zeit seiner Unabhängigkeit sollte erst kommen. Darum stand er auf und trabte traurig ins Lager zurück, wobei er dann und wann anhielt, sich setzte, winselte und auf die Stimme lauschte, die immer noch aus der Tiefe des Waldes zu erschallen schien.

In der Wildnis ist die Zeit, in der die Mutter für ihre Kinder sorgt, nur kurz, aber unter der Herrschaft des Menschen wird dieselbe noch kürzer. Dies war auch bei Wolfsblut der Fall. Der Graue Biber hatte an Drei Adler eine Schuld zu bezahlen, als dieser den Mackenzie hinauf nach dem Großen Sklavensee ziehen wollte, und ein Stück rotes Tuch, ein Bärenfell, zwanzig Patronen und Kische waren erforderlich, um diese Schuld zu tilgen. Also sah Wolfsblut, wie die Mutter in Drei Adlers Boot gebracht wurde und versuchte, ihr zu folgen. Ein Schlag von Drei Adler warf ihn ans Land zurück. Das Boot wurde abgestoßen, und Wolfsblut sprang ins Wasser und schwamm hinterher, taub gegen die Stimme des Grauen Biber, der ihm befahl, zurückzukommen. Allein so groß war Wolfsbluts Angst, die Mutter zu verlieren, daß er selbst auf den Ruf eines seiner Götter nicht hörte. Doch diese waren gewohnt, daß man ihnen gehorche, und zornig bestieg der Graue Biber ein Boot, um ihn zu verfolgen. Als er Wolfsblut eingeholt hatte, streckte er die Hand nach ihm aus und hob ihn beim Nacken aus dem Wasser. Er setzte ihn nicht gleich ins Boot, sondern hielt ihn mit der einen Hand empor, während er ihm mit der andern eine derbe Tracht Prügel verabfolgte. Und die Hand war nicht leicht, jeder Schlag von ihr tat wehe, und es gab deren viele!

Wolfsblut schwang wie ein Pendel, der toll geworden war, unter den Schlägen, die auf ihn herabhagelten, hin und her. Widerstreitende Empfindungen durchkreuzten seine Brust: zuerst Überraschung, dann momentane Furcht, so daß er aufschrie, als die Hand ihn so derb berührte. Doch schnell folgte Ärger darauf, und er knurrte unerschrocken den erzürnten Gott an, der dadurch noch zorniger wurde und immer schneller und nachdrücklicher zuschlug.

Allein dies konnte nicht ewig dauern; einer mußte nachgeben, und das mußte Wolfsblut sein. Von neuem durchrieselte ihn die Furcht; zum erstenmal hatte ein Mensch ihn übel behandelt, denn die Püffe, die er dann und wann durch Stöcke oder Steine erhalten hatte, waren Liebkosungen im Vergleich mit dieser Behandlung. Sein Mut sank, er begann bei jedem Schlag kläglich zu schreien, aber dann überkam ihn Todesangst, und er schrie nicht mehr nur im Takt der Schläge, sondern ohne Aufhören.

Endlich ließ der Graue Biber die Hand sinken. Wolfsblut hing schlaff herab und wimmerte leise. Dies schien seinen Herrn so zufrieden zu stellen, daß er ihn ohne Umstände in den Kahn warf, der unterdessen eine Strecke stromabwärts getrieben war. Der Graue Biber nahm das Ruder zur Hand, wobei ihm Wolfsblut im Wege war und stieß ihn dabei derb mit dem Fuße an. Sogleich blitzte wieder in Wolfsblut die freie Natur auf, und er schlug diese Zähne in den Mokassin des Herrn.

Nichts waren die Prügel, die er vorher erhalten hatte, im Vergleich zu denen, die er jetzt bekam. Der Zorn des Grauen Biber war schrecklich, doch ebenso groß war Wolfsbluts Angst und Schrecken. Nicht nur wurde die Hand gebraucht, sondern auch das harte, hölzerne Ruder, so daß zuletzt Wolfsbluts ganzer Körper schmerzte. Wieder und diesmal absichtlich stieß der Graue Biber nach ihm, allein Wolfsblut wiederholte den Angriff auf den Fuß nicht. Er hatte eine tüchtige Lehre bekommen. Nie und unter keinen Umständen durfte er es wagen, sich gegen seinen Herrn und Meister aufzulehnen. Der Leib desselben war heilig und durfte durch die Zähne von seinesgleichen nicht verletzt werden. Das war augenscheinlich das größte aller Vergehen, das einzige, das nicht übersehen und verziehen werden konnte.

Als das Boot ans Ufer stieß, lag Wolfsblut regungslos und wimmernd da und wartete, was mit ihm geschehen würde. Es war augenscheinlich der Wille des Grauen Biber, daß er ans Land gehen solle, denn er schleuderte ihn aufs Ufer, wo er schwer zu Boden fiel, so daß sein zerschlagener Körper von neuem zu schmerzen anfing. Zitternd stellte er sich auf die Beine und stand winselnd da, als Liplip, der vom Ufer alles mit angesehen hatte, auf ihn losstürzte, ihn umwarf und mit den Zähnen bearbeitete. Wolfsblut war zu hilflos, um sich zu verteidigen, und es würde ihm schlimm ergangen sein, hätte nicht der Graue Biber den Fuß ausgestreckt, Liplip hoch in die Luft gehoben und ihn ein Dutzend Schritte weit mit aller Macht zur Erde geschleudert. Dies war menschliche Gerechtigkeit, und selbst in seiner jämmerlichen Verfassung durchrieselte Wolfsblut ein Gefühl der Dankbarkeit. Gehorsam hinkte er hinter dem Grauen Biber her durch das Dorf nach dem Wigwam desselben. So lernte Wolfsblut, daß das Recht zu strafen, die Menschen für sich in Anspruch nähmen und geringeren Geschöpfen nicht gestatteten.

In der Nacht, als alles stille war, dachte Wolfsblut traurig an seine Mutter, und er trauerte so laut um sie, daß der Graue Biber aufwachte und ihn schlug. Darauf tat er es leise, und nur wenn niemand in der Nähe war. Oft, wenn er sich allein am Saume des Waldes befand, machte er seinem Kummer in langgezogenen, winselnden Klagelauten Luft.

Zu solchen Zeiten hätte er vielleicht den Erinnerungen an die Höhle am Fluß nachgegeben, und wäre in die Wildnis zurückgekehrt, wenn die Erinnerung an die Mutter ihn nicht zurückgehalten hätte. Wie aber die Jäger, die auszogen, zurückkamen, so würde auch sie einst ins Dorf zurückkehren. Also blieb er in der Knechtschaft und wartete auf sie.

Aber nicht immer machte seine Abhängigkeit ihn unglücklich. Es geschah viel um ihn her, was ihn interessierte, es gab viel Abwechslung, viel Seltsames, was die Menschen taten, und wo er immer neugierig zuschaute. Auch lernte er, wie er sich dem Grauen Biber gegenüber zu verhalten hätte. Strenger, unbedingter Gehorsam, das war es, was dieser von ihm verlangte, und leistete er den, so bekam er keine Schläge und seine Gegenwart wurde geduldet. Manchmal jedoch warf ihm der Graue Biber sogar ein Stück Fleisch hin und beschützte ihn, wenn er es fraß, gegen die andern Hunde. Ein solches Stück Fleisch war mehr wert als ein ganzes Dutzend ähnlicher aus der Hand einer Indianerin. Zwar streichelte und liebkoste der Graue Biber ihn nie, dennoch knüpfte sich ein gewisses Band der Anhänglichkeit zwischen ihn und seinen mürrischen Herrn, sei es, daß die gewichtige Hand desselben oder sein Sinn für Gerechtigkeit, oder die bloße, ihm gehörende Macht, oder all dies zusammen Wolfsblut beeinflußte.

So wurden ihm allmählich und unmerklich durch die Kraft des Stockes, des Steines und den Schlag der Hand die Fesseln der Knechtschaft immer enger angelegt. Die Eigenschaften seiner Gattung, die sie zum Feuer der Menschen kommen ließ, waren einer Entwicklung fähig, und so wurde auch ihm das Leben im Lager der Indianer, so sehr es oft auch voller Elend für ihn war, immer lieber. Nur, daß er sich dessen nicht bewußt war, daß er immer noch Kummer um Kisches Verlust fühlte und die Hoffnung auf ihre Wiederkehr hegte, während er eine verzehrende Sehnsucht nach dem freien Leben empfand, das er einst geführt hatte.

3. Kapitel. Der Ausgestoßene

Liplips Verfolgungen verdüsterten Wolfsbluts Leben auch fernerhin und machten ihn wilder und bösartiger, als er es von Natur gewesen wäre, so daß er sich sogar bei den Menschen eines bösen Rufes erfreute. Wo es im Lager Lärm oder Aufruhr gab, wo man sich zankte und stritt oder eine Indianerin laut über ein Stück Fleisch, das ihr gestohlen war, schalt, da konnte man sicher sein, daß Wolfsblut entweder die Ursache des Spektakels oder doch dabei beteiligt gewesen war. Man nahm sich nicht die Mühe, nach den Gründen seines Verhaltens zu forschen, man sah nur, daß dasselbe schlecht sei, daß er ein Schleicher und ein Dieb, ein Unruhestifter und Hetzer sei, und zornige Frauen sagten es ihm ins Gesicht, während er sie unverwandt anschaute, immer vor einem Wurfgeschoß auf der Hut, daß er ein richtiger Wolf und gar nichts wert sei, und daß es mit ihm einmal ein schlimmes Ende nehmen würde.

Mitten in dem dicht bevölkerten Lager war er also ein Ausgestoßener. Alle jungen Hunde folgten Liplip als ihrem Führer, weil sie den Unterschied zwischen sich selber und Wolfsblut fühlten, weil sie seine Herkunft aus dem wilden Walde witterten und die Feindschaft gegen ihn empfanden, die der Haushund gegen den Wolf hegt. Doch sei dem, wie ihm wolle, sie schlossen sich alle Liplip in der Verfolgung Wolfsbluts an, und da sie diesem einmal den Krieg erklärt hatten, so fanden sie bald guten Grund, dabei zu bleiben. Ein jeder bekam dann und wann Wolfsbluts Zähne zu fühlen, denn er gab – zu seiner Ehre sei es gesagt – mit Zinsen zurück, was er empfangen hatte. So manchen hätte er im Einzelkampf besiegen können, allein ein solcher war ihm versagt, da der Anfang dazu für alle jungen Hunde des Lagers das Signal war, herbeizulaufen und über ihn herzufallen.

Aber er lernte durch diese Verfolgungen, sich im Massenkampfe zu behaupten und dem einzelnen in kürzestem Zeitraum so viel Schaden als möglich zuzufügen. Inmitten der feindseligen Menge auf den Füßen bleiben, hieß sich das Leben bewahren, und das lernte er schnell, und in dieser Hinsicht war er geschmeidig wie eine Katze. Selbst ausgewachsene Hunde vermochten mit dem Gewicht ihrer schweren Körper ihn nur vorwärts oder rückwärts zu schieben, aber, geschoben oder geschleift, immer stemmte er die Beine fest gegen die Mutter Erde.

Wenn Hunde miteinander raufen, so gibt es vor dem eigentlichen Kampf erst noch Plänkeleien. Sie knurren sich an, sträuben das Haar empor, gehen mit steifen Beinen einher, doch Wolfsblut lernte, diese Vorbereitungen zum Kampf auszulassen, denn eine Zögerung hieß für ihn, den Ansturm aller jungen Hunde auf sich zu ziehen. Schnell mußte er tun, was er tun wollte, und dann wegspringen. So lernte er, kein Warnungszeichen für seine Absichten zu geben. Er stürzte zu, schnappte und biß, alles im nächsten Augenblick, bevor noch der Feind sich zur Gegenwehr setzen konnte, und so lernte er den Wert des unerwarteten Überfalls schätzen. War ein Hund nicht auf der Hut, so wurde ihm die Schulter aufgeschlitzt, das Ohr zerrissen, bevor er noch wußte, daß er besiegt worden war. Auch war es viel leichter, einen Hund, den man unbemerkt überfiel, umzuwerfen und der unbeschützten Stelle unter dem Halse beizukommen, der Stelle, die tödlich verwundbar ist. Wolfsblut kannte dieselbe, das war eine Kenntnis, die ihm seine Vorfahren vermacht hatten. Doch da er noch nicht ausgewachsen war, so waren seine Kinnladen nicht stark genug, um den Angriff auf den Hals zu einem tödlichen zu machen. Dennoch lief manch junger Hund im Lager mit zerbissenem Halse umher, zum Zeichen, welche Absichten Wolfsblut gehabt hatte, und als er eines Tages einen der Feinde allein am Saum des Waldes antraf, da glückte es ihm dadurch, daß er ihn mehrmals umwarf, die große Ader am Halse endlich durchzubeißen und ihm das Lebenslicht auszublasen. An dem Abend gab es im Lager großen Lärm. Wolfsblut war gesehen und die Kunde von seiner Missetat dem Herrn des getöteten Hundes hinterbracht worden. Die Frauen erinnerten sich dabei an all das Fleisch, das er ihnen entwendet hatte, und der Graue Biber mußte ihr ärgerliches Geschrei über sich ergehen lassen. Aber er stand unbewegt in der Tür seines Wigwams, wohin sich der Übeltäter geflüchtet hatte, und weigerte sich, ihn der Rache seiner Stammesgenossen auszuliefern.

So war Wolfsblut sowohl von den Hunden wie von den Menschen gehaßt. Keinen Augenblick war er seines Lebens sicher, denn der Zahn eines jeden Hundes, die Hand eines jeden Menschen war gegen ihn. Er wurde von seiner Gattung mit Geknurr, von den Menschen mit Flüchen und Steinen begrüßt. Er lebte in fortwährender Aufregung, immer auf einen unerwarteten Angriff, auf ein schnelles Wurfgeschoß gefaßt, immer bereit, schnell und kaltblütig zu handeln, um entweder mit blitzenden Zähnen loszustürzen oder mit drohendem Knurren wegzuspringen.

Kein Hund im ganzen Lager, ob jung oder alt, konnte fürchterlicher knurren als er; aber da das Knurren nur zur Warnung oder gar zum Abschrecken dient, so gehört Überlegung dazu, wie und wann es angewendet werden darf. Wolfsblut verkörperte in seinem Knurren alles, was es Boshaftes, Bösartiges und Schreckliches gab. Seine krause Nase zuckte fortwährend, sein Haar sträubte sich in dicken Wulsten, die Zunge spielte im Munde wie eine rote Schlange, seine Ohren legten sich platt zurück, und die hochgezogenen Lippen entblößten die Zähne, während der Geifer herabfloß. Durch solchen Anblick konnte er fast jeden Angreifer stutzig machen, und ein Augenblick, in dem er nicht auf der Hut zu sein brauchte, gab ihm Zeit zur Überlegung und zum Entschluß.

Oftmals führte eine solche Pause, die sich verlängerte, ein völliges Aufgeben der Feindseligkeiten herbei, und mehr als einmal konnte er dabei selbst vor einem erwachsenen Hunde einen ehrenvollen Rückzug antreten.

Wenn aber die jungen Hunde ihn als Ausgestoßenen behandelten, so vergalt er ihnen ihre Feindschaft reichlich durch seine tödliche Angriffsweise und erstaunliche Geschicklichkeit im Kampfe. Da sie ihn nicht in ihren Reihen duldeten, so erlaubte er es auch nicht, daß einer aus der Rotte außerhalb der Reihe lief. Mit Ausnahme von Liplip fürchteten die andern seine Überfälle aus dem Hinterhalt und sahen sich gezwungen, zu gegenseitigem Schutz gegen den schrecklichen Feind, den sie sich gemacht hatten, zusammenzubleiben. Ein junger Hund allein am Ufer des Flusses war so gut wie verloren, oder er schreckte das Lager durch schrille Schmerzens- und Angstlaute auf, wenn er vor Wolfsblut, der ihm aufgelauert hatte, entfloh.

Aber Wolfsbluts Rache hörte damit nicht auf. Zwar hatte das Rudel junger Hunde gelernt, daß sie zusammenhalten müßten, wenn sie ihn angriffen – und sein Anblick allein genügte, sie zur Verfolgung aufzustacheln –, allein seine Schnelligkeit brachte ihn immer in Sicherheit. Doch wehe dem Hunde, der bei der Jagd seinen Gefährten vorauslief! Wolfsbluts Methode war es, sich nach dem Verfolger, der voran war, umzukehren und ihn gründlich zu bearbeiten, bevor noch die übrigen herankommen konnten. Dies geschah häufig, denn in der Erregung der Jagd waren die Hunde, wenn sie in vollem Laufe waren, nur zu geneigt, sich zu vergessen, was Wolfsblut nie tat.

Da junge Hunde immer zum Spiel aufgelegt sind, so machten sie notgedrungen aus diesem Kriege im kleinen ein Spiel. So kam es, daß die Jagd auf Wolfsblut ihr hauptsächlichster Zeitvertreib wurde, der manchmal einen tödlichen Ausgang für einen von ihnen nahm. Denn Wolfsblut, der flinker zu Fuße als sie war, fürchtete nicht, sich überall hin zu wagen. Oft führte er das Rudel auf wilder Jagd durch die angrenzenden Wälder, immer aber verloren die Hunde ihn dabei aus den Augen, und der Lärm, den sie machten, warnte ihn, während er auf Sammetpfoten, wie einst sein Vater und seine Mutter, einem Schatten gleich, still unter den Bäumen dahinglitt. Auch stand er dem wilden Leben im Walde näher als sie und kannte mehr von den Geheimnissen und Listen desselben. So war es ein beliebter Kunstgriff von ihm, seine Spur im fließenden Wasser verschwinden zu lassen und ruhig im Dickicht zu liegen, während das Rudel verblüfft ein lautes Gekläff um ihn herum erhob.

So von seiner Gattung und den Menschen gehaßt, ungezähmt, fortwährend verfolgt und selber fortwährend Krieg führend, ging es mit seiner Entwicklung rasch vorwärts. Doch war dieselbe einseitig. Da gab es keinen Boden, auf dem freundliche Gefühle, wie Liebe und Zuneigung, erblühen konnten; von solchen hatte er keine Ahnung. Was er gelernt hatte, war, dem Starken zu gehorchen und den Schwachen zu bedrücken. Der Graue Biber war sein Gott und war stark, und darum gehorchte er ihm, aber kleinere, schwächere Hunde, die konnte er vernichten. So strebte seine Entwicklung auf Stärke und Macht hinaus. Um der beständigen Gefahr, verletzt oder gar getötet zu werden, zu entgehen, wurde er flinker, behender, schlauer und blutdürstiger als seine Kameraden. Seine Sehnen und Muskeln waren dünn und geschmeidig wie Stahl, und er war ausdauernd, grausam und klug. Dies alles mußte er sein, sonst hätte er sich in der feindseligen Umgebung, in der er aufwuchs, nicht behaupten können.

4. Kapitel. Die Fahrt der Götter

Als die Tage im Herbst immer kürzer wurden, und häufige Fröste die Luft abkühlten, machte Wolfsblut einen Versuch, seine Freiheit wieder zu erlangen. Seit einigen Tagen herrschte im Dorfe großes Leben und Treiben. Das Sommerlager wurde abgebrochen, und der Stamm schickte sich an, mit Sack und Pack nach den herbstlichen Jagdgründen abzuziehen. Wolfsblut beobachtete alles mit aufmerksamem Auge, und als die Wigwams sich senkten und die Boote am Ufer beladen wurden, da verstand er, was das bedeutete. Schon fuhren einige Boote stromabwärts und waren bald dem Auge entschwunden.

Er beschloß mit voller Überlegung, zurückzubleiben. Er wartete auf eine günstige Gelegenheit, um aus dem Lager und in den Wald zu schleichen. Hier angekommen, verbarg er im Wasser, das schon zu gefrieren begann, seine Spur, kroch dann ins Dickicht und wartete. Die Zeit verging, dann und wann schlief er ein paar Stunden, endlich weckte ihn die Stimme des Grauen Biber, der seinen Namen rief. Auch andere Stimmen wurden laut; er unterschied die der Frau des Grauen Biber und die Mitsahs, des Sohnes des Grauen Biber, die ebenfalls an der Suche teilnahmen.

Wolfsblut zitterte teils vor Angst, teils vor Verlangen, das Versteck zu verlassen, aber er widerstand diesem Verlangen. Nach einer Weile wurden die Stimmen schwächer, und er kroch ins Freie, um den Erfolg seiner Taten zu genießen. Die Dunkelheit brach herein, und eine Zeitlang spielte er unter den Bäumen umher und freute sich der wiedergewonnenen Freiheit. Dann wurde ihm plötzlich seine Einsamkeit klar. Er setzte sich nieder, um nachzudenken, er lauschte auf das Schweigen im Walde, das ihm drückend erschien. Es war so unheimlich, daß nichts sich bewegte, daß kein Ton laut wurde.

Er fühlte, wie etwas Furchtbares unsichtbar um ihn lauerte. Er ängstigte sich vor den hohen Bäumen, vor den dunklen Schatten, hinter denen allerlei Gefahren sich verstecken konnten.

Auch fing es an kalt zu werden. Hier war nicht die warme Wand eines Wigwams, an die er sich schmiegen konnte. Die Füße froren ihm, und er hob bald den einen, bald den andern Vorderfuß empor, um ihn zu erwärmen, und deckte den buschigen Schwanz darüber. Zugleich zogen vor seinem innern Auge die Bilder der Erinnerung vorüber. Er sah wieder das Lager, die Zelte, den Schein der Feuer. Er hörte die hohen, schrillen Stimmen der Weiber, die Baßtöne der Männer, das Knurren der Hunde. Ihn hungerte, und ihm fielen die Stücke Fleisch und Fisch ein, die ihm hingeworfen worden waren. Hier gab es nichts zu essen, nichts als drohendes Schweigen, das nicht satt machte.

Die Knechtschaft hatte ihn verweichlicht, die Fürsorge anderer ihn schwach gemacht. Die Nacht rings umher gähnte ihn an. Seine an den Lärm und Tumult des Lagers, an fortwährende Eindrücke auf Seh- und Hörnerven gewöhnten Sinne waren müßig. Hier war nichts zu sehen, nichts zu hören oder zu tun. Er strengte sich an, einen Laut in der Stille zu vernehmen, einen Gegenstand in der Dunkelheit zu unterscheiden. Die Untätigkeit ängstigte ihn, das Gefühl, daß etwas Furchtbares ihm bevorstände. Er fuhr vor einem unförmigen Dinge, das sein Auge traf, entsetzt zurück, doch war es nur der Schatten eines Baumes, als der Mond aus den Wolken hervortrat. Als er sich beruhigt hatte, winselte er leise, aber er unterdrückte sogleich diesen Laut aus Furcht, die Aufmerksamkeit der um ihn lauernden Gefahren auf sich zu ziehen.

Ein Baum, dessen Holz sich in der kalten Nacht zusammenzog, knarrte laut. Es war dicht über ihm, und er schrie vor Angst auf. Es ergriff ihn Entsetzen und er rannte wie toll nach dem Dorfe hin. Er hatte ein überwältigendes Verlangen nach dem Schutz und der Gesellschaft der Menschen. Er glaubte den Rauch der Lagerfeuer zu riechen, das Geschrei und die Rufe im Lager zu vernehmen. Er lief aus dem Walde und auf die vom Mondschein beschienene Fläche zu, wo es keine Schatten, keine Dunkelheit gab. Allein kein Dorf begrüßte sein Auge; er hatte vergessen, daß es fort war.

Er hielt in seinem tollen Lauf inne. Wohin sollte er auch fliehen? Er schlich verlassen über den öden Lagerplatz, beschnupperte die Kehrichthaufen und weggeworfenen Lumpen seiner Götter. Er würde über einen Steinhagel, womit eine ärgerliche Indianerin ihn begrüßt hätte, erfreut gewesen sein, er wäre froh gewesen, wenn der Graue Biber ihn zornig geprügelt hätte, und mit Entzücken würde er Liplip und das ganze kläffende, feige Rudel begrüßt haben.

Er kam zu der Stelle, wo der Wigwam des Grauen Biber gestanden hatte. Mitten auf dem Platze setzte er sich nieder und hob den Kopf zum Monde empor. Es zuckte krampfhaft in seiner Kehle, er öffnete den Mund, und in herzbrechendem Geheul stieg seine Verlassenheit, seine Furcht seine Sehnsucht nach Kische, ja, all der Jammer und das Elend der Vergangenheit und die Angst vor der Zukunft in langgezogenen, lauten, traurigen Tönen empor, dem ersten Wolfsgeheul, das er ausgestoßen hatte.

Das Licht des anbrechenden Tages verjagte seine Furcht, zeigte aber seine Verlassenheit noch deutlicher. Die kahle Erde, die noch vor kurzem so dicht bevölkert gewesen war, führte sie ihm noch mehr zu Herzen. Doch nun schwankte er nicht lange in dem, was er zu tun habe. Er rannte durch den Wald und am Flußufer stromabwärts. Er lief den ganzen Tag, ohne auszuruhen, als wollte er immer laufen. Sein eiserner Körper kannte keine Ermüdung, und selbst als diese kam, machte seine ererbte Ausdauer ihn zu endloser Anstrengung fähig, die den schmerzenden Körper rastlos vorwärtstrieb.

Wo der Fluß sich um steile Ufer krümmte, kletterte er die Anhöhen, wo Bäche und Nebenflüsse in den Hauptstrom mündeten, schwamm er hinüber und durchwatete sie. Oft lief er auf dem Eise am Rande, und mehr als einmal brach er ein und kämpfte in der eiskalten Flut um sein Leben. Immer aber schaute er nach der Spur seiner Götter aus, wenn er den Strom verlassen und landeinwärts biegen mußte.

Zwar war er klüger als der Durchschnitt seiner Gattung, doch sein geistiges Auge schaute nicht weit genug, um an das andere Ufer des Mackenzie zu denken. Wie, wenn die Fährte der Götter auf jener Seite lief? Das fiel ihm nicht ein. Später, als er auf seinen Fahrten mehr Flüsse kennen gelernt, hätte er eine solche Möglichkeit begriffen, aber im Augenblick rannte er blindlings vorwärts, da ihm nur dies Ufer des Mackenzie in den Sinn kam.

Er lief die ganze Nacht hindurch, stolperte über Hindernisse, die ihn zwar aufhalten, doch nicht abschrecken konnten. In der Mitte des zweiten Tages war er dreißig Stunden lang gelaufen, und selbst seine eisernen Muskeln gaben nach. Nur seine Ausdauer und sein Mut trieben ihn weiter. Er hatte seit vierzig Stunden nichts gefressen, und der Hunger machte ihn schwach; auch war das wiederholte Untertauchen in dem kalten Wasser nicht ohne Wirkung auf ihn geblieben. Sein glattes Fell war besudelt und die breiten Sohlen seiner Füße waren zerrissen und wund. Er hatte zu hinken angefangen, was von Stunde zu Stunde zunahm. Das Schlimmste aber war, daß das Tageslicht dunkel wurde, denn es begann Schnee zu fallen, ein nasser, schmelzender, zusammenklebender Schnee, der glatt unter den Füßen war, die Gegend verhüllte und die Unebenheiten des Bodens verdeckte, so daß das Gehen schwer und schmerzhaft wurde.

An jenem Abend hatte der Graue Biber beabsichtigt, am andern Ufer zu übernachten, da die Jagdgründe in jener Richtung lagen. Allein kurz vor dem Dunkelwerden war ein Elch auf dieser Seite zum Flusse herabgekommen, um zu saufen, und Klukutsch, die Frau des Grauen Biber, hatte ihn gesehen. Wäre der Elch nicht zum Trinken gekommen, hätte Mitsah, durch den Schnee geblendet, nicht beim Steuern die Richtung verloren, Klukutsch das Tier nicht gesehen, und der Graue Biber mit einem glücklichen Schuß aus seiner Büchse es nicht erlegt, so wäre alles anders gekommen. Der Graue Biber hätte nicht am diesseitigen Ufer des Mackenzie übernachtet, und Wolfsblut wäre weitergelaufen und entweder gestorben oder zu den wilden Brüdern gerannt und wie sie bis an sein Lebensende ein Wolf geblieben.

Die Nacht brach herein. Der Schnee fiel immer dichter, und leise vor sich hin wimmernd stolperte und hinkte Wolfsblut vorwärts, als er auf eine frische Spur im Schnee traf. So frisch war dieselbe, daß er sie sofort erkannte. Eifrig winselnd verfolgte er sie vom Flußufer rückwärts bis unter die Bäume. Die Töne des Lagers trafen sein Ohr. Er sah den Schein des Feuers, sah, wie Klukutsch kochte und der Graue Biber auf dem Boden hockte und ein Stück Talg verzehrte. Also gab es frisches Fleisch im Lager.

Wolfsblut machte sich auf Schläge gefaßt. Er duckte sich bei dem Gedanken daran und sträubte das Haar, allein er ging vorwärts. So sehr er auch die Prügel fürchtete, so angenehm war doch wieder der Gedanke an das Feuer, das ihn erwartete, an den Schutz der Menschen, ja, selbst an die Gesellschaft der Hunde, so feindselig sie ihm auch waren. Auf dem Bauche kriechend kam er dicht an das Feuer. Der Graue Biber erblickte ihn und hörte auf zu kauen. Langsam kroch Wolfsblut näher, demütig und unterwürfig, geradewegs auf den Grauen Biber zu, indem er jeden Zollbreit der Entfernung immer langsamer und mühseliger zurücklegte. Endlich lag er zu den Füßen des Herrn, um freiwillig sich ihm zu unterwerfen. Zitternd wartete er auf die Strafe, die ihm bevorstand, und schon bewegte sich die Hand über ihm. Unwillkürlich duckte er sich noch tiefer, um den Schlag zu empfangen – aber es kam keiner. Verstohlen blickte er empor. Da brach der Graue

Biber das Stück Talg entzwei und reichte es ihm hin. Vorsichtig und argwöhnisch beroch es Wolfsblut, dann erst fing er an, es zu verzehren. Darauf ließ der Graue Biber Fleisch bringen und wehrte, so lange Wolfsblut fraß, die andern Hunde ab, worauf Wolfsblut dankbar und zufrieden sich zu den Füßen des Herrn niederlegte und zwinkernd in das wärmende Feuer schaute, bis er einschlummerte, sicher, daß der Morgen ihn nicht mehr einsam im öden Walde antreffen würde, sondern bei den Menschen im Lager, bei den Göttern, denen er sich mit Leib und Seele hingegeben hatte, und denen er nun untertänig war.

5. Kapitel. Der Bund mit dem Menschen

Der Dezember war zur Hälfte verstrichen, als der Graue Biber mit Klukutsch und Mitsah den Mackenzie hinaufzog. Den einen Schlitten, der mit gekauften oder geborgten Hunden bespannt war, kutschierte er selber, den andern kleineren, dessen Gespann aus jungen Hunden bestand, lenkte Mitsah. Dieser Schlitten war mehr ein Spielzeug, aber Mitsahs ganzer Stolz und ganze Freude, weil er fühlte, er beginne damit, in der Welt die Arbeit eines erwachsenen Mannes zu verrichten. Auch lernte er dabei, während die jungen Tiere eingefahren wurden, sie abrichten und lenken. Außerdem hatte der Schlitten seinen Nutzen; trug er doch fast zweihundert Pfund an Gerätschaften und Lebensmitteln!

Wolfsblut hatte gesehen, wie die Hunde der Indianer im Gespann gingen, also nahm er es nicht übel, als man ihn zum erstenmal anspannte. Man legte ihm dabei um den Nacken ein mit Moos wattiertes Halsband um, woran ein Riemen befestigt war, der um die Brust und über den Rücken ging, und an diesen war der lange Strick gebunden, mit dessen Hilfe er den Schlitten zog. In dem Gespann gingen sieben junge Hunde, die alle einen oder zwei Monate älter als Wolfsblut waren. Ein jeder war mit einem besonderen Strick an den Schlitten gebunden, und alle diese waren von ungleicher Länge, so daß der Unterschied mindestens die Körperlänge eines Hundes betrug. Jeder Strick war an einen Ring am vorderen Ende des Schlittens festgemacht, und dieser selbst hatte keine Kufen und war aus Birkenrinde gemacht, das Vorderende emporgebogen, um den Schnee leichter unterzupflügen. Durch diese Bauart verteilte sich das Gewicht der Ladung wie das des Schlittens auf die breiteste Fläche des weichen, lockeren Schnees. Nach demselben Prinzip breitete sich auch das Gespann der Hunde am Ende ihrer Stricke fächerförmig vor dem Schlitten aus, so daß keiner in die Fußtapfen des andern trat.

Noch einen andern Vorteil hatte jedoch diese Form des Gespanns. Die ungleiche Länge der Stricke hinderte die Hunde, sich, anzufallen; wollte einer den andern angreifen, so mußte er sich nach dem an einem kürzeren Stricke ziehenden umwenden, und dann befand er sich sowohl dem Angegriffenen als auch der Peitsche des Lenkers gegenüber. Allein der größte Vorteil dieses Gespanns lag darin, daß der Hund, der einen vorderen anfallen wollte, den Schlitten schneller ziehen mußte; bewegte sich dieser jedoch schneller, so konnte auch der Angegriffene schneller laufen, und so kein Hund den andern einholen, denn je flinker einer rannte, desto schneller lief auch der, hinter dem er her war, und desto flinker rannten alle andern. So vermehrte der Mensch durch Klugheit seine Macht über die Tiere.

Mitsah glich dem Vater auch darin, daß er ein gut Teil von dessen Schlauheit besaß. Er hatte früher beobachtet, daß Liplip Wolfsbluts Feind war, aber damals gehörte Liplip einem andern Indianer, und Mitsah hatte nur gewagt, ihn dann und wann mit einem Stein zu werfen. Jetzt, da Liplip sein Hund war, nahm er an ihm Rache, indem er ihn an den längsten Strick band. Zwar wurde Liplip dadurch zum Führer, was scheinbar eine Ehre war, aber in Wirklichkeit nahm ihm das jede Ehre, denn nun wurde er von den andern gehaßt und verfolgt, anstatt sie zu beherrschen und anzuknurren. Da er an dem längsten Strick zog, kam es den andern immer vor, als liefe er vor ihnen weg. Sie sahen nur seinen buschigen Schwanz und die fliegenden Hinterbeine – ein viel weniger einschüchternder Anblick als gesträubte Nackenhaare und blitzende Zähne. Auch erzeugt der Anblick eines fliehenden Hundes – das liegt in der geistigen Beschaffenheit der Tiere – das Verlangen, ihm nachzurennen, und das Gefühl, als liefe er aus Angst vor ihnen davon.

Von dem Augenblick an, wo der Schlitten losfuhr, jagte also das Gespann hinter Liplip her, und so ging es den ganzen Tag hindurch. Zuerst versuchte jener, zornig wie er war und eifersüchtig auf seine Würde, sich gegen die Verfolger umzuwenden, aber dann pflegte Mitsah die Schmitze der dreißig Fuß langen Peitsche aus Renntierdärmen ihm ins Gesicht zu schnellen, was ihn zur Umkehr und zum Weiterlaufen zwang. Wohl konnte Liplip den Hunden die Stirn bieten, aber nicht der Peitsche, und es blieb ihm nichts übrig, als den Strick straff zu erhalten und die Beine aus dem Bereich der Zähne seiner Verfolger zu bringen.

Allein in den Tiefen des Indianergemüts lauerten noch tückischere Ränke und Kniffe. Um den Führer zur Zielscheibe unaufhörlicher Verfolgung zu machen, schmeichelte ihm Mitsah vor den andern Hunden und erregte durch Gunstbezeugungen in ihnen Haß und Eifersucht. In ihrer Gegenwart pflegte er ihn, aber nur ihn, zu füttern, was sie wie toll aufregte. Sie rasten dann um ihn herum, dicht außerhalb des Bereichs der Peitsche, während Liplip das Fleisch verzehrte, und Mitsah ihn bewachte, und wenn kein Fleisch mehr da war, so pflegte Mitsah das Gespann in der Entfernung zu halten und so zu tun, als ob er ihn noch weiter füttere.

Die Arbeit gefiel Wolfsblut. Er war weiter als einer der andern Hunde gewandert, um sich den Menschen zu unterwerfen, und er hatte gründlicher als jene gelernt, wie nutzlos es sei, sich ihrem Willen zu widersetzen. Auch ließ die Anfeindung, die er von dem Rudel erduldet hatte, dieses ihm weit unwichtiger erscheinen als den Menschen. Er war nie auf den Verkehr mit seinesgleichen angewiesen gewesen und hatte Kische fast ganz vergessen, also fand, was er an Anhänglichkeit besaß, seinen Ausdruck in der Treue, die er den Menschen, die er als seine Herren anerkannt hatte, darbrachte. So arbeitete er fleißig und war gehorsam. Treue und Willigkeit zeichneten ihn bei der Arbeit aus. Das sind wesentliche Charakterzüge des gezähmten Wolfes und des wilden Hundes, und Wolfsblut besaß sie in ungewöhnlich hohem Grade.

Sein Verhältnis zu den andern Hunden war und blieb feindselig. Er hatte nie mit ihnen gespielt, er verstand darum nur mit ihnen zu raufen, wobei er hundertfach die Bisse zurückgab, die er in den Tagen, als Liplip Führer des Rudels gewesen war, empfangen hatte. Allein Führer war dieser nur noch insoweit, als er am Ende eines Strickes vor den Gefährten herlief, und der Schlitten hintennach stolperte. Im Lager hielt er sich dicht an Mitsah, an den Grauen Biber oder Klukutsch. Er wagte sich nicht von ihnen hinweg, denn dann waren die Zähne aller Hunde gegen ihn gerichtet, und er kostete die Verfolgung, die er früher Wolfsblut angedeihen ließ, bis auf die Hefe aus.

Da Liplip als Anführer des Rudels abgesetzt war, so hätte Wolfsblut jetzt seine Stelle einnehmen können. Aber dazu stand er zu einsam und war zu verdrossen. Er strafte nur die Genossen, sonst ließ er sie in Ruhe. Auch gingen sie ihm aus dem Wege, wenn er herkam, und der Frechste unter ihnen wagte es nicht, ihm ein Stück Fleisch zu stehlen; im Gegenteil verzehrten sie den eignen Bissen hastig, aus Furcht, daß er ihnen davon wegnehmen würde. Wolfsblut kannte gut das Gesetz: Unterdrückung dem Schwachen, Gehorsam dem Starken. Er verschlang seinen Anteil so rasch er konnte, und wehe dem Hunde, der dann nicht fertig war. Ein Knurren, ein Aufblitzen der Zähne, und bitter beklagte sich der andere bei den gleichmütigen Sternen über seinen Verlust, während Wolfsblut die Portion des Beraubten hinunterschlang. Dann und wann empörte sich einer gegen eine solche Behandlung, wurde aber schnell zum Schweigen gebracht.

So blieb Wolfsblut in der Übung. Er war eifersüchtig auf die einsame Stellung, die er sich geschaffen hatte, und verteidigte dieselbe. Aber solche Kämpfe waren von kurzer Dauer; er war für die andern zu flink. Sie bluteten, bevor sie wußten, was geschehen war, und waren geschlagen, bevor sie sich noch gewehrt hatten.

So streng wie die Zucht von seinen Herren war auch die, die Wolfsblut bei den Genossen anwandte. Er ließ ihnen nichts durch, er zwang sie zu unablässiger Achtung. Unter sich konnten sie tun, was sie wollten, das ging ihn nichts an, aber sie mußten ihn in seiner Abgesondertheit in Ruhe lassen, ihm aus dem Wege gehen, wenn es ihm einfiel, sich unter sie zu mischen, kurz, seine Überlegenheit anerkennen. Wer es sich einfallen ließ, ihm mit steifen Beinen entgegen zu gehen, ihm die Zähne zu weisen oder das Haar zu sträuben, der konnte darauf gefaßt sein, mit unbarmherziger Grausamkeit angegriffen und zur Vernunft gebracht zu werden. Er war ein fürchterlicher Tyrann, und seine Macht unbeugsam wie Stahl. Nicht umsonst war er in der Kindheit dem mitleidslosen Kampf ums Dasein ausgesetzt gewesen, als er und die Mutter allein und ohne Hilfe sich durchschlagen und in der feindseligen Umgebung der Wildnis das Leben fristen mußten. Nicht umsonst hatte er gelernt, leise aufzutreten, wenn ein Stärkerer vorüberging. Er bedrückte zwar die Schwachen, aber die Starken respektierte er, und während der langen Reise mit dem Grauen Biber schlich er unter den erwachsenen Hunden im Lager der fremden Indianer, die sie unterwegs trafen, leise umher.

Die Monate verstrichen. Die Fahrt des Grauen Biber ging immer weiter. Wolfsbluts Kräfte wuchsen durch die unaufhörliche Arbeit langer Stunden vor dem Schlitten, und es sah aus, als ob auch seine geistige Entwicklung zur Reife gekommen sei. Er kannte jetzt die Welt, in der er lebte, gründlich; es war eine öde, materialistische Welt. Ihm erschien sie rauh und roh und ohne Wärme, eine Welt, worin Liebkosungen und Zuneigung und die sanfteren Regungen des Gemüts nicht vorhanden waren.

Was er für den Grauen Biber fühlte, war keine Zuneigung. Der war sein Herr, aber ein rauher Herr. Wolfsblut erkannte gern seine Überlegenheit an, aber nur weil dieselbe sich auf höhere Klugheit und größere Stärke stützte. Es lag in Wolfsbluts Wesen etwas, das nach einem Herrn verlangte, sonst würde er nicht aus der Wildnis zurückgekommen sein, um sich einem Höhern zu unterwerfen. Es gab in seiner Natur Tiefen, die bis jetzt nie ergründet worden waren. Ein freundliches Wort, eine liebkosende Berührung hätte bis in diese Tiefen dringen können, aber der Graue Biber streichelte ihn nicht, noch sprach er freundliche Worte zu ihm. Das war nicht seine Weise. Seine Überlegenheit zeigte sich nur dadurch, daß er Gerechtigkeit mit einem Stock austeilte, Übertretungen durch einen Schlag züchtigte, aber das Verdienst wurde nicht durch Güte belohnt, sondern nur dadurch, daß er keinen Schlag bekam.

So wußte Wolfsblut nichts von dem, was die Hand eines Menschen für ihn Gutes enthalten konnte. Auch liebte er die Hände der Menschen nicht; sie waren ihm verdächtig. Zwar teilten sie manchmal Fleisch aus, doch öfters noch Pein und Schmerz. Es war besser, ihnen fernzubleiben. Mit ihnen wurden Steine geworfen, Knüttel und Peitschen geschwungen, Schläge und Püffe ausgeteilt, und wenn sie einen anrührten, so zwickten, knufften und kniffen sie. In den fremden Dörfern lernte er auch die Kinderhände kennen und erfuhr, wie grausam die sein können. Einmal wäre ihm fast ein Auge von einem Bürschchen, das kaum gehen konnte, ausgestoßen worden. Solche Erfahrungen machten ihn gegen alle Kinder mißtrauisch. Er mochte sie nicht leiden, und wenn sie mit den unheilverkündenden Händen ihm zu nahe kamen, so stand er auf und ging weg.

In einem Dorfe am Großen Sklavensee lernte er eine Abänderung des Gesetzes kennen, das ihm der Graue Biber eingebläut hatte, des Gesetzes, daß es ein unverzeihliches Verbrechen sei, einen Menschen zu beißen, indem er sich gegen ein ihm zugefügtes Unrecht empörte. In dem Dorfe ging Wolfsblut, wie es die Hunde zu tun pflegten, auf Raub aus. Ein Indianerknabe hieb gerade mit einem Beil gefrorenes Elchfleisch in kleine Stücke, und es flogen Bröckchen davon in den Schnee. Wolfsblut, der gerade vorbeischlich, blieb stehen und begann die Bröckchen zu verzehren. Da sah er, wie der Bursche das Beil niederlegte und einen derben Knüttel ergriff. Wolfsblut sprang zur Seite, als der Schlag ihn eben treffen sollte. Der Junge verfolgte ihn, und da Wolfsblut im Dorfe fremd war, so verirrte er sich zwischen zwei Wigwams und sah plötzlich einen hohen Erdwall vor sich. Hier war kein Entkommen. Der einzige Ausweg führte an den Wigwams vorbei, und den hütete der Knabe. Indem dieser den Knüttel hoch hielt, ging er auf das in die Enge getriebene Tier los. Wolfsblut war wütend. Sein Gerechtigkeitsgefühl war verletzt, und er kehrte sich zähnefletschend und mit gesträubtem Haar gegen den Knaben. Er wußte, daß alle Fleischabfälle den Hunden gehören, die sie fanden. Er hatte darum nichts Unrechtes getan, kein Gesetz verletzt, und doch wollte der Bursche ihn schlagen. Wolfsblut wußte kaum, was er tat, so schnell übermannte ihn die Wut, und es geschah alles so schnell, daß auch der Knabe erst zur Besinnung kam, als er sich im Schnee liegend fand, während die Hand, welche den Knüttel hielt, eine breite Wunde von Wolfsbluts Zähnen zeigte.

Aber Wolfsblut wußte, daß er das Gesetz übertreten hatte, indem er das geheiligte Fleisch eines Gottes mit den Zähnen zerrissen hatte; und eine schreckliche Strafe konnte seiner nur warten. Er lief zu dem Grauen Biber, hinter dem er sich verkroch, als der gebissene Knabe, von der ganzen Familie gefolgt, kam, um Rache zu verlangen. Der Graue Biber verteidigte Wolfsblut, dasselbe taten Mitsah und Klukutsch. Wolfsblut, der den Wortwechsel anhörte und die ärgerlichen Gebärden beobachtete, begriff, daß seine Handlungsweise gerechtfertigt wurde, und er lernte einsehen, daß es auch unter den Göttern einen Unterschied gab. Ob Gerechtigkeit oder Ungerechtigkeit in den Handlungen sei, das war einerlei! Von den eigenen Herren mußte man alles hinnehmen! Doch von den andern sich Ungerechtigkeiten gefallen zu lassen, dazu war man nicht verpflichtet. Da hatte man das Vorrecht, die Zähne zu gebrauchen, – so wollten es die Götter!

Ehe der Tag zu Ende ging, sollte Wolfsblut noch mehr über dies Gesetz erfahren. Als Mitsah im Walde Brennholz sammelte, traf er auf den gebissenen Jungen. Eine Menge Knaben waren bei ihm, und es kam zu heftigen Worten. Alle griffen Mitsah an, dem es übel erging, denn es regnete auf ihn Schläge von allen Seiten. Zuerst sah Wolfsblut zu. Es war eine Angelegenheit der Menschen und ging ihn nichts an. Als ihm jedoch klar wurde, daß Mitsah, einer seiner Herren, mißhandelt wurde, da ließ ihn zwar kein bewußter Trieb handeln, aber von wildem Zorn getrieben, sprang er unter die Kämpfenden. Fünf Minuten später flohen die Knaben nach allen Richtungen, und der Schnee färbte sich mit ihrem Blut zum Zeichen, daß Wolfsbluts Zähne bei einigen nicht müßig gewesen waren. Als Mitsah das Erlebnis den Seinen im Lager erzählte, ließ der Graue Biber Wolfsblut Fleisch, und sogar sehr viel Fleisch geben, und dieser lag darauf vollgestopft und schläfrig vor dem Feuer und wußte, daß er recht getan hatte.

Durch solche Erfahrungen begriff er das Gesetz vom Eigentum und die Pflicht, dasselbe zu verteidigen. Vom Schutze seines Herrn zur Behütung seines Besitztums war nur ein Schritt, den er schnell machte. Was dem Herrn gehörte, mußte gegen die ganze Welt verteidigt werden, auch auf die Gefahr hin, andere Götter dabei zu verletzen. Eine solche Tat war zwar gefährlich, aber nicht frevelhaft. Zwar war ein Hund den Menschen nicht gewachsen, dazu waren sie zu mächtig, aber Wolfsblut lernte es doch, ihnen unerschrocken und mutig die Stirn zu bieten. Die Pflicht ging über die Furcht, und Diebe lernten das Eigentum des Grauen Biber in Ruhe lassen.

Schnell begriff Wolfsblut, daß ein Dieb gewöhnlich auch ein Feigling war, der beim ersten Lärm davonlief, und daß beim Lärmschlagen der Graue Biber ihm in kurzer Zeit zur Hilfe käme. Auch merkte er, daß der Dieb nicht so sehr Furcht vor ihm hatte als vor dem Grauen Biber. Durch Bellen schlug aber Wolfsblut nicht Lärm, denn er bellte nie. Er griff vielmehr den Eindringling sogleich an und versuchte, ihn zu beißen. Da er sich um die andern Hunde nicht kümmerte, sondern einsam und ungesellig lebte, so war er ungemein geeignet, das Eigentum des Herrn zu bewachen und darin wurde er von dem Grauen Biber bestärkt. Die Folge war, daß Wolfsblut immer wilder, unzähmbarer und einsamer wurde.

Die Monate vergingen, und das Bündnis zwischen Hund und Mensch wurde immer enger. Die Bedingungen waren einfach. Für einen Gott aus Fleisch und Blut tauschte Wolfsblut die eigene Freiheit ein und empfing dafür Speise und Feuer, Schutz und Gesellschaft. Dagegen behütete er das Eigentum des Herrn, schützte den Leib desselben, arbeitete für ihn und gehorchte ihm, denn einem Gotte gehören, bringt Dienstbarkeit mit sich. Wolfsblut diente ebensosehr aus Pflicht als aus Furcht, doch nicht aus Liebe. Die kannte er nicht, denn er hatte dieselbe nie erfahren. Kische war nur noch eine blasse Erinnerung. Allein derart waren die Bedingungen, die ihn mit den Menschen verknüpften, als er das freie Leben der Wildnis und den Verkehr mit seinesgleichen aufgegeben und sich dem Menschen unterworfen hatte, daß er den Herrn nicht wieder hätte aufgeben und zu Kische zurückkehren können, wäre sie ihm je wieder begegnet. Seine Treue gegen den Herrn schien ihm ein Gesetz für sich, das höher stand als die Liebe zur Freiheit und zu den eigenen Blutsverwandten.

6. Kapitel. Die Hungersnot

Der Frühling war ganz nahegekommen, als der Graue Biber seine lange Fahrt beendet hatte. Es war wieder April und Wolfsblut ein Jahr alt, als er in das heimische Dorf einzog und Mitsah ihn ausspannte. Obgleich noch nicht völlig ausgewachsen, war er neben Liplip der größte Hund seines Alters. Schon jetzt konnte er sich mit erwachsenen Hunden messen, denn von beiden Eltern hatte er Wucht und Stärke geerbt, und es fehlte ihm nur noch an Breite. Sein Körper war hager und eckig und seine Stärke mehr ausdauernd als gewichtig. Sein graues Fell zeigte die echte Wolfsfarbe, und dem Anschein nach war er ein echter Wolf. Was vom Hunde er von Kische geerbt, hatte ihm körperlich keinen Stempel aufgedrückt, wenn es auch in seiner geistigen Begabung eine Rolle spielte.

Er wanderte durch das Dorf und sah mit ruhiger Befriedigung die Personen wieder, die er vor der langen Fahrt gekannt hatte. Auch die Hunde besah er sich, junge, die, wie er, herangewachsen waren, und erwachsene, die nicht so groß und so schrecklich aussahen wie das Bild, das er von ihnen im Gedächtnis trug. Darum hatte er jetzt weniger Angst vor ihnen und schritt mit einer sorglosen Sicherheit unter ihnen umher, die ihm ebenso neu wie angenehm war. Unter ihnen gab es einen alten, grauen Burschen, Besik, der in früheren Tagen ihm nur die Zähne zu zeigen brauchte, um Wolfsblut die eigene Unbedeutendheit fühlen zu lassen, und durch den er nun erfahren sollte, welche Veränderung mit ihm vorgegangen war.

Beim Zerlegen eines frischerlegten Elches sollte Wolfsblut einsehen lernen, wie verändert seine Beziehungen zu den Hunden jetzt waren. Er hatte einen Huf und einen Teil des Schienbeins bekommen, an dem noch ein gut Stück Fleisch hing. Er hatte sich aus der unmittelbaren Nähe der Hunde entfernt und verzehrte seinen Anteil hinter einem Gebüsch, als Besik auf ihn loskam. Ohne sich lange zu besinnen, hatte Wolfsblut den mutmaßlichen Angreifer zweimal gebissen und war dann zur Seite gesprungen. Dieser war über die Verwegenheit und Schnelligkeit des Angriffs verblüfft und stand und starrte Wolfsblut an, während der blutige Knochen zwischen ihnen lag. Der Alte hatte schon bei den Hunden, die er früher anzuschnauzen pflegte, bittere Erfahrungen gemacht und die Klugheit zu Hilfe rufen müssen, um mit ihnen zu wetteifern. Früher wäre er in angebrachtem Zorn auf Wolfsblut losgesprungen, aber die mangelnden Kräfte erlaubten ihm kein solches Vorgehen mehr. Er sträubte nur wild die Haare und blickte finster nach dem Knochen hinüber. In Wolfsblut erwachte ein gut Teil der früheren Ehrfurcht, er zögerte, ob er nicht doch zurückweichen und einen nicht allzu schimpflichen Rückzug antreten sollte.

Hätte Besik sich damit begnügt, noch weiter drohend und finster zu blicken, so hätte Wolfsblut ihm am Ende den streitigen Knochen überlassen. Allein jener beging den Fehler, nicht zu warten. Er betrachtete den Sieg schon als errungen und machte einen Schritt auf die Beute zu. Als er sorglos den Kopf hinabbog, um diese zu beschnuppern, sträubten sich auch Wolfsbluts Haare. Selbst dann wäre es noch nicht zu spät gewesen, und Wolfsblut wäre endlich weggeschlichen, wäre der andere mit erhobenem Haupte und finsteren Blicken stehen geblieben. Allein der Geruch frischen Fleisches stieg Besik in die Nase, und er fing an, davon zu kosten. Dies war für Wolfsblut zu viel. All die monatelange Herrschaft über die Genossen des Gespanns war ihm zu frisch im Gedächtnis, um müßig dabei stehen zu sollen, wenn ein anderer das ihm zukommende Fleisch verzehrte. Ohne Warnung schnappte er seiner Gewohnheit gemäß zu, und Besiks rechtes Ohr hing in Fetzen herab. Die Plötzlichkeit des Angriffs verblüffte jenen, doch schlimmeres noch sollte mit ebensolcher Plötzlichkeit kommen. Er wurde umgeworfen, am Halse gebissen, und als er sich endlich auf die Füße stellte, brachte ihm der junge Hund noch zwei tiefe Wunden in die Schulter bei. Die Schnelligkeit, womit dies alles vor sich ging, war erstaunlich, Besik leistete zwar Gegenwehr, aber nur schwach, denn seine Zähne schlugen in der leeren Luft zusammen, und einen Augenblick später war ihm die Nase aufgeschlitzt, und er taumelte von dem Knochen zurück.

Das Blatt hatte sich gewendet, und Wolfsblut stand drohend und mit gesträubtem Haar über dem Knochen, während Besik sich zum Rückzug anschickte. Er wagte keinen weitern Kampf mit einem so blitzschnellen Feinde, und von neuem fühlte er mit erhöhter Bitterkeit die Schwäche des herannahenden Alters. Er machte einen Versuch, seine Würde zu behaupten, kehrte ruhig dem jungen Hunde und dem Knochen den Rücken und schritt stolz davon. Erst als er eine Strecke entfernt war, blieb er stehen, um sich die blutenden Wunden zu lecken.

Dies Abenteuer erhöhte Wolfsbluts Selbstvertrauen und seinen Stolz. Festeren Schrittes ging er fortan unter den großen Hunden umher, seine ganze Haltung war nicht mehr demütig. Nicht daß er Streit suchte, aber er verlangte Achtung. Er wollte unbelästigt seines Weges gehen und vor keinem Hunde beiseite treten, kurz, man sollte Rücksicht auf ihn nehmen. Er wollte nicht mehr übersehen werden, wie es den jungen Hunden, selbst den Genossen seines Gespannes, erging. Sie drückten sich vor den großen zur Seite und gaben auch wohl notgedrungen ihren Anteil am Fleisch hin. Aber Wolfsblut, der ungesellig, einsam und verdrossen kaum nach rechts und links blickte, wurde, fremd und zurückhaltend wie er war, von den erwachsenen Hunden als ihresgleichen behandelt. Nach wenigen erbitterten Zusammenstößen fanden sie es wünschenswert, ihn in Ruhe zu lassen und wagten weder feindselige Angriffe noch freundliche Annäherungen, und so tat er dasselbe.

Um die Sommersonnenwende erlebte Wolfsblut etwas Merkwürdiges. Als er lautlos um einen neuen Wigwam strich, der am Ende des Dorfes aufgerichtet worden war, während er mit den Jägern auf der Elchjagd gewesen, stieß er plötzlich auf Kische. Er blieb stehen und blickte sie an. Er erinnerte sich ihrer, wenn auch dunkel, doch das war mehr, als man von ihr sagen konnte. Drohend wies sie mit dem wohlbekannten Knurren ihm die Zähne, und damit wurde die Erinnerung noch deutlicher. Seine vergessene Kindheit, alles was mit diesem Knurren zusammenhing, kam ihm wieder in den Sinn. Bevor er die Menschen gekannt hatte, war sie für ihn der Mittelpunkt der Welt gewesen. Die alten, vertrauten Gefühle jener Zeit stiegen in ihm auf. Er sprang freudig auf sie zu, aber sie empfing ihn mit blitzenden Zähnen und schlitzte ihm die Wange bis auf den Knochen auf. Er verstand das nicht und zog sich verwirrt zurück.

Allein Kische war nicht zu tadeln. Eine Wölfin ist nicht so beschaffen, daß sie sich ihrer früheren Kinder erinnern sollte. Also war Wolfsblut für sie ein Fremder, ein Eindringling, und ihre jetzigen Jungen gaben ihr das Recht, seine Zudringlichkeit übel zu vermerken. Eines der Kleinen kam auf Wolfsblut zugewackelt. Sie waren ja, ohne es zu wissen, Halbbrüder. Wolfsblut beroch das Hündchen neugierig, worauf Kische auf ihn lossprang und ihn abermals biß. Er wich weiter zurück. Die alten Erinnerungen kehrten wieder in die Gruft zurück, aus der sie erstanden waren. Er sah zu, wie Kische das Junge leckte und dann und wann inne hielt, um ihn anzuknurren. Sie war ihm nichts mehr, er hatte auch ohne sie fertig werden müssen. Was sie ihm gewesen, war dahin; in seinem Leben hatte sie keine Stelle mehr, noch er in dem ihrigen.

Er stand noch immer verblüfft da und wunderte sich, was das alles eigentlich bedeutete, als sie ihn zum drittenmale forttrieb. Er ließ es geschehen, war sie ja eine Hündin, die er nicht angreifen durfte. Er wußte nicht aus Erfahrung, daß es Gesetz sei, daß die Geschlechter sich nicht bekämpfen dürfen, aber ein geheimer Trieb sagte es ihm, ein Instinkt wie der, welcher ihn zwang, nachts den Mond und die Sterne anzuheulen und den Tod und das Unbekannte zu fürchten.

Die Monate vergingen. Wolfsblut nahm an Stärke, Gewicht und Breite zu, und sein Charakter entwickelte sich nach dem Gesetz der Vererbung und dem der Umgebung. Was ihm angeboren, war gleichsam der Lehm, aus dem er geformt war, und dieser konnte in verschiedenen Formen geknetet werden, ihm aber besondere Gestalt zu geben, dazu diente die Umgebung. Wäre Wolfsblut nie zum Feuer der Menschen gekommen, so hätte die Wildnis einen echten Wolf aus ihm gemacht. Nun hatten die Menschen ihm eine andere Umgebung gegeben, und er war zum Hunde geworden, der zwar etwas Wölfisches hatte, aber immerhin mehr Hund als Wolf war.

Also nahm durch die Beschaffenheit seiner Natur und durch den Drang der Umstände sein Charakter immer bestimmtere Formen an. Dem war nicht abzuhelfen. Er wurde immer mürrischer, ungeselliger, einsamer, jähzorniger, und die Hunde sahen bald ein, daß es besser war, mit ihm im Frieden als im Streit zu leben, während der Graue Biber anfing, ihn von Tag zu Tag höher zu schätzen.

Nur eine Schwäche konnte er nicht loswerden; er konnte es nicht vertragen, von den Menschen ausgelacht zu werden. Mochten sie unter sich über alles mögliche lachen, das war ihm gleichgültig, nur nicht über ihn. Das machte ihn wütend. Ernst, würdevoll und düster wie er war, brachte das Gelächter ihn bis an den Rand der Tollheit. Es beleidigte und regte ihn so sehr auf, daß er noch stundenlang nachher sich wie ein Besessener gebärdete. Wehe dem Hunde, der ihm alsdann in die Quere kam! An dem Grauen Biber, das wußte er, durfte er sich nicht rächen, der hatte einen Knüttel und eine höhere

Macht hinter sich. Aber die Hunde hatten das nicht, und so flohen sie, wenn Wolfsblut, durch das Gelächter toll gemacht, auf der Bildfläche erschien.

Im dritten Jahr seines Lebens brach über die Indianer am Mackenzie eine Hungersnot herein. Im Sommer waren die Fische knapp gewesen, und im Winter verließen die Renntiere ihr gewöhnliches Standquartier. Die Elche wurden selten, die Kaninchen verschwanden fast ganz, und die Raubtiere starben oder fielen übereinander her. Nur die Starken blieben am Leben. Die Indianer waren von jeher nur Jäger gewesen, also starben die Alten und Schwachen vor Hunger. Es war viel Jammer und Wehklagen im Dorfe, denn die Frauen und Kinder hungerten, damit das Wenige, was noch da war, den hagern, hohläugigen Männern zugute käme, die vergeblich in die Wälder auf Jagd auszogen. So groß war die Not, daß die Menschen das weiche Leder ihrer Mokassins und Handschuhe verzehrten, während die Hunde sich über die Riemen und selbst über die Peitschenschnüre hermachten. Auch fraßen die Hunde einander auf und die Menschen aßen die Hunde. Die Schwächsten und Wertlosesten von ihnen wurden dann zuerst verzehrt. Die übriggebliebenen Hunde sahen das und verstanden es. Einige der kühnsten und klügsten verließen die Feuer des Lagers, das zur Schlachtbank geworden war, und flohen in den Wald, wo sie jedoch entweder verhungerten oder von den Wölfen zerrissen wurden.

In dieser Zeit des Elends schlich auch Wolfsblut fort in die Wälder. Er war durch seine erste Kindheit besser als die andern Hunde für dies Leben vorbereitet. Er war besonders geschickt, die kleinen Lebewesen zu überfallen. Er pflegte stundenlang im Verborgenen zu liegen, um jede Bewegung eines argwöhnischen Eichhörnchens mit einer Geduld zu verfolgen, die nur mit dem ihn peinigenden Hunger sich messen konnte. Selbst wenn das Eichhörnchen sich auf den Boden wagte, war Wolfsblut noch nicht voreilig, sondern wartete, bis jenem der Rückzug auf den Baum abgeschnitten war. Dann erst sprang er wie ein Blitz aus seinem Versteck hervor und verfehlte auch nie das Ziel.

So viel Erfolg er auch mit diesen Tierchen hatte, so war es doch nicht zum Sattwerden, denn es waren ihrer zu wenige da. Also stellte er noch kleineren Tieren nach. Sein Hunger war so groß, daß er es nicht verschmähte, die Waldmäuse aus ihren Löchern im Boden auszugraben, ebenso wie er es auch nicht für unter seiner Würde hielt, mit irgend einem hungrigen Wiesel, das noch blutdürstiger als er selber war, zu kämpfen.

Wenn der Hunger ihn gar zu sehr quälte, schlich er zum Lager der Indianer zurück, aber er näherte sich demselben nicht zu sehr. Er lauerte im Walde und beraubte die Schlingen und Fallen in den seltenen Fällen, wenn ein Wild sich darin gefangen hatte. Er stahl sogar dem Grauen Biber ein Kaninchen, als dieser vor Schwäche taumelnd und durch Atemmangel oftmals genötigt sich hinzusetzen, durch den Wald daherkam.

Eines Tages traf Wolfsblut einen jungen Bruder, der schwach und matt vor Hunger und so mager wie ein Gerippe war. Wäre er nicht selber hungrig gewesen, so wäre er vielleicht mitgelaufen und hätte den Weg zu den Brüdern gefunden, nun aber warf er den Wolf zu Boden, tötete und verzehrte ihn.

Das Glück war ihm hold. Immer wenn er am schlimmsten daran war, fand er Beute, auch wollte es der Zufall, daß er dann auf kein größeres Raubtier stieß. Einstmals kam ein Rudel hungriger Wölfe auf ihn losgestürzt, und sie verfolgten ihn lange und grausam; da er aber besser genährt war wie sie – denn er hatte in den Tagen vorher einen Luchs verzehrt –, so gewann er ihnen einen Vorsprung ab. Ja, mehr noch, als er in weitem Bogen um sie herumlief, überfiel er einen seiner erschöpften Verfolger. Darauf verließ er die Gegend und wanderte nach dem Tal, wo er geboren war. Hier traf er in der alten Höhle Kische, die wie er die ungastlichen Feuerstätten der Menschen verlassen hatte und in den alten Schlupfwinkel gekommen war, um für ihre Jungen Schutz zu suchen. Allein nur eines davon war am Leben geblieben, und auch dieses hatte bei der Hungersnot wenig Aussicht leben zu bleiben.

Kisches Begrüßung des nun erwachsenen Sohnes war durchaus nicht liebevoll. Aber Wolfsblut machte sich nichts daraus; er bedurfte der Mutter nicht mehr. Also kehrte er ihr bedächtig den Rücken und trabte das Flüßchen hinauf. An der Gabelung schlug er den Weg zur Linken ein und kam an das Lager der Luchsin, mit der die Mutter und er einst auf Leben und Tod gekämpft hatten. Hier an verlassener Stätte ließ er sich nieder und ruhte einen Tag aus.

Am Anfang des Sommers, als die Not zu Ende ging, traf er auf Liplip, der ebenfalls in die Wälder geflohen war und ein elendes Dasein geführt hatte. Es geschah ganz unerwartet. Sie kamen in entgegengesetzter Richtung um den Fuß eines steilen Bergabhanges getrabt, und als sie um eine Felsenecke bogen, standen sie sich plötzlich Angesicht zu Angesicht gegenüber. Einen Augenblick hielten sie erschrocken inne und blickten sich mißtrauisch an. Wolfsbluts Jagd war in den letzten acht Tagen sehr erfolgreich gewesen, und er war wohlgenährt. Sobald er jedoch Liplip erblickte, richtete sich unwillkürlich sein Haar am Rücken empor. Das war der körperliche Ausdruck des geistigen Zustands, in den in früheren Tagen ihn Liplips Rauflust und Verfolgungssucht versetzt hatte. Der andere versuchte auszuweichen, doch Wolfsblut stieß ihn so kräftig mit der Schulter, daß jener das Gleichgewicht verlor und auf den Rücken rollte. Ein Biß in den mageren Hals und Liplip rang mit dem Tode, während Wolfsblut mit steifen Beinen und gespanntem Blick rund um den Feind herum ging. Darauf setzte er seine Wanderung fort, indem er den Bergabhang entlang weiter trabte.

Einige Tage später kam er an den Rand des Waldes, wo ein schmaler Streifen freien Landes sich nach dem Mackenzie hinabzog. Früher war es dort kahl gewesen, jetzt stand ein Dorf da. Unter den Bäumen verborgen blieb er stehen und überschaute die Gegend. Der Anblick, die Töne, die Gerüche waren ihm wohlbekannt. Es war sein altes Dorf, nur an einem anderen Platze. Doch war jetzt alles anders als damals, als er daraus geflohen war. Es gab kein Jammern, kein Wehklagen mehr. Töne behaglicher Zufriedenheit begrüßten sein Ohr. Zwar vernahm er die scheltende Stimme einer Frau, allein dieser Ärger kam aus einem vollen Magen, das wußte er. Auch roch es in der Luft nach Fischen. Es war also wieder Speise da, die Not war vorüber. Wolfsblut kam dreist aus dem Walde heraus und trabte ins Lager gerade auf den Wigwam des Grauen Biber los. Dieser war nicht da, aber Klukutsch begrüßte ihn mit einem Freudengeschrei und gab ihm einen ganzen Fisch, und er legte sich nieder, um die Rückkehr des Herrn zu erwarten.

Vierter Teil

1. Kapitel. Der Feind seiner Gattung

Hätte in Wolfsbluts Natur die entfernteste Möglichkeit gelegen, mit den Genossen freundlich zu verkehren, so wäre diese für immer dadurch zerstört worden, daß er Leithund des Gespannes wurde. Von nun an haßten ihn die Hunde noch mehr, haßten ihn wegen des Fleisches, das Mitsah ihm besonders zuteilte, haßten ihn wegen der wirklichen und eingebildeten Begünstigungen, die er erhielt, am meisten aber, weil er mit wehendem Schwanze und fliehenden Hinterbeinen immer und ewig vor ihren Augen hinlief und sie dadurch bis zum Wahnwitz reizte. Und diesen Haß vergalt er ihnen mit Zinsen. Leithund zu sein war durchaus nicht angenehm. Er war dadurch gezwungen, vor dem kläffenden Haufen herzulaufen, vor diesen Hunden, die er drei Jahre lang beherrscht hatte, und das war fast mehr als er ertragen konnte. Aber es mußte sein, sonst wäre es sein Tod gewesen, und danach trug er kein Verlangen. In dem Augenblick, da Mitsah das Signal zur Abfahrt gab, sprang das ganze Gespann mit wildem Gekläff hinter ihm drein.

Verteidigen konnte er sich nicht, denn kehrte er sich um, so traf ihn ein schmerzender Peitschenhieb von Mitsah ins Gesicht. Es blieb ihm nichts übrig als zu laufen. Er konnte mit Schwanz und Hinterbeinen der heulenden Horde nichts anhaben, das wären gegen die vielen unbarmherzigen Zähne kaum die richtigen Waffen gewesen. Also rannte er weiter, indem er bei jedem Satz, den er machte, den ganzen Tag lang seiner Natur und seinem Stolz Gewalt antat.

Allein man kann den Trieben seiner Seele nicht Gewalt antun, ohne daß man sich nicht dagegen auflehnt. Das ist wie ein Haar, das aus dem Körper herauswachsen sollte, aber unnatürlicherweise sich umdreht und hineinwächst und eiternd schmerzt. So erging es auch Wolfsblut. Jeder Trieb seines Wesens drängte ihn, auf die Hunde, die ihm an den Fersen kläfften, loszuspringen, aber der Wille seiner Götter, sowie die Peitsche mit der dreißig Fuß langen Leine aus Renntierdarm dahinter, ordneten es anders. Daher konnte er sich nur in Bitterkeit verzehren und einen Haß und Groll nähren, der ebenso groß war wie die Wildheit und Unzähmbarkeit seiner Natur.

Wenn je ein Geschöpf der Feind seiner Gattung wurde, so war es Wolfsblut. Er gab keinen Pardon und verlangte auch keinen. Er trug von den Zähnen der andern fortwährend Wunden und Narben davon und vergalt Gleiches mit Gleichem. Ungleich den meisten Leithunden, die, wenn das Gespann abends abgeschirrt wurde, sich an die Menschen um Schutz drängten, verschmähte er denselben. Er schritt dreist im Lager umher und teilte nachts für das, was er am Tage erdulden mußte, Strafe aus. Vorher hatten die andern ihm ausweichen müssen; das war nun anders geworden. Durch die Verfolgung, die die Hunde den ganzen Tag über mit ihm anstellten, erregt, durch den fortwährenden Anblick seiner Flucht vor ihnen unwillkürlich gereizt, durch das Gefühl der Übermacht, das sie tagsüber erfüllte, angestachelt, konnten sie nicht dahin gebracht werden, ihm aus dem Wege zu gehen. Wenn er unter ihnen erschien, so gab es immer Streit. Knurren, Beißen und Grollen folgten seinen Schritten; selbst die Luft, die er atmete, war mit Haß und Groll erfüllt, und dies diente nur dazu, ihn noch mehr zu erbittern.

Wenn Mitsah dem Gespann Halt gebot, so gehorchte Wolfsblut zuerst. Das verursachte anfangs große Aufregung unter den Hunden. Alle wollten auf den verhaßten Leithund losspringen; aber das Blättchen wendete sich, denn hinter ihnen stand Mitsah, und die große Peitsche pfiff in seiner Hand. So lernten die Hunde verstehen, daß sie, wenn das Gespann auf Befehl anhielt, Wolfsblut zufrieden lassen mußten. Aber wenn er nicht auf Befehl stehen blieb, dann durften sie auf ihn losstürzen, um ihm den Garaus zu machen, wenn sie es konnten. Nach mehreren solchen Erfahrungen blieb Wolfsblut nie mehr ohne Befehl stehen. Er lernte schnell, denn es lag in der Natur der Dinge, daß er es mußte, sollte er unter den ungewöhnlich schweren Lebensbedingungen, die ihm geworden waren, am Leben bleiben.

Allein die Hunde lernten es nie, ihn im Lager zufrieden zu lassen. An jedem Tage, wenn sie ihn wütend angriffen und verfolgten, war die Lektion des vorhergehenden vergessen und wurde von neuem gelernt, um sogleich wieder vergessen zu werden. Auch waren für ihre Abneigung gegen ihn noch tiefere Gründe vorhanden. Sie witterten in ihm eine Verschiedenartigkeit, was an und für sich schon ein hinreichender Grund zur Feindschaft ist. Wie er, waren sie gezähmte Wölfe, aber sie waren das schon seit vielen Generationen gewesen. Vieles, was aus der Wildnis stammte, hatte sich bei ihnen verloren, so daß die Wildnis für sie das Unbekannte und Schreckliche, das Drohende und Feindselige war.

Aber an ihm klebte das noch in der Erscheinung und in seinem Tun und Treiben. Er war die Verkörperung der Wildnis, so daß, wenn sie ihm die Zähne wiesen, sie sich gegen die Mächte der Zerstörung verteidigten, die im Schatten der Wälder und hinter den Lagerfeuern im Dunkel lauerten. Eines aber lernten die Hunde bald, nämlich, daß sie zusammenhalten mußten. Für den einzelnen war Wolfsblut ein zu schrecklicher Gegner. Sie traten ihm nur in Haufen gegenüber, sonst hätte er sie einzeln in einer Nacht umgebracht. So aber konnte er ihnen nicht beikommen. Er mochte wohl einen umwerfen, aber dann stürzten die andern über ihn her, bevor er den tödlichen Biß versetzen konnte. Beim ersten Anzeichen eines Zusammenstoßes liefen gleich alle herbei und boten ihm Trotz. Zwar zankten die Hunde unter sich auch, aber alles war vergessen, sobald es sich um einen Streit mit Wolfsblut handelte.

Andrerseits konnten jedoch sie ihm nichts anhaben. Er war zu flink, zu stark, zu klug für sie. Er kam in keine Klemme und verhinderte so, daß sie ihn ringsum einschlossen. Auch gelang es keinem Hund, ihn niederzuwerfen. Seine Füße stemmten sich mit derselben Zähigkeit gegen die Erde, mit der er sich ans Leben festklammerte. Auf den Füßen bleiben und leben, das war in dem ewigen Kampfe mit den andern von gleicher Bedeutung für ihn, und niemand wußte das besser als er.

So wurde er der Feind seiner Gattung, der gezähmten Wölfe, die bei den Feuerstätten der Menschen einen Teil ihrer Wildheit abgelegt hatten und unter ihrem Schutze verweichlicht waren. Wolfsblut war verbittert und unversöhnlich, das war die Form, die der Lehm, aus dem er geknetet war, angenommen hatte, und er hatte allen Hunden den Krieg bis aufs Messer erklärt und führte das so schrecklich aus, daß selbst der Graue Biber, der doch auch nur ein Wilder war, über seine Wildheit sich verwunderte. Nie, beteuerte er mit einem Fluche, hätte es vordem einen solchen Hund gegeben, und die Indianer in den fremden Dörfern fluchten auch, wenn sie die Zahl seiner Opfer unter ihren Hunden zusammenzählten.

Als Wolfsblut fast fünf Jahre alt war, nahm ihn der Graue Biber abermals auf eine weite Fahrt mit, und lange erinnerte man sich der Metzeleien, die er unter den Hunden in den zahlreichen Dörfern am Mackenzie, im Felsengebirge, am Porcupineflusse und bis zum Yukon hin angerichtet hatte. Es war ihm eine Wollust, sich an gewöhnlichen, harmlosen Hunden zu rächen. Sie waren auf seine Behendigkeit und Raschheit, auf einen Angriff ohne Warnung, nicht gefaßt.

Sie gingen mit gesträubtem Haar und steifen Beinen ihm entgegen und forderten ihn heraus, während er mit solchem Brimborium keine Zeit verlor, sondern wie eine Sprungfeder losschnellte, sie am Halse packte und umbrachte, bevor sie sich von ihrer Überraschung erholt hatten.

Er wurde ein echter Preisfechter, er verschwendete seine Kraft nie und balgte sich nie. Rasch im Angriff – und verfehlte er den, ebenso rasch im Rückzug –, besaß er in hohem Grade die Abneigung des Wolfes, Leib an Leib zu kämpfen. Er konnte eine längere Berührung seines Körpers mit einem andern nicht ertragen; das machte ihn toll. Er mußte frei dastehen, auf den eigenen Füßen, ohne daß ein lebendes Wesen ihn berührte. Das war noch die Wildnis, die sich in ihm behauptete, und dies Gefühl war durch das Leben, das er in der Jugend als Ausgestoßener geführt hatte, noch verstärkt worden. In der Berührung lauerte Gefahr; sie war eine Falle, und die Furcht davor war seinem Wesen tief eingeimpft. Die Folge war, daß fremde Hunde ihm nichts anhaben konnten. Er wich ihren Zähnen aus. Er besiegte sie oder machte sich aus dem Staube und blieb in jedem Falle unverletzt. Natürlich kam es auch vor, daß mehrere Hunde zusammen über ihn herfielen, bevor er weglaufen konnte, oder daß ein einzelner ihm tiefe Wunden beibrachte, allein das war eine Ausnahme. In der Regel war er so geschickt, daß er unverletzt davonkam.

Er besaß den großen Vorteil, Zeit und Entfernung richtig abzumessen. Das geschah unbewußt und ganz mechanisch. Seine Augen sahen richtig, und seine Nerven vermittelten das Gesehene ebenso richtig dem Gehirne. All seine Anlagen waren feiner und besser als die des gewöhnlichen Hundes; alles ging glatter und ruhiger bei ihm vonstatten. Nerven, Hirn und Muskeln arbeiteten besser zusammen. Wenn die Augen dem Gehirn das Bild einer Handlung überbrachten, so wußte dieses ohne bewußte Anstrengung, welcher Zeitraum zur Vollendung derselben erforderlich wäre. So konnte er den Sprung oder den Biß eines Hundes vermeiden, und zugleich die unendlich kleine Spanne Zeit sich ausersehen, in der er selber angreifen konnte. Körper und Gehirn waren bei ihm ein vollkommener Mechanismus. Nicht, daß ihm dafür Lob gebührte, aber die Natur war ihm gegenüber freigiebiger als gegen die andern gewesen.

Es war Sommer, als Wolfsblut in Fort Yukon ankam. Der Graue Biber hatte im Winter vorher die große Wasserscheide zwischen dem Mackenzie und dem Yukon überschritten und den Frühling über in den Ausläufern des Felsengebirges gejagt. Dann hatte er, als das Eis geschmolzen war, ein Boot gebaut und war den Porcupinefluß hinabgerudert bis dahin, wo dieser sich gerade unter dem Polarkreise mit dem Yukon vereinigt. Hier stand das alte Fort der Hudsonbay-Gesellschaft, und hier hatten sich viele Indianer versammelt, es gab eine Menge Nahrungsmittel, und es herrschte eine ungeheure Aufregung. Es war der Sommer des Jahres 1898, und Tausende von Goldsuchern zogen den Yukon hinauf nach Dawson und Klondike. Sie waren noch Hunderte von Meilen von ihrem Ziele entfernt, dennoch waren viele schon ein Jahr lang unterwegs gewesen, und die meisten hatten bereits fünftausend englische Meilen zurückgelegt und waren von der andern Seite der Welt gekommen.

Hier machte der Graue Biber Halt. Ein Gerücht von der Jagd nach dem Golde war bis zu seinen Ohren gedrungen, und er hatte viele Ballen Pelze und einen Haufen Handschuhe und Mokassins aus Fellen, die mit Därmen zusammengenäht waren, mitgebracht. Er würde sich nicht auf eine solche Reise gemacht haben, hätte er nicht reichlichen Gewinn erwartet. Doch seine Erwartungen waren nichts gegen die Wirklichkeit. Selbst in seinen wildesten Träumen hatte er nicht mehr als hundert Prozent Gewinn erhofft, und nun waren es tausend. Wie ein echter Indianer ließ er sich – und sollte es auch den ganzen Sommer und Winter über dauern –

häuslich nieder, um seine Waren bis zum letzten Stück langsam und vorsichtig zu verkaufen.

In Fort Yukon erblickte Wolfsblut die ersten Weißen. Mit den Indianern verglichen, die er bisher nur gekannt hatte, erschienen sie ihm wie ein Geschlecht höherer Wesen, wie höhere Götter. Er hatte den Eindruck, als besäßen sie größere Macht, und auf Macht beruht alle Gottheit. Wie ihm in der Jugend die hohen, breiten Wigwams als Offenbarungen von der Macht der Menschen erschienen waren, so imponierten ihm jetzt die aus mächtigen Blöcken erbauten Holzhäuser des großen Forts. Ja, hier war Macht, und die Weißen besaßen über die Dinge noch höhere Gewalt als die Menschen, die er bis jetzt gekannt hatte, und unter denen der Graue Biber der gewaltigste gewesen war. Doch auch er war ein Kind im Vergleich zu den Bleichgesichtern.

Nicht, daß sich Wolfsblut dieser Eindrücke klar bewußt gewesen wäre, aber er fühlte sie, und darum traute er diesen höheren Wesen nicht. Man konnte nie wissen, was für Schrecken hinter ihnen lauerten, was für Schmerzen sie austeilen könnten! Allein er war neugierig und beobachtete sie, wurde jedoch scheu, so oft sie es taten. Anfangs schlich er nur in sicherer Entfernung umher, um sie zu beschauen, als er dann sah, daß andere Hunde ihnen ungestraft nahe kamen, wurde auch er dreister. Er dagegen war für sie ein Gegenstand allgemeiner Neugier. Sein wolfsartiges Äußere fiel sogleich auf, und einer zeigte ihn dem andern. Aber wenn sie mit dem Finger auf ihn wiesen, so war er auf der Hut, und kamen sie näher, so wies er die Zähne und ging rückwärts. Es glückte keinem, ihn mit der Hand zu berühren, und sie taten wohl daran, es nicht zu tun.

Bald begriff er, daß nur wenige Weiße – nicht mehr als etwa ein Dutzend – am Orte selber wohnten. Allein alle zwei, drei Tage kam ein Dampfer an – auch solch eine kolossale Offenbarung ihrer Macht! – und legte auf ein paar Stunden am Ufer an. Die Weißen, die mit diesen Dampfern kamen, fuhren jedoch wieder damit ab, und es kam Wolfsblut vor, als wäre die Zahl dieser weißen Leute ungeheuer. In den ersten Tagen sah er schon mehr, als er in seinem ganzen Leben Indianer gesehen hatte, und wie die Tage vergingen, kamen immer mehr den Fluß herauf, hielten an, fuhren fort und verschwanden auf immer aus seinem Gesichtskreise.

So stark und mächtig aber auch die weißen Leute waren, so taugten ihre Hunde nicht viel. Dies entdeckte Wolfsblut schnell, als er sich unter die mischte, die mit ihren Herren ans Land kamen. Sie waren höchst verschieden an Gestalt und Größe. Die einen hatten zu kurze, die andern zu lange Beine; einige hatten statt des Pelzes nur ein glattes Fell, und keiner verstand, richtig zu kämpfen.

Als Todfeind seiner Gattung suchte Wolfsblut sich mit ihnen zu messen. Aber es dauerte nicht lange, so hegte er für sie tiefe Verachtung. Sie waren tölpelhaft und ungeschickt, sie machten großen Lärm und sprangen die Kreuz und Quer und suchten durch größere Kraft das zu tun, was er durch Geschicklichkeit und List vollbrachte. Wenn sie mit lautem Gebell auf ihn losstürzten, so sprang er zur Seite, und schauten sie sich nach ihm um, so drängte er sich an sie und biß sie in die Kehle. Gelang ihm das und rollte der besiegte Hund in den Staub, so fielen die Indianerhunde, die wartend im Kreise herumgestanden hatten, über das Opfer her und rissen es in Stücke. Aber Wolfsblut war schlau. Er wußte, daß die Menschen sich ärgerten, wenn ihre Hunde getötet wurden, und die Weißen bildeten keine Ausnahme davon. Also begnügte er sich damit, den Gegner zu besiegen, und überließ es dem großen Haufen, ihm den Rest zu geben. Dann pflegten aber die Weißen einzuspringen und ihren Zorn an den andern Hunden auszulassen, während Wolfsblut ungestraft davonkam. In solchen Fällen pflegte er in geringer Entfernung stehen zu bleiben und zu schauen, wie Steine und Knüttel, Beile und andere Waffen gegen die Gefährten seiner Missetat gebraucht wurden. Ja, Wolfsblut war schlau!

Auch die andern wurden es bald, und Wolfsblut begriff wie sie, daß er nur gleich nach dem Anlegen des Dampfers seinen Spaß haben könne. Denn waren zwei oder drei Hunde erst niedergeworfen und umgebracht, so riefen die Weißen entweder ihre Tiere an Bord zurück, oder sie nahmen an den Missetätern grausame Rache. Einmal feuerte ein Weißer, der seinen Hund, einen kostbaren Hühnerhund, vor den eigenen Augen hatte in Stücke reißen sehen, seinen Revolver blitzschnell in den Haufen ab, und sechs Hunde lagen tot oder im Sterben da, was auf Wolfsblut als neue Kundgebung der Macht der Weißen tiefen Eindruck machte.

Aber er amüsierte sich herrlich dabei, da er seine Gattung nicht liebte und schlau genug war, ohne Schaden davonzukommen. Zuerst war es für ihn ein Zeitvertreib gewesen, die Hunde der Weißen zu töten, mit der Zeit wurde es eine Beschäftigung. Er hatte keinerlei Arbeit zu tun. Der Graue Biber war mit seinem Handel beschäftigt und sammelte Reichtümer, also trieb sich Wolfsblut mit der schlimmen Bande der Indianerhunde am Landungsplatz umher und wartete auf die Dampfboote. Allein man konnte kaum sagen, daß Wolfsblut zu der Bande gehörte, denn er mischte sich nicht unter die andern Hunde, sondern hielt sich abseits und wurde sogar von ihnen gefürchtet. Allerdings machte er mit ihnen insofern gemeinsame Sache, als er den Streit mit dem fremden Hunde anfing, während die andern zusahen, und – wenn er ihn niedergeworfen hatte – ihm den Garaus machten. Dann zog er sich jedoch zurück und überließ sie der Rache der erzürnten Weißen.

Es machte ihm nicht viel Mühe, den Streit zu beginnen; er brauchte sich den fremden Hunden nur zu zeigen, wenn diese ans Land kamen. Denn kaum erblickten sie ihn, so stürzten sie auf ihn los. Das lag bei ihnen im Instinkt. Er war für sie die Verkörperung der Wildnis, alles dessen, was unbekannt, schrecklich und grauenhaft im Dunkel um die Feuer im Urwald gelauert hatte, und da viele Generationen dieser Hunde sich um die Feuer der Menschen geschart hatten, war ihr Instinkt umgeformt worden, und sie hatten die Wildnis fürchten gelernt, aus der sie doch herstammten, und die sie verlassen und verraten hatten. Seit Jahrhunderten war diese für sie ein Sinnbild des Schreckens geworden, und sie hatten in dieser ganzen langen Zeit von ihren Herren die Freiheit genossen, die Geschöpfe der Wildnis zu töten, und hatten dadurch sich selber und ihre Herren geschützt, deren Gefährten sie geworden waren.

So trabten diese Hunde aus dem milden, weichen Süden gemächlich das Laufbrett entlang und betraten das Ufer des Yukon, um bei Wolfsbluts Anblick den unwiderstehlichen Trieb zu empfinden, auf ihn loszustürzen und ihn zu vernichten. Mochten sie auch in Städten aufgewachsen sein, so war die Furcht vor der Wildnis doch in ihnen. Denn sie sahen das wolfsähnliche Tier, das da im hellen Tageslicht vor ihnen stand, nicht nur mit den eigenen Augen, sondern auch mit denen ihrer Vorfahren, und erkannten durch ererbte Erinnerungen in ihm den Wolf, den Gegenstand uralter Fehde. Wenn aber Wolfsbluts Anblick die fremden Hunde reizte, und sie auf ihn als ihre rechtmäßige Beute blickten, so schaute er sie mit denselben Augen an. Nicht umsonst hatte er das Licht der Welt in einer einsamen Höhle erblickt, hatte er seine ersten Kämpfe mit dem Schneehuhn, dem Wiesel und dem Luchs ausgefochten; nicht umsonst war seine Jugend durch die Verfolgung der jungen Hunde des Lagers verbittert worden. Wäre Liplip nicht gewesen, so würde er die Jugendzeit spielend mit den Gefährten verbracht haben und wäre mehr als Hund und mit freundlicheren Gesinnungen gegen seinesgleichen aufgewachsen. Hätte andrerseits der Graue Biber die Tiefen in Wolfsbluts Natur mit dem Senkblei der

Liebe und Zuneigung ergründen wollen, so hätte er allerhand freundliche Eigenschaften an die Oberfläche bringen können. Aber dem war nicht so gewesen. Der Lehm, aus dem Wolfsblut gemacht war, war so geknetet worden, daß er ein mürrisches und einsames, ein unliebenswürdiges und blutdürstiges Geschöpf – kurz, der Feind seiner Gattung wurde.

2. Kapitel. Der tolle Gott

Nur eine kleine Anzahl weißer Leute lebte in Fort Yukon, und sie waren schon seit langer Zeit dort ansässig. Sie nannten sich »Sauerteig« und waren auf diese Bezeichnung stolz. Auf die andern, die mit den Dampfern kamen, blickten sie herab und bezeichneten sie als »Chekaquos«, weil sie ihr Brot mit Hefe zubereiteten, was diese etwas übel nahmen. Und doch war alles nur Neid von seiten der Sauerteigs, denn sie backten das Brot nur deshalb so, weil sie es nicht bester verstanden.

Also blickten die Leute im Fort auf die neuen Ankömmlinge herab und freuten sich, wenn es ihnen übel erging. Sie freuten sich besonders über das Unheil, das Wolfsblut und sein Anhang unter den Hunden der Fremden anrichtete. Wenn ein Dampfer ankam, so erschienen die Leute aus dem Fort stets am Ufer, um sich den Spaß anzusehen, und sie freuten sich darauf ebenso sehr wie die Indianerhunde, und sahen auch bald, wie schlau und mordlustig Wolfsblut sich dabei gebärdete. Vor allem ergötzte sich ein Mann an dem Schauspiel. Beim ersten Pfiff des Dampfers kam er angerannt, und wenn der Kampf vorüber war, so kehrte er langsam und wie bedauernd ins Fort zurück. Manchmal wenn ein sanfter Hund aus dem Südland niedergeworfen wurde und in Todesnöten schrie, so jubelte der Mann laut auf und sprang vor Freude in die Höhe. Immer aber blickte er mit begehrlichem Auge auf Wolfsblut.

Die Leute im Fort nannten den Mann den Schönen. Man kannte seinen Vornamen nicht, so wurde er in der Gegend allgemein der schöne Schmitt genannt. Allein er war durchaus keine Schönheit. Ganz im Gegenteil! Die Natur hatte ihn stiefmütterlich behandelt. Er war klein, und auf dem hageren Körper saß ein winziger Kopf, der nach oben spitz zulief, so daß er als Knabe bei den Kameraden die »Stecknadel« hieß.

Die niedere Stirn war flach, und der Hinterkopf zeigte keine Wölbung. Die Gesichtszüge, als ob die Natur ihre Sparsamkeit bereue, waren verschwenderisch breit, die Augen groß und so weit von einander entfernt, daß noch ein Paar dazwischen Platz gehabt hätte. Was aber dem Gesichte die größte Breite gab, war der ungeheure Kiefer. So breit und massig sprang derselbe vor, daß er für den hagern Hals fast zu schwer erschien. Dieser Kinnbacken hätte den Eindruck großer Festigkeit erregen können; allein dies wäre eine Täuschung gewesen, denn Schmitt war weit und breit als ein erbärmlicher Feigling bekannt. Die beiden Augenzähne, länger als ihre breiten gelben Gefährten, ragten wie Stoßzähne zwischen den schmalen Lippen hervor, und die Augen sahen so unbestimmt in der Farbe aus, als hätte die Natur die Reste aus all ihren Farbentöpfen zusammengekratzt. Dasselbe galt von dem spärlichen Haar, das auf dem Kopfe zu Berge stand, im Gesicht jedoch wie Korn wuchs, das vom Winde verweht war.

Eine solche Ungeheuerlichkeit war der schöne Schmitt, der für die Leute im Fort die Küche, das Aufwaschen und alle groben Arbeiten besorgte. Man behandelte ihn nicht gerade schlecht – im Gegenteil –, denn man fürchtete ihn. Konnte er nicht in feiger Wut einen von hinten erschießen oder einem Gift in den Kaffee mischen? Jemand mußte doch die Küche besorgen, und warum sollte es nicht durch Schmitt geschehen, was auch immer seine Fehler waren! Dieser Mann aber war von Wolfsbluts Tapferkeit und Blutdurst so sehr entzückt, daß er wünschte, ihn zu besitzen. Er näherte sich Wolfsblut freundlich, ohne daß dieser ihn beachtete. Als diese Annäherungen zudringlicher wurden, knurrte Wolfsblut und wies ihm die Zähne, indem er rückwärts ging. Der Mann gefiel ihm nicht. Wolfsblut witterte in ihm Schlimmes und fürchtete seine ausgestreckte Hand und die sanften Worte.

Die Tiere unterscheiden leicht zwischen Gut und Böse: jenes bringt ihnen Behagen, Zufriedenheit, Schmerzlosigkeit, und sie haben es darum gern; dieses verursacht Unbehagen und Pein, und darum hassen sie es. Und Wolfsblut fühlte, daß Schmitt böse wäre. Aus dem mißgestalteten Körper, aus dem verderbten Gemüt stiegen geheimnisvoll wie Nebel aus den Fieber erzeugenden Sümpfen ungesunde Ausdünstungen und Ausstrahlungen empor. Nicht durch den Verstand, auch nicht allein durch die Sinne, sondern durch feinere, noch unerforschte Kanäle, kam ihm das Gefühl, daß dieser Mensch übles im Schilde führe, daß er ihm schaden könne, kurz, daß er schlimm sei und verabscheut werden müsse.

Als Schmitt zum erstenmal den Grauen Biber besuchte, befand sich Wolfsblut im Lager. Beim leisen Ton der fernen Fußtritte, noch bevor er den Ankömmling sehen konnte, wußte Wolfsblut, wer da käme, und sein Haar sträubte sich. Er hatte bequem gelegen, aber er stand rasch auf, als der andere sich näherte, und schlich wie ein echter Wolf ans äußerste Ende des Lagers. Er wußte nicht, was die Beiden miteinander sprachen, aber er verstand es dennoch. Als Schmitt einmal mit dem Finger nach ihm wies, zeigte er knurrend die Zähne, als hätte die Hand des Mannes ihn berührt, während sie doch eine weite Strecke von ihm entfernt war. Schmitt lachte darüber, und Wolfsblut schlich in den Schutz des Waldes und wandte den Kopf zurück, als er lautlos über den Boden glitt.

Allein der Graue Biber hatte keine Lust, den Hund zu verkaufen. Er war durch den Handel reich geworden und verlangte nichts weiter. Auch war Wolfsblut ein wertvolles Tier, der stärkste Schlittenhund, den er je gehabt hatte, und der beste Leithund. Es gab nicht seinesgleichen, weder am Mackenzie noch am Yukon. Wie konnte er kämpfen! Er brachte die Hunde so leicht um, wie man Mücken totschlägt, und bei diesen Worten zuckte es wie ein Blitz in den Augen des schönen Schmitt auf, und er leckte sich gierig die dünnen Lippen. Nein, Wolfsblut war um keinen Preis zu haben!

Doch Schmitt kannte die Indianer. Er besuchte den Grauen Biber oft und trug jedesmal unter dem Rock versteckt ein paar dunkle Flaschen. Nun ist es eine eigentümliche Eigenschaft des Branntweins, daß er Durst erzeugt, und der Graue Biber bekam Durst. Seine fiebernden Pulse, seine versengten Eingeweide verlangten immer mehr von der brennenden Flüssigkeit, und sein Gehirn, durch das ungewohnte Reizmittel verstört, trieb ihn an, alles zu tun, um dasselbe zu erlangen. Das Geld, das er für Felle, Handschuhe und Mokassins eingenommen hatte, fing an zu schwinden, und je leerer sein Geldbeutel wurde, desto schlechter wurde seine Laune.

Endlich waren Geld, Waren und Standhaftigkeit dahin; nichts blieb ihm übrig als der Durst, der mit jedem nüchternen Atemzug mächtiger wurde. Da redete Schmitt wieder über Wolfsbluts Verkauf mit ihm und bot ihm diesmal den Preis in Flaschen und nicht in Geld an. Der Graue Biber spitzte die Ohren.

»Wenn du den Hund greifen kannst, so magst du ihn haben«, war des Grauen Biber letztes Wort. – Die Flaschen wurden übergeben, aber zwei Tage später sagte der schöne Schmitt zu ihm: »Greif du den Hund.«

Eines Abends hatte sich Wolfsblut ins Lager geschlichen und mit zufriedenem Seufzer niedergelegt, denn der gefürchtete Weiße war nicht da. Seit Tagen war es ihm klar geworden, daß er ihn zu greifen wünschte, und er hatte darum das Lager gemieden. Er wußte nicht, was ihm von dem Manne Schlimmes drohte, nur daß es ihm drohte, das wußte er, und daß es besser wäre, ihm fern zu bleiben. Allein kaum hatte er sich niedergelegt, als der Graue Biber auf ihn zutaumelte und ihm einen ledernen Riemen um den Hals schlang. Dann setzte er sich neben Wolfsblut nieder, indem er das Ende des Riemens in der Hand behielt. In der andern Hand hielt er eine Flasche, welche er unter der Begleitung gurgelnder Töne von Zeit zu Zeit umgekehrt über den Kopf hielt. So verging eine Stunde, da verkündete das Geräusch von Tritten einen Ankömmling. Wolfsblut hörte es zuerst, und sein Haar sträubte sich, denn er erkannte den Kommenden, während der Graue Biber schlaftrunken nickte. Wolfsblut versuchte, den Riemen leise aus der Hand seines Herrn zu ziehen, aber die Finger desselben faßten fester zu, und der Graue Biber ermunterte sich.

Schmitt kam ins Lager und blieb vor Wolfsblut stehen. Dieser knurrte den Gefürchteten an und wandte kein Auge von seinen Händen. Die eine war ausgestreckt und senkte sich langsam auf Wolfsbluts Kopf nieder. Je näher die Hand kam, desto lauter und rauher wurde das Knurren, dann duckte sich Wolfsblut, und indem er die Hand immer argwöhnisch im Auge behielt, wurde das Knurren durch die schnelleren Atemzüge immer kürzer, bis er plötzlich so flink wie eine Schlange zuschnappte. Die Hand fuhr schnell genug zurück, so daß die Zähne leer zusammenklappten, aber Schmitt war erschrocken und ärgerlich, und der Graue Biber gab Wolfsblut ein paar derbe Ohrfeigen, so daß dieser sich gehorsam tief zur Erde duckte.

Allein seine Augen verfolgten mißtrauisch jede Bewegung der beiden Männer. Er sah, wie Schmitt wegging und mit einem derben Stock zurückkam. Dann ergriff er den ledernen Riemen und schickte sich zum Gehen an, wobei er an dem Riemen zerrte. Doch Wolfsblut widersetzte sich. Da stieß ihn der Graue Biber rechts und links, so daß er endlich aufstand, um zu gehen. Aber er tat es mit einem Satz, indem er auf den Fremden, der ihn wegschleppen wollte, lossprang. Doch Schmitt hatte das erwartet und gebrauchte den Stock so tüchtig, daß er Wolfsblut mitten im Sprunge zu Boden warf. Der Graue Biber lachte und nickte billigend. Schmitt zog wieder den Riemen straff an, und Wolfsblut schlich mit gesenktem Kopf und Schwanz hinterdrein.

Er lehnte sich nicht ein zweitesmal auf. Ein Schlag mit dem Stock hatte hingereicht, um ihn zu überzeugen, daß der weiße

Mann wußte, wie er ihn gebrauchen sollte, und Wolfsblut war zu klug, um sich nicht in das Unvermeidliche zu fügen. Also folgte er verdrossen und leise knurrend, aber Schmitt behielt ihn wohl im Auge und hielt den Stock immer zum Schlage bereit.

Im Fort angekommen, band ihn Schmitt fest an und ging schlafen. Wolfsblut wartete eine Stunde, dann biß er den Riemen in wenigen Sekunden so glatt durch, als wäre derselbe mit einem Messer durchschnitten. Wolfsblut blickte grollend und mit gesträubtem Haar zum Fort empor, dann kehrte er um und trabte ins Lager des Grauen Biber zurück. Er schuldete dem Fremden keine Treue, er gehörte dem Grauen Biber, dem er sich immer noch zu eigen glaubte.

Am folgenden Tage ereignete sich die nämliche Szene, nur mit dem Unterschiede, daß Schmitt ihm eine tüchtige Tracht Prügel verabfolgte. Da Wolfsblut festgebunden war, so half alles Rasen nichts, und er mußte sich der Strafe unterwerfen. Stock und Peitsche, beides wurde gebraucht, und nie war Wolfsblut in seinem Leben so geschlagen worden. Selbst was der Graue Biber ihm in der Jugend angetan hatte, war nichts dagegen. Schmitt hatte seine Freude daran. Seine Augen leuchteten, als er Stock und Peitsche schwang und dem kläglichen Geschrei und Gebelfer des geschlagenen Tieres lauschte. Schmitt war wie alle Feiglinge grausam. Er krümmte und bückte sich unter den Schlägen oder unter den ärgerlichen Worten eines Menschen, dafür rächte er sich dann an schwächeren Geschöpfen. Denn alles was lebt, liebt die Macht, und Schmitt bildete keine Ausnahme. Da er aber über andere Menschen keine Macht besaß, so machte er sich über niedrigere Wesen her.

Wolfsblut wußte wohl, warum er geschlagen worden war. Als der Graue Biber ihm den Riemen um den Hals gebunden und das Ende Schmitt übergeben hatte, ahnte er wohl, daß es seines Herrn Wille sei, mit dem andern zu gehen, und als der ihn draußen im Fort angebunden hatte, wußte er, daß es Schmitts Wille sei, daß er da bliebe. Also war er gegen beide ungehorsam gewesen und hatte Strafe verdient. Er hatte früher beobachtet, daß Hunde ihre Eigentümer wechselten, und daß jene, wenn sie entliefen, wie er jetzt, geschlagen wurden. Klug war er zwar, aber es lagen noch höhere Kräfte in seiner Natur als die Klugheit, und dazu gehörte die Treue. Er liebte den Grauen Biber nicht, doch war er ihm, obgleich er ihm zürnte, treu. Er konnte nicht anders. Diese Treue lag in dem Stoff, aus dem er gemacht war. Es war die Eigenschaft, die sein Geschlecht vor anderen Tieren auszeichnet, und die den Wolf und den wilden Hund zwingen, die Freiheit aufzugeben, um Gefährten des Menschen zu werden.

Darauf wurde Wolfsblut ins Fort zurückgeschleppt. Diesmal band ihn Schmitt mit einem Stocke fest. Allein Wolfsblut gab einen Herrn nicht so leicht auf, und wenn der Graue Biber ihn auch verraten und verlassen hatte, so machte das nichts. Nicht umsonst hatte er sich ihm einst mit Leib und Seele hingegeben. Auf Wolfbluts Seite war keine Klausel bei dem Bündnis, und es konnte nicht so leicht gebrochen werden. Also machte er sich nachts, als die Leute im Fort schliefen, mit den Zähnen daran, den Stock, mit dem er angebunden war, zu durchnagen. Zwar war das Holz hart und trocken und der Stock so dicht am Halse festgebunden, daß er ihn nur durch die stärkste Anspannung der Halsmuskeln zwischen die Zähne bekommen konnte, dennoch gelang es ihm durch unendliche Geduld – und es mußte Stunden gedauert haben –, den Stock zu zerbeißen, was Hunde gewöhnlich nicht tun. Aber Wolfsblut tat es und wanderte am frühen Morgen vom Fort hinweg, während das Ende des Stockes ihm noch am Halse hing.

Wäre er nun klug gewesen, so würde er nicht zum Grauen Biber zurückgekehrt sein, allein seine Treue zwang ihn, zu dem zurückzukehren, der ihn schon zweimal verraten hatte.

Wieder ließ er sich den ledernen Riemen um den Hals binden, wiederum kam Schmitt ihn zu holen, und wiederum wurde er geprügelt, aber diesmal schlimmer, als je zuvor. Der Graue Biber sah unbewegt zu, während der Weiße die Peitsche schwang. Der Hund gehörte ihm ja nicht mehr, also nahm er sich seiner auch nicht mehr an. Als es vorüber war, war es Wolfsblut übel zu Mute. Ein weichlicher Hund aus dem Südland wäre daran gestorben, aber Wolfsbluts Lebensschule war eine härtere gewesen, und der Stoff, aus dem er gemacht war, war auch zäher, also überlebte er es. Aber ihm war übel zu Mute, und der schöne Schmitt mußte eine halbe Stunde warten, bis Wolfsblut aufstehen konnte. Dann schleppte er sich halb blind und taumelnd nach dem Fort.

Diesmal wurde er an eine Kette gebunden, die seinen Zähnen widerstand, und die er vergebens mit dem Holzpflock aus dem Boden zu reißen versuchte. Ein paar Tage später zog der Graue Biber bankerott, aber nüchtern, den Porcupinefluß hinauf, um die lange Reise nach dem Mackenzie anzutreten. Wolfsblut blieb am Yukon, das Eigentum eines Menschen, der halb verrückt und durch und durch roh war. Aber was weiß ein Hund von menschlicher Verrücktheit! Für ihn war Schmitt der Herr, wenn auch ein fürchterlicher; und er wußte, daß er sich dem Willen dieses neuen Herrn zu unterwerfen und jeder seiner Laune zu gehorchen hatte.

3. Kapitel. Das Regiment des Hasses

Unter der Herrschaft dieses tollen Herrn wurde Wolfsblut zum Teufel. Schmitt hielt ihn im Hundestall hinten im Fort an der Kette, neckte und reizte ihn und machte ihn durch allerlei Quälereien wild. Er entdeckte bald Wolfsbluts Empfindlichkeit gegen das Gelächter, und wenn er ihn tüchtig gequält hatte, dann lachte er ihn aus. Dies Lachen war laut und höhnisch, und zu gleicher Zeit wies er mit dem Finger spöttisch auf ihn. Dann verließ Wolfsblut der letzte Rest Überlegung, und in seiner Raserei war er toller als der schöne Schmitt selber.

Früher war Wolfsblut der Todfeind seiner Gattung gewesen und hatte nach ihrem Blute gelechzt, jetzt wurde er jedermanns Feind. Er wurde so sehr gequält, daß er blind und ohne jedes Fünkchen von Verstand haßte. Er haßte die Kette, mit der er angebunden war, die Leute, welche durch die Spalten des Käfigs ihn anguckten, die Hunde, die in ihrer Begleitung waren und ihn in seiner Hilflosigkeit boshaft anknurrten, selbst das Holz des ihn einschließenden Käfigs haßte er, vor allem aber haßte er Schmitt.

Bei alledem verfolgte dieser einen Zweck. Eines Tages versammelte sich eine große Menschenmenge um den Käfig. Schmitt ging mit einem Stock hinein und löste die Kette von Wolfsbluts Halse. Als er wieder draußen war, rannte Wolfsblut im Stall herum und versuchte, die Leute draußen anzufallen. Er sah furchtbar und doch prächtig aus. Er war volle fünf Fuß lang bei einer Schulterhöhe von zwei und einem halben Fuß. Von der Mutter hatte er das Erbteil gewaltigerer Proportionen, als sie ein Wolf von gleicher Größe hat, erhalten, so daß er ohne einen Ansatz von Fett und ohne ein Lot überschüssiges Fleisch mehr als neunzig Pfund wog. Alles war bei ihm Muskel, Knochen und Sehnen, also Kampfmaterial der allerfeinsten Sorte.

Die Tür des Käfigs wurde wieder geöffnet. Wolfsblut blieb stehen. Er wartete, denn etwas Ungewöhnliches begab sich. Die Tür öffnete sich weiter, und ein mächtiger Hund wurde hineingeschoben, worauf die Tür sich schloß. Es war ein Kettenhund, wie Wolfsblut noch nie einen gesehen hatte, aber die Größe und das drohende Aussehen desselben flößte Wolfsblut keine Furcht ein.

Hier war etwas, was weder Holz noch Eisen war, und woran er seine Wut auslassen konnte. Im Nu sprang er mit blitzenden Zähnen auf ihn los und riß ihm den Hals an der Seite auf. Der andere schüttelte den Kopf, grollte heiser und stürzte sich auf den Angreifer. Aber Wolfsblut war überall und nirgends, wich aus, sprang zu, verwundete mit den Zähnen und sprang wieder weg, um der Rache des andern zu entgehen.

Die Draußenstehenden jubelten und klatschten in die Hände, während Schmitt über die Wunden frohlockte, die Wolfsblut dem andern beibrachte. Der fremde Hund hatte von Anfang an wenig Aussicht; er war zu langsam, zu schwerfällig. Endlich trieb Schmitt Wolfsblut mit einem Knüttel zurück, und der Kettenhund wurde von dem Eigentümer herausgeholt. Dann klimperte Geld, und die Wetten wurden in Schmitts Hand ausgezahlt.

Von nun an war Wolfsblut zufrieden, wenn Leute sich um den Käfig sammelten. Das bedeutete einen Kampf, und das war seine einzige Abwechslung. Da er als Gefangener gehalten und zum Haß angestachelt wurde, so konnte er demselben nur Luft machen, wenn ihm ein Hund gegenübergestellt wurde, und Schmitt hatte seine Kraft richtig beurteilt, denn stets ging er als Sieger aus dem Kampfe hervor. Eines Tages wurden drei Hunde hintereinander zu ihm hineingelassen, ein andermal ein erwachsener Wolf, frisch aus der Wildnis, und ein andermal zwei Hunde zu gleicher Zeit auf ihn gehetzt. Dieser letzte Kampf war der schlimmste, und wenn auch am Ende beide tot auf dem Kampfplatz blieben, so war Wolfsblut ebenfalls halb tot nach der Schlacht.

Als im Herbst des Jahres der erste Schnee fiel, und das Schneeis den Fluß hinabtrieb, löste Schmitt für sich und Wolfsblut Karten zu einer Dampferfahrt nach Dawson, den Yukon hinauf. Wolfsblut hatte sich bereits einen Namen gemacht; weit und breit war er als der streitbare Wolf bekannt, und der Käfig, worin er sich auf dem Verdeck des Dampfers befand, war stets von Neugierigen umdrängt. Er knurrte diese entweder wütend an oder lag still und beobachtete sie mit kaltem Haß. Warum sollte er sie auch nicht hassen? Er legte sich diese Frage allerdings nicht vor, aber er kannte nur noch den Haß, der ihm zur Leidenschaft, wie ihm das Leben zur Hölle geworden war. Er war nicht für eine enge Haft geschaffen – die wilden Tiere können sie nur schwer ertragen –, außerdem starrten die Leute ihn an, stießen durch die Latten des Käfigs mit Stöcken nach ihm, damit er sie anknurre und lachten ihn danach aus.

Diese Menschen waren seine Umgebung, die den Stoff, aus dem er gemacht war, zu etwas noch Grimmigerem formten, als wozu die Natur ihn bestimmt hatte. Wo ein anderes Tier gestorben oder doch geknickt worden wäre, da paßte er sich den Umständen an und lebte ungebeugt weiter. Allerdings wäre sein teuflischer Quälgeist vielleicht imstande gewesen, auch Wolfsbluts Mut am Ende zu brechen, aber vorderhand war davon noch keine Rede. Im Gegenteil rasten Herr und Hund, beide vom Teufel besessen, unaufhörlich gegeneinander. Früher hatte Wolfsblut Überlegung genug gehabt, sich vor einem mit einem Prügel bewaffneten Menschen zu ducken, aber das war nun nicht mehr der Fall. Der bloße Anblick Schmitts konnte ihn in Raserei versetzen, und wurde er mit dem Stocke zurückgescheucht, so fuhr er dennoch zähnefletschend zu knurren fort. Nie konnte er zum Schweigen gebracht werden, er knurrte, so sehr er auch geschlagen wurde, und wenn Schmitt ihn verließ, so verfolgte ihn stets das zornige Geknurr, oder Wolfsblut sprang wütend heulend gegen die Latten des Käfigs.

Als der Dampfer in Dawson ankam, wurde Wolfsblut an Land gebracht. Aber er verblieb weiter im Käfig, zur Schau gestellt und von Neugierigen umringt, und die Leute zahlten fünfzig Cent in Goldstaub, um ihn zu sehen. Nie hatte er Ruhe. Legte er sich zum Schlafen nieder, so störte ein scharfer Stoß mit einem Stock ihn auf, denn die Leute wollten für ihr Geld auch ihr Vergnügen haben, und um die Schaustellung interessant zu machen, erhielt man ihn die meiste Zeit über in Wut. Aber schlimmer, als alles andere war die Atmosphäre des Hasses, in der er lebte und die durch die Stäbe des Käfigs zu ihm drang. Er wurde wie das wildeste, das fürchterlichste der Tiere behandelt, und jedes Wort, jede Bewegung der Leute draußen führte ihm die eigene, schreckliche Wildheit zu Gemüte. Es gab fortwährend neuen Brennstoff für dieses Gefühl, und das Resultat war, daß seine Wildheit immer mehr zunahm.

Neben diesen Schaustellungen verwendete ihn Schmitt auch als Preiskämpfer. Dann und wann wurde er nachts, um den Augen der Wächter des Gesetzes zu entgehen, in den Wald, ein paar Stunden von der Stadt entfernt, gebracht. Wenn nach einigen Stunden des Wartens das Tageslicht anbrach, strömten die Zuschauer herbei und es kam der Hund, mit dem er kämpfen sollte. So bekam er mit Hunden von jeder Größe und jeder Gattung zu kämpfen.

In einem wilden Lande und unter wilden Menschen endeten solche Kämpfe gewöhnlich mit dem Tode des einen, aber Wolfsblut blieb stets der Überlebende. Er kannte keine Niederlage, dazu wenigstens hatte ihm die Fehde mit Liplip und mit der Meute der jungen Hunde in seiner Jugend genützt. Er hatte dadurch eine solche Geschicklichkeit erlangt, auf den Füßen zu bleiben, daß es keinem Hunde gelang, ihn umzuwerfen. Denn es war der beliebte Kunstgriff dieser wolfsähnlichen Hunde, auf ihn loszustürzen, ihn gegen die Schultern zu stoßen und so ihn niederzuwerfen, und Hunde vom Mackenzie und von Labrador, Eskimohunde, Polarhunde und Malemuten, sie alle versuchten den Kniff, und er mißlang immer. Stets waren Wolfsbluts Beine wie in den Boden festgewurzelt. Die Leute erzählten sich einer dem andern davon, und sie warteten jedesmal darauf, daß es anders käme, aber er erfüllte nie ihre Erwartungen.

Was ihm einen so ungeheuren Vorteil über den Gegner gab, war seine schnelle Angriffsweise. Wie erfahren sie auch immer im Kampfe waren, nie hatten sie einen Gegner gefunden, der so flink in der Bewegung war. Außerdem hielt ein gewöhnlicher Hund sich mit Knurren, Brummen und Zähnefletschen auf, während Wolfsblut sogleich zum Angriff überging. Also pflegte man ihn erst loszulassen, wenn der andere mit seinen Plänkeleien fertig war und sich zum Angriff anschickte. Aber Wolfsbluts größter Vorteil war seine unendlich große Erfahrung. Er wußte mehr von den Kunstgriffen und Methoden des Kampfes als irgend ein anderer Hund und hatte selber eine Methode, wie sie nicht vortrefflicher sein konnte.

Mit der Zeit wurden diese Preisgefechte immer seltener. Die Leute gaben es auf, ihre Hunde aufzuopfern, und Schmitt mußte sich Wölfe besorgen, die er von den Indianern einfangen ließ. Ein Kampf zwischen Wolfsblut und einem solchen zog stets eine große Zuschauermenge herbei. Einmal wurde ihm eine Luchsin gegenübergestellt und Wolfsblut kämpfte mit ihr auf Leben und Tod, denn ihre Schnelligkeit und Wildheit kam der seinen gleich, allein sie kämpfte außer mit den Zähnen auch noch mit den Krallen. Nach diesem Kampfe hatte Wolfsblut Ruhe. Es gab kein Tier mehr, das sich mit ihm messen konnte; also blieb er bis auf weiteres zur Schau gestellt. Im Frühling kam ein gewisser Tim Keenan, der Besitzer einer Spielbank, ins Land. Er brachte die erste Bulldogge, die man je in Klondike gesehen hatte, mit, und es schien unvermeidlich, daß dieser Hund sich mit Wolfsblut messen sollte. Eine Woche lang war darum der Kampf zwischen den beiden das Hauptthema der Gespräche in gewissen Kreisen der Stadt.

4. Kapitel. Im Rachen des Todes

Schmitt löste die Kette von Wolfbluts Nacken und trat einige Schritte zurück, aber Wolfsblut zögerte mit dem Angriff. Er stand still, mit gespitzten Ohren, und besah sich neugierig das seltsame Tier, das da vor ihm stand. Noch nie hatte er einen solchen Hund gesehen. Tim Keenan schob die Bulldogge vorwärts, indem er murmelte: »Nimm ihn!« und klein, breit und unschön watschelte sie bis in die Mitte des Kreises. Hier blieb auch sie stehen und blickte zwinkernd nach Wolfsblut hinüber. Aus der Menge ertönten laute Rufe: »Nimm ihn, Cherokee! Drauf, Cherokee! Nimm ihn!«

Aber Cherokee war auf den Kampf nicht begierig. Er drehte den Kopf herum, zwinkerte die schreienden Männer an und wedelte dabei gutmütig mit dem Schwanzstumpf. Er hatte keine Furcht, er war nur träge, auch schien es ihm nicht, daß man beabsichtige, er solle mit dem Hunde da kämpfen. Mit einem solchen hatte er noch nie gekämpft, und er wartete, man solle ihm den richtigen bringen.

Tim Keenan trat heran, beugte sich zu Cherokee hinab und strich ihm mit beiden Händen die Schultern entlang gegen das Haar, indem er ihn mit kurzen Bewegungen vorwärts schob. Cherokee begann zu grollen, leise und ganz tief unten in der Kehle. Es war zwischen dem Grollen und der ruckweisen Bewegung der Hände des Mannes ein gewisser Zusammenhang; das Grollen wurde lauter, wenn der Ruck zu Ende ging, erstarb dann und begann bei der nächsten Bewegung.

Dies blieb nicht ohne Wirkung auf Wolfsblut; sein Haar fing an, am Nacken und an den Schultern sich zu sträuben. Endlich gab Tim Keenan den letzten Ruck und trat zurück, und Cherokee rannte krummbeinig und geschwind aus eigenem Willen vorwärts. Nun schnappte Wolfsblut zu. Ein Schrei der Überraschung wurde laut, denn Wolfsblut war mehr wie eine Katze vorwärts gesprungen, hatte gebissen und war mit derselben katzenartigen Geschwindigkeit weggesprungen.

Cherokee blutete an einem Ohr und hatte einen Schlitz an dem dicken Halse, aber er achtete das nicht und knurrte nicht einmal, sondern machte kehrt und verfolgte den Gegner. Die Kampfesweise der beiden, die Raschheit des einen, die Beharrlichkeit des andern, erregte den Parteigeist der Menge, und die Wetten stiegen bedeutend. Immer wieder sprang Wolfsblut zu, biß und sprang unverletzt zurück, und unablässig folgte ihm der seltsame Feind, ohne sich zu beeilen, doch auch nicht langsam, immer aber entschlossen und in geschäftsmäßiger Weise. Es lag in seiner Methode ein Ziel, auf das er erpicht war, und von dem man ihn nicht abbringen konnte. Wolfsblut war verwundert. Nie hatte er einen Hund gesehen, der kein Haar hatte, das ihn schützte, keinen dichten Pelz, in den die Zähne nicht eindringen konnten, sondern überall weiches Fleisch, das leicht blutete. Jedesmal wenn er zuschnappte, sanken die Zähne tief hinein, was ihn aber noch weiter wunderte, war, daß der andere nie aufschrie, wie er es doch bei andern Hunden gewohnt gewesen war. Außer einem Grollen oder Grunzen nahm dieser jeden Angriff schweigend hin, doch nie erlahmte er in der Verfolgung.

Dabei war Cherokee nicht unbeholfen. Er wendete und drehte sich schnell genug im Kreise herum, aber Wolfsblut war nie da. Auch Cherokee hatte nie mit einem solchen Hunde gekämpft, dem man nicht nahe kommen konnte, und auch er wunderte sich. So sprang Wolfsblut unverletzt hin und her, jedoch ohne jenem unten an die weiche Stelle der Kehle kommen zu können. Dazu war die Dogge zu niedrig, auch waren ihr die mächtigen Kinnladen ein Schutz. Allein Cherokee blutete aus vielen Wunden, denn Kopf und Hals waren ihm an beiden Seiten zerschlitzt und zerrissen, doch zeigte er keine Spur von Mutlosigkeit. Im Gegenteil setzte er beharrlich seine Verfolgung fort und blieb nur einmal einen Augenblick wie verblüfft stehen, indem er zwinkernd die Zuschauer anblickte und zu gleicher Zeit mit dem Schwanz wedelte zum Zeichen, daß er weiterkämpfen wolle. Doch in diesem Augenblick schoß Wolfsblut auf ihn los und riß ihm das eine Ohr in Fetzen. Mit einer leichten Bewegung des Ärgers nahm Cherokee die Verfolgung wieder auf, rannte auf der inneren Seite des Kreises, den Wolfsblut machte, und versuchte diesen am Halse zu packen. Doch um die Breite eines Strohhalmes verfehlte er den Angriff, und Rufe der Bewunderung wurden laut, als Wolfsblut der Gefahr durch einen Sprung in entgegengesetzter Richtung entging.

Die Zeit verstrich. Wolfsblut sprang immer noch Kreuz und Quer und teilte Wunden aus, und mit immer gleicher, grimmiger Beharrlichkeit rannte der andere hinter ihm her. Früher oder später mußte dieser seinen Zweck doch erreichen und Wolfsblut so packen, daß er die Schlacht gewann. Mittlerweile nahm er alle Angriffe unbewegt hin. Seine kurzen Ohren hingen in Fetzen, sein Hals und seine Schultern waren voller Wunden, selbst seine Lippen bluteten von den schnell ausgeteilten Bissen, die er nicht vorhersehen und darum nicht vermeiden konnte. Von Zeit zu Zeit versuchte Wolfsblut, Cherokee umzuwerfen, was ihm nicht gelang, da sie zu ungleich in der Höhe waren. Einmal jedoch trieb er das Spiel zu oft. Als Cherokee sich umdrehte, um Wolfsblut bei seinen flinken Kreuz- und Quersprüngen zu folgen, hatte er die Schulter entblößt, und Wolfsblut stieß dagegen. Da aber Wolfsbluts Schulter die des andern weit überragte, und der Stoß sehr kräftig gewesen war, verlor Wolfsblut das Gleichgewicht und purzelte über die Dogge hin. Zum erstenmal, so lange er gekämpft hatte, sahen die Zuschauer, wie er den Boden unter den Füßen verlor. Er überschlug sich in der Luft, und er würde auf den Rücken gefallen sein, hätte er sich nicht wie eine Katze in der Luft umgedreht, um mit den Beinen zuerst auf die Erde zu gelangen. Trotzdem fiel er schwer auf die Seite. Im nächsten Augenblick stand er jedoch auf den Füßen, doch diesen Augenblick hatte Cherokee benutzt und ihn an der Kehle gepackt.

Allein der Griff war zu niedrig gewesen, zu tief an der Brust, doch hielt Cherokee fest. Wolfsblut sprang auf und rannte wie wild im Kreise umher, indem er versuchte, die Dogge abzuschütteln. Das Gewicht am Halse machte ihn rasend, es hinderte seine Bewegungen, es beschränkte seine Freiheit. Es war wie eine Falle, und alles in ihm empörte sich dagegen. Ein paar Minuten lang war er wie wahnwitzig; der Wille zum Leben hatte völlig von ihm Besitz genommen. Vernunft und Verstand hatten ihn verlassen, und nur der Trieb des Fleisches regte sich machtvoll in ihm, der blinde Drang zu leben und sich zu bewegen, da Bewegung der Ausdruck des Lebens war.

So rannte er immer im Kreise herum, wandte sich hin und her und versuchte stets die Last, die ihm am Halse hing, abzuschütteln. Allein Cherokee hielt fest. Selten nur kam er mit den Füßen auf den Boden und suchte sich dann gegen Wolfsblut zu stemmen, aber einen Moment später hatte er wieder den Halt verloren und wurde im Kreise herumgeschleppt. Allein er wußte, daß er recht täte, wenn er festhielte, und fühlte selbst ein gewisses Frohlocken darüber. Dann schloß er einen Augenblick die Augen und ließ sich hin und her schlenkern, unbekümmert, welcher Schaden ihm auch dadurch erwachsen könne.

Endlich hielt Wolfsblut inne; er war müde. Er konnte nichts tun und das verstand er nicht. Bei all seinen Kämpfen war ihm nie so etwas passiert; nie hatte ein Hund so gekämpft. Er legte sich nieder und rang keuchend nach Atem. Cherokee, immer festhaltend, suchte ihn ganz umzuwerfen, doch leistete Wolfsblut Widerstand. Dabei fühlte er, wie die Kinnlade des andern sich ein ganz klein wenig lockerte, um ein wenig höher hinauf sich wieder zu schließen. Das geschah stets, wenn Wolfsblut ruhig blieb, sonst begnügte jener sich damit festzuhalten.

Cherokees wulstiger Nacken war der einzige Körperteil, den Wolfsbluts Zähne erreichen konnten. Er packte ihn da, wo der Hals aus den Schultern kommt, aber er verstand es nicht, die Kampfesweise der Dogge nachzuahmen, auch waren seine Kinnladen nicht dazu geschaffen. Er zerschlitzte nur den Hals des Gegners, bis eine Veränderung in der Stellung ihn davon abzulassen zwang. Es war der Dogge schließlich gelungen, Wolfsblut auf den Rücken zu wälzen, und ohne seine Kehle loszulassen, stand sie nun über ihm. Da krümmte sich Wolfsblut wie eine Katze und grub die Hinterfüße in den Unterleib des über ihm stehenden Feindes und hätte ihm mit den langen, scharfen Krallen den Leib aufgerissen, wenn Cherokee nicht seitwärts getreten wäre, so daß er nun im rechten Winkel zu ihm stand.

Aber es gab kein Entrinnen aus den Kinnladen, die Wolfsblut gepackt hielten; sie waren so unerbittlich wie das Schicksal. Langsam kamen sie der großen Ader am Halse immer näher. Was Wolfsblut allein noch vom Tode errettete, war der dicke Pelz, welcher seine Hautwulsten am Halse bedeckte. Den konnten Cherokees Zähne nicht durchdringen, aber allmählich arbeiteten sie sich in die Höhe, indem die Dogge bei jedem Lockern der Zähne mehr Hautfalten zwischen die Kinnbacken bekam, wodurch Wolfsblut dem Ersticken nahe gebracht wurde. Sein Atem kam und ging, je länger es dauerte, mit immer größerer Schwierigkeit.

Es hatte allen Anschein, als ob der Kampf jetzt vorüber sei. Cherokees Partei triumphierte und bot lächerlich hohe Wetten an. Wolfsbluts Partei dagegen war niedergeschlagen, man schlug zehn gegen eins, zwanzig gegen eins aus, ja, selbst als Schmitt fünfzig gegen eins bot. Er trat dabei in den Kreis und wies mit dem Finger auf Wolfsblut, indem er laut und höhnisch lachte. Dies brachte die gewünschte Wirkung hervor; Wolfsblut wurde wild vor Wut. Er raffte die letzten Kräfte zusammen und sprang empor. Wie er im Kreise herumlief und den fünfzig Pfund schweren Feind mit sich schleppte, verwandelte sich seine Wut in wahnsinniges Entsetzen. Der Wille zum Leben gewann von neuem die Oberhand, und der Verstand floh vor dem Lebensdrang des Fleisches. Immer in der Runde ging es, hin und wieder zurück. Er strauchelte dabei, fiel und stand wieder auf, erhob sich dann und wann auf die Hinterbeine, indem er den Feind ebenfalls emporhob, allein vergebens mühte er sich, aus dem Rachen des Todes zu entkommen. Zuletzt fiel er erschöpft hintenüber, und schnell schob die Dogge die Zähne weiter empor, indem sie ihm den Hals enger zusammenschnürte. Jubelnder Beifall erhob sich für den Sieger; man schrie: »Hoch, Cherokee!« und dieser antwortete durch kräftiges Wedeln mit dem Schwanze. Aber der laute Beifall ließ ihn das Ziel, das er verfolgte, nicht aus den Augen verlieren. Zwischen den mächtigen Kiefern und dem Schwanz war keine Sympathie vorhanden, mochte dieser auch wedeln, so hielten jene Wolfsblut mit eisernem Griff an der Kehle gepackt.

Plötzlich durchlief eine Bewegung die Zuschauer. Der Ton von Schlittenglocken ließ sich vernehmen, auch die Rufe eines Hundetreibers. Alle, Schmitt ausgenommen, blickten sich besorgt um, denn man fürchtete die Schutzleute. Allein nur zwei Männer mit einem mit Hunden bespannten Schlitten kamen die Bahn auf dem Fluß herauf, augenscheinlich waren sie auf einer Rekognoszierungsfahrt begriffen. Beim Anblick der erregten Menschenmenge hielten sie die Hunde an und kamen neugierig näher, um zu sehen, was der Grund der Aufregung war. Der Hundetreiber trug einen Schnurrbart, aber der andere, größere und jüngere Mann war glattrasiert, und sein Gesicht sah durch die schnelle Bewegung in der kalten Luft ganz rosig aus.

Wolfsblut hatte mittlerweile aufgehört, sich energisch zu wehren, und machte nur dann und wann noch eine krampfhafte, doch zwecklose Anstrengung, sich frei zu machen. Die Luft begann unter dem erbarmungslosen Griff des Feindes ihm immer mehr zu mangeln, und die große Ader am Halse wäre trotz des dicken Pelzes schon längst durchbissen worden, wenn die Dogge ihn nicht so tief gepackt hätte, daß es eigentlich die Brust, und nicht der Hals, gewesen war, wo hinein sie gebissen hatte. So brauchte Cherokee lange Zeit, um die Zähne aufwärts zu schieben, und bekam dabei immer mehr von den dicken Falten des Felles zwischen dieselben.

In Schmitt begann unterdessen die teuflische Roheit seiner Natur das bißchen gesunden Menschenverstand, das er besaß, zu umwölken. Er sah, wie Wolfsbluts Augen starr wurden, und er wußte, daß der Kampf verloren sei. Da konnte er seinen Ärger nicht länger bemeistern, er sprang auf Wolfsblut los und stieß ihn heftig mit den Füßen. Einige der Umstehenden zischten, andere erhoben Einspruch, aber das war auch alles. Schmitt fuhr fort, Wolfsblut mit den Füßen zu bearbeiten, als plötzlich Bewegung in die Menge kam.

Der große, junge Mann drängte sich durch die Leute, indem er sie ohne Umstände zur Seite schob. Als er in den Kreis trat, war Schmitt gerade dabei, zu einem neuen Fußtritt auszuholen. Das ganze Gewicht seines Körpers ruhte dabei auf einem Fuß. Da versetzte ihm der Ankömmling einen derben Schlag ins Gesicht. Schmitts Fuß verließ den Boden, sein Körper flog durch die Luft, und er fiel der Länge nach rücklings auf den Schnee. Darauf wandte sich der junge Mann an die Zuschauer.

»Ihr Feiglinge!« schrie er ihnen ins Gesicht. »Bestien, die ihr seid!«

Auch er war wütend, aber seine Wut war eine gesunde. Seine grauen Augen blitzten wie Stahl, als sie über die Menge glitten. Schmitt stellte sich wieder auf die Füße und kam kriechend herangeschlichen. Aber der Fremde wußte nicht, was für ein jämmerlicher Feigling Schmitt war, und er dachte, er wollte sich für den Schlag rächen. Also empfing er ihn mit einem zweiten Schlage, indem er ihm abermals »Sie Bestie!« zurief.

Darauf hielt es Schmitt für das angemessenste, im Schnee liegen zu bleiben, und machte vorläufig keinen Versuch mehr, aufzustehen.

»Kommen Sie, Matt«, rief der Fremde dem Hundetreiber zu, der ihm in den Kreis gefolgt war, »kommen Sie und helfen Sie mir.«

Beide Männer beugten sich über die Hunde. Matt ergriff Wolfsblut, um ihn aus Cherokees Rachen zu ziehen, wenn der loslassen sollte, und der jüngere Mann suchte dies zu bewerkstelligen, indem er mit den Händen die Kinnladen der Dogge aufzubrechen suchte. Aber das war ein eitles Unterfangen! Während jener zog und zerrte und drückte und drehte, machte er seinem Unwillen von Zeit zu Zeit mit einem gemurmelten: »Die Bestien!« Luft.

Die Menge begann unruhig zu werden, und einige Leute beklagten sich darüber, daß man ihnen das Vergnügen verderbe. Allein sie wurden schnell zum Schweigen gebracht, als der Fremde den Kopf erhob und, in der Arbeit innehaltend, sie einen Augenblick anschaute.

»Verfluchte Bestien, die ihr seid!« brach er dann los. Darauf machte er sich wieder an die Arbeit.

»Es nützt nichts, Herr Scott«, sagte endlich Matt. »Sie können sie in der Weise nicht trennen.« Die beiden hielten inne und besahen sich die ineinander verbissenen Hunde.

»Er blutet nicht so sehr«, fuhr Matt fort. »So ganz ist der andere also nicht drin.«

»Aber das kann jeden Augenblick geschehen«, versetzte Scott. »Da! haben Sie's gesehen? Er hat viel tiefer hineingebissen.«

Des jungen Mannes Besorgnis um Wolfsblut nahm zu. Er schlug ein paarmal Cherokee derb auf den Kopf, aber der ließ nicht locker. Vielmehr wedelte er mit dem Schwanz, um zu zeigen, daß er die Bedeutung der Schläge verstände, sich aber im Recht wüßte und nur seine Pflicht täte, wenn er festhielte.

»Will denn keiner helfen?« rief Scott in Verzweiflung aus, indem er sich an die Zuschauer wandte.

Aber niemand rührte sich. Statt dessen begann man, höhnische Bemerkungen zu machen und lächerliche Ratschläge zu geben.

»Sie müssen einen Keil gebrauchen«, rief Matt.

Der andere griff nach der Hüfte, zog den Revolver heraus und versuchte, den Lauf desselben zwischen die Kinnladen der Dogge zu schieben. Er schob und drückte so kräftig, daß man das Knirschen des Stahls an den zusammengebissenen Zähnen hörte. Beide Männer lagen auf den Knien und beugten sich über die Hunde. Da trat Tim Keenan in den Kreis. Er stellte sich neben Scott, berührte die Schulter desselben und sagte warnend: »Brechen Sie ihm nicht die Zähne entzwei.«

»Vielleicht breche ich ihm den Hals«, erwiderte Scott, indem er fortfuhr, den Lauf des Revolvers tiefer hineinzuschieben.

»Ich habe nur gesagt: Brechen Sie ihm nicht die Zähne entzwei!« wiederholte der andere mit Nachdruck.

Wenn das eine Drohung war, so nützte sie nichts. Scott ließ von seiner Arbeit nicht ab, obgleich er kaltblütig aufschaute und sagte: »Ist das Ihr Hund?«

Der Spielbankbesitzer bejahte durch ein Grunzen.

»Dann kommen Sie her und brechen Sie ihm die Kinnladen auf.«

»Na, hören Sie«, entgegnete der andere ärgerlich, »darauf bin ich nicht eingeübt. Das muß ich Ihnen sagen. Den Kniff verstehe ich nicht.«

»Dann lassen Sie mich in Ruhe«, war die Entgegnung, »und gehen Sie mir aus dem Wege. Ich habe zu tun.«

Tim Keenan blieb neben Scott stehen, aber dieser nahm weiter keine Notiz von ihm. Es war ihm gelungen, das Rohr auf der einen Seite zwischen die Kinnladen der Dogge zu schieben, und er versuchte nun, es auf der andern Seite herauszubekommen. Als dies endlich geglückt war, bewegte er es leise und vorsichtig wie einen Hebel, indem er allmählich die Kinnbacken lockerte, während Matt ebenso allmählich Wolfsbluts zerfleischten Hals herauszog.

»Bleiben Sie in der Nähe, um Ihren Hund zu fassen«, wandte sich Scott kurz und befehlend an Cherokees Eigentümer.

Der Hazardspieler bückte sich gehorsam und packte Cherokee mit festem Griff.

»Jetzt!« kam es warnend von Scott, indem er den Hebel noch einmal in Bewegung setzte.

Die Hunde waren getrennt, aber die Dogge strebte mit aller Macht vorwärts.

»Nehmen Sie den Hund weg«, gebot Scott und Tim Keenan zog Cherokee in den Kreis der Zuschauer zurück.

Wolfsblut machte einige fruchtlose Anstrengungen, sich auf die Füße zu stellen, aber die Beine waren zu schwach, ihn zu tragen, und er sank langsam auf den Schnee zurück. Seine Augen waren halb geschlossen und glasig, das Maul stand offen und die Zunge hing schlaff aus dem Halse heraus. Er sah wie erwürgt aus. Matt untersuchte ihn.

»Er ist nahe dran gewesen«, verkündete er. »Aber er atmet noch ganz regelrecht.«

Der schöne Schmitt hatte sich erhoben und kam heran, um nach Wolfsblut zu sehen.

»Matt, wie viel ist ein guter Schlittenhund wert?« fragte Scott.

Der Hundetreiber, immer noch auf den Knieen, bückte

sich über Wolf und rechnete einen Augenblick. »Dreihundert Dollar«, antwortete er dann.

»Und wie viel einer, der so zerrissen und zerfleischt ist, wie der da?« fragte Scott, indem er Wolfsblut mit der Fußspitze berührte.

»Die Hälfte«, lautete die Antwort des Hundetreibers. – Scott wandte sich an Schmitt.

»Haben Sie gehört, Herr – Bestie? Ich nehme Ihnen den Hund ab und gebe Ihnen hundertundfünfzig Dollar dafür.« Dabei öffnete er sein Taschentuch und zählte die Scheine ab. Schmitt legte die Hände auf den Rücken zum Zeichen, daß er das Geld nicht nehmen wolle.

»Ich verkaufe ihn aber nicht«, entgegnete er.

»Doch! Weil ich ihn kaufe«, versetzte der andere. »Hier ist das Geld. Der Hund gehört mir.«

Schmitt machte mit den Händen auf dem Rücken einige Schritte nach rückwärts. Scott sprang auf ihn zu und holte zum Schlage aus. Der andere bückte sich, um denselben zu vermeiden.

»Ich habe doch ein Recht auf ihn«, rief er weinerlich aus.

»Sie haben sich Ihres Rechts auf den Hund verlustig gemacht«, war die Entgegnung. »Wollen Sie das Geld nehmen oder soll ich –« und Scott erhob abermals die Hand zum Schlage.

»Schon gut«, versetzte Schmitt mit einer Raschheit, die nur aus Furcht entspringen konnte. »Aber ich nehme das Geld nur unter Protest. – Der Hund ist eine Goldgrube«, fügte er hinzu, »und ich werde mich nicht berauben lassen. Jedem das Seine.«

»Da haben Sie recht«, antwortete Scott, indem er ihm das Geld hinreichte. »Jedem Menschen das Seine. Aber Sie sind kein Mensch, Sie sind eine Bestie.«

»Warten Sie nur, bis ich nach Dawson komme, dann verklage ich Sie«, drohte Schmitt.

»Wenn Sie auch nur den Mund auftun, wenn Sie nach Dawson kommen, so lasse ich Sie aus der Stadt jagen. Verstanden?«

Schmitt brummte eine Erwiderung.

»Verstanden?« donnerte der andere ihn an.

»Ja«, brummte Schmitt zurückweichend.

»Ja – weiter?«

»Ja wohl, Herr«, entgegnete Schmitt, indem er ihm höhnisch die Zähne wies.

»Nehmen Sie sich in acht! Der beißt noch!« rief jemand unter den Zuschauern, worauf ein schallendes Gelächter ertönte. Scott kehrte sich um und trat an den Hundetreiber heran, der um Wolf beschäftigt war, um ihm zu helfen. Einige Leute machten sich auf den Heimweg, andere standen in Gruppen, gafften und schwatzten. Tim Keenan gesellte sich zu einer der Gruppen.

»Wer ist denn das Großmaul?« fragte er.

»Weedon Scott«, antwortete einer.

»Und wer, zum Henker, ist Weedon Scott?« fragte der Hazardspieler.

»Ach, einer von den allerersten Minenexperten. Er steht sich mit all den großen Tieren da gut. Wenn Sie nicht in Ungelegenheiten kommen wollen, so kommen Sie dem nicht in den Weg, das rate ich Ihnen. Er hat alle Beamten in der Tasche. Der Gouverneur ist ein Duzfreund von ihm.«

»Ich dachte gleich, es müßte was besonderes mit ihm los sein«, versetzte der Hazardspieler. »Darum hielt ich auch von Anfang an meine Finger von ihm fern.«

5. Kapitel. Unzähmbar

»Es ist hoffnungslos«, erklärte Weedon Scott, »ganz hoffnungslos.«

Er saß auf den Treppenstufen des Blockhauses und schaute den Hundetreiber an, der ebenfalls wie hoffnungslos mit den Achseln zuckte. Dabei blickten beide nach Wolfsblut hinüber, der mit gesträubtem Haar und zähnefletschend wild an der Kette zerrte. Matt hatte den Schlittenhunden verschiedene, von einem Stock unterstützte Lektionen erteilt, und sie hatten begriffen, daß sie Wolfsblut in Ruhe lassen müßten. Sie hatten sich in einiger Entfernung niedergelegt und scheinbar seine Existenz vergessen.

»Er ist ein Wolf, und da hilft kein Zähmen«, erklärte Scott weiter.

»Das weiß ich doch nicht so genau«, warf Matt ein. »Bei alledem, scheint mir, ist doch ein gut Teil vom Hunde in ihm. – Aber eines weiß ich ganz sicher, und das läßt sich nicht wegleugnen.« Der Hundetreiber machte eine Pause und nickte vertraulich nach den Bergen hinüber.

»So tun Sie doch nicht so geheimnisvoll mit dem, was Sie wissen«, erwiderte Scott gereizt, nachdem er eine Zeitlang gewartet hatte. »Was ist es? Heraus damit!«

Der Hundetreiber deutete mit dem Daumen über die Schulter nach Wolfsblut hin.

»Wolf oder Hund, – das ist ganz gleich, aber gezähmt ist er schon.«

»Nein.«

»Ich sage ja. Und er ist auch schon angespannt worden. Schauen Sie sich ihn nur genauer an. Sehen Sie nicht die Spuren auf der Brust?«

»Sie haben recht, Matt. Er ist ein Schlittenhund gewesen, bevor der schöne Schmitt ihn in die Klauen bekam.«

»Und warum sollte er nicht wieder ein Schlittenhund werden?«

»Meinen Sie?« fragte Scott eifrig. Aber die Hoffnung schwand sogleich wieder, und er fügte kopfschüttelnd hinzu: »Wir haben ihn nun schon vierzehn Tage, und er ist noch ebenso wild, wenn nicht gar noch wilder wie am ersten Tage.«

»Haben Sie nur Geduld«, beschwichtigte Matt. »Lassen Sie ihn einmal eine Weile los.«

Der andere schaute ihn zweifelnd an.

»Ich weiß«, fuhr Matt fort, »ich weiß, daß Sie es versucht haben. Aber damals nahmen Sie auch keinen Stock mit.«

»Dann versuchen Sie es.«

Der Hundetreiber ergriff einen Knüttel und ging zu Wolfsblut hin. Dieser behielt, wie ein Löwe im Käfig die Peitsche des Tierbändigers auch nicht aus den Augen läßt, den Knüttel im Auge.

»Sehen Sie, wie er kein Auge von dem Stock läßt«, bemerkte Matt. »Das ist ein gutes Zeichen. Dumm ist der nicht. Der wird mir nichts tun, so lange ich den Stock bereit halte.«

Als die Hand des Mannes dem Halse des Hundes näher kam, wies Wolfsblut knurrend die Zähne und duckte sich. Allein wenn er auch die Hand beobachtete, er ließ den Knüttel, der drohend über ihm schwebte, dabei nicht aus dem Auge. Als Matt die Kette gelöst hatte, trat er zurück.

Wolfsblut konnte es nicht glauben, daß er frei sei. Seit Monaten – so lange er in Schmitts Besitz gewesen war – hatte er keinen Augenblick die Freiheit gekannt, außer wenn er losgelassen worden war, um mit andern Hunden zu kämpfen. Stets war er nach solchen Kämpfen gleich wieder eingesperrt worden.

Er wußte nicht, wie er sich seine Freiheit erklären sollte. Vielleicht war es nur eine neue Teufelei, welche die Menschen an ihm ausüben wollten. Er machte langsam und vorsichtig ein paar Schritte, jeden Augenblick gefaßt, daß man ihn angreifen würde. Er wußte nicht, was er tun sollte, denn die Situation war ihm so ungewohnt. Er hielt sich mißtrauisch von den beiden Männern entfernt und schritt bis zur Ecke des Blockhauses. Aber nichts geschah, und verwundert kehrte er wieder zurück und blieb ein Dutzend Schritte weit von den beiden stehen und schaute sie an.

»Wird er nicht weglaufen?« fragte der neue Eigentümer.

Matt zuckte die Schultern. »Das kommt auf den Versuch an. Wir werden es erst wissen, wenn wir es ausprobiert haben.«

»Armer Teufel!« murmelte Scott mitleidig. »Was dem fehlt, ist ein bißchen freundliche Behandlung«, fügte er hinzu. Dann stand er auf und ging ins Haus hinein.

Er kam mit einem Stück Fleisch heraus, das er Wolfsblut hinwarf. Dieser sprang davon weg und besah es sich voller Argwohn aus der Entfernung.

»Fort, Major!« rief Matt auf einmal aus, aber die Warnung kam zu spät. Einer der Schlittenhunde hatte einen Satz nach dem Fleisch gemacht, und als er es gerade gepackt hatte, stieß Wolfsblut ihn zu Boden. Matt stürzte hinzu, aber Wolfsblut war schneller als er. Major erhob sich taumelnd, das Blut quoll ihm aus dem Halse und färbte den Schnee rot.

»Es ist zu ärgerlich. Aber verdient hat er's eigentlich!« versetzte Scott rasch.

Matt hatte den Fuß erhoben, um Wolfsblut einen Tritt zu versetzen. Ein Sprung, ein Aufblitzen der Zähne, ein scharfer Schmerzensschrei, und Wolfsblut zog sich, fürchterlich knurrend, mehrere Meter weit zurück, während Matt sich bückte und das gebissene Bein untersuchte.

»Er hat mich ganz ordentlich gepackt«, verkündete er und deutete auf die zerrissene Hose und das ebenfalls zerrissene Unterzeug, das sich rot färbte.

»Ich sagte Ihnen ja, es ist hoffnungslos mit ihm, Matt«, seufzte Scott. »Ich habe mir die Sache immer wieder überlegt, denn ich konnte den Gedanken nicht loswerden. Aber nun ist es so weit gekommen. Es ist das einzige, was man tun kann.«

Bei diesen Worten zog er langsam den Revolver heraus und untersuchte die Ladung.

»Sehen Sie, Herr Scott«, entgegnete Matt, »der Hund hat letzthin ein Leben wie in der Hölle geführt. Da können Sie doch nicht erwarten, daß er weiß und leuchtend wie ein Engel daraus hervorgehen sollte. Geben Sie ihm doch nur Zeit!«

»Aber sehen Sie doch Major an«, versetzte der andere.

Der Hundetreiber blickte auf den verletzten Hund, der in den blutigen Schnee hingesunken war und offenbar in den letzten Zügen lag.

»Ihm geschah recht. Das sagten Sie ja selbst, Herr Scott. Er versuchte, Wolfsblut das Fleisch wegzunehmen, und dafür machte der ihn mausetot. Das war nicht anders zu erwarten. Ich möchte nicht soviel«, und er schnippte mit den Fingern, »für einen Hund geben, der nicht sich und sein Futter verteidigt.«

»Aber Sie selber, Matt! Es ist ja alles recht schön und gut, was die Hunde betrifft, aber dies Ihnen gegenüber ist doch ein bißchen zu weit gegangen.«

»Mir geschah ganz recht«, entgegnete Matt eigensinnig. »Wozu mußte ich ihm auch den Fußtritt geben! Sie sagten selber, er wäre im Recht gewesen, dann war ich also im Unrecht, ihn mit dem Fuß zu stoßen.«

»Es wäre nur eine Barmherzigkeit, wenn man ihn totmachte«, beharrte Scott. »Er ist doch nicht zu zähmen.«

»Na, sehen Sie, Herr Scott, geben Sie erst dem armen Teufel eine Gelegenheit, sich zu zeigen. Er hat ja noch gar keine gehabt. Er kommt wie aus der Hölle, und dies ist das erstemal, daß er in Freiheit ist. Versuchen Sie es noch einmal mit ihm, und wenn er wieder nichts taugt, dann will ich selber ihn töten. Ja?«

»Gott weiß, ich will seinen Tod nicht«, erwiderte Scott, indem er den Revolver einsteckte. »Wir wollen ihn frei herumlaufen lassen und sehen, was Güte bei ihm tun kann, und ich will gleich den Anfang damit machen.«

Er ging zu Wolfsblut hin und fing an, ihm leise und freundlich zuzusprechen.

»Nehmen Sie aber einen Stock mit«, riet Matt.

Scott schüttelte den Kopf und fuhr fort, um Wolfsbluts Zutrauen zu werben. Aber dieser traute dem Frieden nicht. Ihm drohte etwas. Hatte er nicht den Hund dieses Herrn getötet, seinen Gefährten gebissen, was konnte er da anders als eine schreckliche Strafe erwarten? Allein gegen eine solche erhob er sich im Zorn. Sein Haar sträubte sich und mit gespanntem Auge und kampfbereitem Körper ließ er den Mann ganz nahe kommen, da derselbe keinen Stock hatte. Und da kam auch schon die Hand und senkte sich langsam auf seinen Kopf herab. Wolfsblut kauerte in sich zusammen, aber er blieb sprungbereit, als er sich bückte. Hier drohte Gefahr, Verräterei oder Ähnliches. Er kannte die Hände der Menschen, wie geschickt, wie schlau sie im Wehetun waren. Er knurrte drohender, während er sich tiefer bückte, aber die Hand kam näher. Er wollte nicht beißen, er ertrug bis aufs äußerste die drohende Gefahr, bis der Instinkt, das unstillbare Verlangen zum Leben, die Oberhand gewann.

Weedon Scott hatte geglaubt, daß er den Biß rasch genug vermeiden könnte, doch er sollte erst die erstaunliche Schnelligkeit Wolfsbluts kennen lernen, der so flink und so sicher wie eine Schlange biß. Scott schrie überrascht auf, indem er die verletzte Hand mit der andern ergriff, und Matt stieß einen derben Fluch aus, als er an seine Seite sprang. Wolfsblut schritt geduckt rückwärts, zähnefletschend und mit bösem, drohendem Blick, denn nun konnte er so fürchterliche Prügel erwarten, wie er sie je von dem schönen Schmitt erhalten hatte.

»Matt, was machen Sie da?« rief Scott plötzlich aus. Matt war ins Haus gestürzt und kam mit einer Büchse heraus.

»Nichts«, antwortete er langsam und mit erheuchelter Ruhe, »ich will nur das ausführen, womit ich vorhin gedroht habe. Ich denke, ich schieße ihn tot.«

»Nein, das sollen Sie nicht.«

»Ich werde es doch! Passen Sie auf.«

Allein wie Matt vorhin für Wolfsblut gebeten hatte, so plädierte für ihn jetzt Weedon Scott.

»Sie haben doch selber gesagt, wir müßten ihm Zeit lassen, und das müssen wir tun. Wir haben doch erst einen Anfang gemacht und können nicht gleich die Geduld verlieren. Auch hatte ich es diesmal verdient, und – aber sehen Sie doch nur das an!«

Wolfsblut stand dicht an der Ecke des Blockhauses, in einer Entfernung von etwa vierzig Fuß, und knurrte fürchterlich, doch nicht gegen Scott, sondern gegen den Hundetreiber gewendet.

»Na, da hol' einen doch gleich der Henker!« rief dieser erstaunt aus.

»Sehen Sie nur, wie klug er ist«, versetzte Scott hastig. »Er kennt die Feuerwaffen ebenso gut wie Sie und ich. Er hat Verstand, und wir müssen ihm Zeit lassen. Stellen Sie einmal die Flinte weg.«

»Na schön, das will ich«, sagte Matt bereitwillig, indem er die Büchse an einen Holzstoß lehnte.

»Aber sehen Sie sich das nur an!« rief er im nächsten Augenblick aus, denn Wolfsblut hatte sich beruhigt und knurrte nicht mehr. »Dies ist der Mühe wert, näher untersucht zu werden. Passen Sie einmal auf.« Er griff nach der Büchse, und im selben Augenblick zeigte Wolfsblut die Zähne. Dann trat er von derselben zurück, und sogleich senkten sich die Lippen und die Zähne verschwanden. »Jetzt, bloß zum Spaß.«

Matt ergriff die Büchse und hob sie langsam zur Schulter empor. Sogleich begann Wolfsblut zu knurren und immer lauter, je länger das Manöver dauerte. Allein kurz bevor die Büchse schußbereit war, sprang er zur Seite und verschwand hinter der vorspringenden Ecke des Blockhauses. Matt starrte auf den Schnee, wo Wolfsblut soeben gestanden hatte. Dann stellte er feierlich die Büchse weg und blickte seinen Brotherrn an.

»Ich bin Ihrer Meinung, Herr Scott. Der Hund ist viel zu klug, um totgemacht zu werden.«

6. Kapitel. Der Gebieter

Wolfsbluts Haar sträubte sich, als er sah, daß Weedon Scott sich ihm näherte, und er knurrte, um anzukündigen, daß er sich keiner Strafe gutwillig unterwerfen wolle. Vierundzwanzig Stunden waren vergangen, seitdem er die Hand des Herrn gebissen hatte, die nun verbunden in der Schlinge hing. Früher war es ihm passiert, daß Strafen aufgeschoben worden waren, und er fürchtete, es könne auch jetzt geschehen. Konnte es auch anders sein? Er hatte einen Frevel begangen, als er die Zähne in das geheiligte Fleisch eines Menschen, und noch dazu einem Weißen, versenkt hatte, und es stand ihm also Furchtbares bevor.

Der Mann setzte sich einige Fuß weit von ihm entfernt nieder. Das sah allerdings nicht gefährlich aus. Wenn die Menschen straften, so standen sie aufrecht, auch hatte dieser weder Stock, noch Peitsche, noch ein Gewehr. Er selber aber war frei; keine Kette, keine Fessel hinderte ihn. Er konnte sich in Sicherheit bringen, ehe der andere sich auf die Füße stellte. Mithin wollte er abwarten und zusehen. Als Scott ruhig dasaß und keine Bewegung machte, verwandelte sich Wolfsbluts Knurren langsam in Grollen, das tief unten aus der Kehle heraufklang. Dann fing der Mann an zu sprechen und beim ersten Ton der Stimme schoß das Grollen im Halse empor und das Haar auf Wolfsbluts Nacken richtete sich auf. So grollte Wolfsblut eine Zeitlang im Takt mit der Stimme des Mannes. Aber diese redete ohne Aufhören und so, wie noch nie jemand zu Wolfsblut gesprochen hatte. Es klang sanft und so freundlich, daß Wolfsblut davon irgendwo in seinem Innern angenehm berührt wurde. Unwillkürlich fing er an, trotz der scharfen Warnungen des Instinkts zu diesem Manne Vertrauen zu fassen. Er hatte ein Gefühl der Sicherheit, das die Erfahrungen, die er bisher mit den Menschen gemacht hatte, Lügen strafen mußte.

Das währte eine lange Weile, dann stand Scott auf und ging ins Haus hinein. Als er herauskam, betrachtete Wolfsblut ihn scheu und prüfend. Er hatte weder Peitsche, noch Stock, noch irgend eine Waffe bei sich. Auch war die gesunde Hand nicht auf dem Rücken versteckt. Er setzte sich auf denselben Fleck, nur wenige Schritte von Wolfsblut entfernt, nieder und hielt ihm ein Stückchen Fleisch hin. Wolfsblut spitzte die Ohren und besah es mißtrauisch, indem er Scott nicht aus den Augen ließ. Er war auf einen Angriff gefaßt, denn sein ganzer Körper war gespannt und auf das erste Zeichen einer Feindseligkeit sprungbereit. Doch die Züchtigung kam immer noch nicht. Scott hielt ihm immer nur das Stück Fleisch vor die Nase, an dem nichts Unrechtes zu sein schien. Dennoch blieb Wolfsblut argwöhnisch, obgleich ihm das Fleisch mit einladender Handbewegung dargeboten wurde. Die Menschen waren so schlau, man konnte nie wissen, was hinter solch einem harmlosen Stückchen Fleisch lauerte! Er dachte an frühere Erfahrungen, besonders mit Indianerinnen, wobei ein Stückchen Fleisch und eine Züchtigung in merkwürdig nahem Zusammenhang gestanden hatten.

Endlich warf Scott das Fleisch dicht vor Wolfsbluts Füße auf den Schnee hin. Wolfsblut beroch es sorgfältig, ohne ein Auge von dem Manne zu wenden. Da ihm nichts passierte, verschlang er den Bissen. Wieder geschah nichts, als daß noch ein Stück Fleisch ihm hingehalten wurde, und da er sich wieder weigerte, es zu nehmen, wurde es abermals hingeworfen. Das wiederholte sich mehrere Male. Endlich aber kam der Augenblick, wo Scott sich weigerte, ihm das Fleisch hinzuwerfen, und es ihm in der Hand hinreichte. Das Fleisch schmeckte gut, und Wolfsblut war hungrig. Schritt für Schritt mit unendlicher Vorsicht näherte er sich der Hand. Zuletzt mußte er sich dazu entschließen, das Fleisch zu nehmen, aber er ließ den Mann nicht aus den Augen und streckte den Kopf mit zurückgelegten Ohren und gesträubtem Nackenhaar vor, während ein leises Grollen als Warnung aus seiner Kehle emporstieg. Er verzehrte das Fleisch, ein Stück nach dem andern, ohne daß eine Züchtigung kam. Dann leckte er sich das Maul und wartete, während Scott zu ihm redete. Die Stimme war gütig, es lag etwas darin, wovon Wolfsblut noch keine Erfahrung gehabt hatte, und sie erweckte in ihm Empfindungen, die er noch nicht gekannt hatte. Es überkam ihn eine seltsame Zufriedenheit, es war, als ob ein Mangel in seinem Innern befriedigt, eine Leere in ihm ausgefüllt würde. Dann wurde jedoch die Stimme des Instinkts in ihm laut und erinnerte ihn an frühere Erfahrungen. Die Menschen waren so klug! Sie erreichten auf so überraschende Weise ihren Zweck!

Aha! Da war es, was er gefürchtet hatte! Da streckte sich die Hand, die so listig Schmerzen austeilen konnte, aus und senkte sich auf seinen Kopf herab. Dabei redete aber der Mann immer noch weiter, und die Stimme klang sanft und vertrauenerweckend. Gefühle widerstreitender Art bemächtigten sich Wolfsbluts; einerseits beruhigte die Stimme trotz der drohend erhobenen Hand, andrerseits flößte die Hand Mißtrauen ein trotz der sanften Stimme. So furchtbar war der Streit der in ihm tobenden Empfindungen, die um die Oberherrschaft rangen, daß ihm zumute war, als müßte er in Stücke gehen. Am Ende wählte er den Mittelweg; er knurrte, er sträubte das Haar, er legte die Ohren zurück, aber er biß nicht und sprang auch nicht fort. Die Hand kam immer näher, jetzt berührte sie die Spitzen der zu Berge stehenden Haare. Er duckte sich, aber die Hand folgte ihm und preßte sich dicht an ihn. Bebend, fast schaudernd, bezwang er sich. Die Berührung war ihm eine Qual, denn sie tat seinem Instinkt Gewalt an. Nicht an einem Tage konnte er all das Böse vergessen, das Menschenhände ihm angetan hatten. Aber es war der Wille dieses neuen Herrn, und er zwang sich zur Unterwerfung. Dann erhob sich die Hand und senkte sich wieder und klopfte ihn liebkosend. Dies dauerte eine Weile, aber jedesmal, wenn sie sich emporhob, richtete sich das Haar darunter empor, und wenn sie sich herabsenkte, legten sich die Ohren zurück und stieg ein Grollen röchelnd aus der Kehle herauf. Dies Grollen war eine Warnung. Es kündigte an, daß jeder ihm zugefügte Schmerz heimgezahlt werden würde, denn nie konnte man wissen, wann die Absichten eines Menschen sich enthüllten. Die sanfte, Vertrauen weckende Stimme konnte plötzlich in ein Wutgebrüll ausbrechen, die weiche, liebkosende Hand sich in den Griff eines Schraubstockes verwandeln und ihn hilflos der Züchtigung preisgeben!

Aber Scott sprach freundlich weiter, und die Hand hob und senkte sich immer wieder und klopfte ihn liebkosend. Wolfsbluts Empfindungen waren zwiespältiger Natur, denn seinem Instinkt war es unbehaglich, daß er geliebkost wurde, da es seine persönliche Freiheit beschränkte, andrerseits war die Liebkosung angenehm, ja, als das Klopfen sich langsam in ein Kraulen der Ohren verwandelte, war es ein wirkliches, körperliches Vergnügen. Dennoch blieb er auf der Hut, indem er eine ungeahnte Bosheit fürchtete und litt und freute sich abwechselnd, je nachdem ein oder das andere Gefühl die Oberhand gewann.

»Na, da soll doch gleich ein Donnerwetter dreinschlagen!«

Also sprach Matt, der mit aufgekrempelten Ärmeln eine Schüssel mit Aufwaschwasser in der Hand aus dem Blockhaus kam, und bei dem Anblick des Wolfsblut streichelnden Weedon Scott das Ausgießen des schmutzigen Wassers vergaß. Bei dem Ton der Stimme sprang Wolfsblut zurück und knurrte den Mann grimmig an.

»Wenn Sie's nicht übelnehmen, daß ich meine Meinung so frei heraussage, Herr Scott, so erlaube ich mir zu behaupten, daß Sie ein verdammt närrischer Kauz sind.«

Weedon Scott lächelte überlegen, stand auf und trat dicht an Wolfsblut heran. Er sprach sanft zu ihm, aber nicht sehr lange und legte dann langsam die Hand auf Wolfsbluts Kopf, indem er ihn wieder streichelnd liebkoste. Wolfsblut ließ es geschehen, heftete die Augen jedoch mißtrauisch nicht auf den ihn tätschelnden Mann, sondern auf den andern, der noch in der Türe des Blockhauses stand.

»Sie mögen wohl Ihre Sache bei den Goldgruben aus dem Grunde verstehen«, ließ sich der Hundetreiber weiter vernehmen, »aber Ihren eigentlichen Lebensberuf haben Sie doch verfehlt, als Sie in der Jugend nicht wegliefen und als Tierbändiger in einen Zirkus eintraten.« Diesmal knurrte wohl Wolfsblut wieder, aber er sprang nicht unter der Hand weg, die ihm Kopf und Rücken mit langen Strichen liebkoste.

Dies war für Wolfsblut der Anfang vom Ende seines alten Lebens und der Herrschaft des Hasses. Ein neues, unendlich schöneres Leben dämmerte herauf. Zwar erforderte es viel Nachdenken und endlose Geduld von seiten Weedon Scotts, um es fertig zu bringen; denn für Wolfsblut war es nichts Geringeres als eine vollständige Umwälzung seines Wesens. Er mußte sich den Mahnungen des Instinkts und des Verstandes verschließen, mußte der Erfahrung gegenüber treu bleiben, kurz, sein bisheriges Leben Lügen strafen. Sein früheres Leben bot nicht nur wenig Ähnlichkeit mit dem jetzigen dar, sondern es war diesem direkt entgegengesetzt, und er hatte sich in viel höherem Grade darin zurecht zu finden als damals, da er freiwillig aus der Wildnis zu dem Grauen Biber zurückgekehrt war und diesen wieder zu seinem Herrn erkoren hatte. Damals war er noch ein junges Hündchen gewesen, weich und formlos, das sich willig der Hand der Verhältnisse überlassen hatte, damit sie ihm Form verliehe. Nun war das anders. Die äußern Umstände hatten ihr Werk getan, hatten ihn hart und grimmig, unliebenswürdig und unbeliebt gemacht, kurz, zu Wolf, dem Preiskämpfer. Eine Umwandlung seines Lebens mußte darum eine völlige Wiedergeburt sein, und das zu einer Zeit, wo die Formbarkeit der Jugend vorüber, wo die Fibern seines Wesens zäh und knotig geworden waren, wo Aufzug und Einschlag des Gewebes, aus dem er gemacht war, hart, unzerreißbar und unnachgiebig erschienen, wo sein Geist eine Form von Eisen angenommen hatte, und Instinkte und Wahrnehmungen sich zu festen Grundsätzen, zu Mißtrauen, Abneigung oder Begierden verdichtet hatten.

Und wieder waren es die Umstände, die den Angelpunkt bildeten zu einer vollständigen Umkehr seines Wesens. Die Hand, die ihn zurecht knetete, die das Harte in ihm weich machte und es in eine schönere Form preßte, war die Hand Weedon Scotts. Der stieg bis in die Tiefen von Wolfsbluts Natur hinab, erweckte dort Kräfte zum Leben, die geschlummert hatten oder unterdrückt gewesen waren, und eine dieser Kräfte war die Liebe. Sie trat an die Stelle der Neigung, die früher das höchste Gefühl gewesen war, das ihn beim Verkehr mit den Menschen beseelt hatte.

Aber diese Liebe kam nicht an einem Tage. Auch sie begann mit der Neigung und entwickelte sich allmählich daraus. Wolfsblut lief nicht weg, obgleich er frei herumlaufen durfte, denn er hatte den neuen Herrn gern. Dies Leben war sicher besser als das, welches er bei Schmitt im Käfig geführt hatte, und einen Herrn mußte er doch haben, da die Unterordnung unter den Menschen ein Bedürfnis seiner Natur war. Das Siegel dieser Abhängigkeit war ihm an jenem Tage aufgedrückt worden, als er der Wildnis den Rücken kehrte und demütig vor die Füße des Grauen Biber kroch, um die gefürchteten Prügel zu bekommen und später – und diesmal unauslöschlich – als er abermals aus der Wildnis zurückkehrte, nachdem die lange Hungersnot vorbei war und es wieder Fisch im Dorfe des Grauen Biber gab.

Also blieb Wolfsblut bei Weedon Scott, weil er ihn dem schönen Schmitt vorzog und einen Herrn haben mußte, und er zeigte seine Untertänigkeit dadurch, daß er das Eigentum des Herrn bewachte. Wenn die Schlittenhunde schliefen, wanderte er um das Blockhaus herum, und der erste nächtliche Besucher hatte sich mit einem Stocke zu verteidigen, bis Weedon Scott ihm zu Hilfe kam. Bald jedoch lernte Wolfsblut Diebe von ehrlichen Leuten unterscheiden, indem er Gang und Haltung derselben beurteilte. Jemand, der mit lauten Schritten und in gerader Richtung auf die Tür des Blockhauses zukam, den ließ er unangefochten weitergehen, wenn er ihn auch scharf beobachtete, bis die Tür sich öffnete und der Herr ihn einließ; denjenigen jedoch, der leise und scheu sich umblickend in weitem Bogen heranschlich, den empfing Wolfsblut ohne langes Besinnen als Feind, und rasch und würdelos entfloh derselbe.

Weedon Scott hatte es sich zur Aufgabe gemacht, das Unrecht, das die Menschen Wolfsblut angetan hatten, wieder gutzumachen. Das war ihm eine Gewissenssache. Er fühlte, daß es eine Schuld sei, die eingelöst werden müsse. An jedem Tage machte er es sich zur Pflicht, nicht nur gut und freundlich zu Wolfsblut zu sein, sondern ihn lange, und nicht nur flüchtig, zu liebkosen und zu streicheln.

So mißtrauisch, ja feindselig er dies anfangs hingenommen hatte, so gewann er dies Streicheln nach und nach lieb. Aber eins unterließ er nicht dabei, er grollte stets von Anfang bis zu Ende. Allein in dem Grollen war ein neuer Klang. Ein Fremder hätte den nicht gehört, für den hätte das Grollen etwas urwüchsig wildes gehabt, etwas, das einem auf die Nerven fiel und das Blut gerinnen machte. Doch Wolfsbluts Kehle war durch die vielen grimmigen Laute, die er in den langen Jahren ausgestoßen hatte, rauh geworden, seitdem er das erste ärgerliche Gerassel als junges Wölflein in der Höhle hervorgebracht hatte, und er konnte diese Töne nicht mehr sanfter machen, um die freundlichen Regungen seiner Seele auszudrücken.

Dennoch war Scotts Ohr fein genug, um den neuen Klang trotz aller Wildheit darin zu entdecken, einen Klang, der etwas vom kosenden Lallen eines Kindes hatte und den sonst niemand vernehmen konnte.

Wie die Tage vergingen, entwickelte sich die Neigung bei Wolfsblut immer schneller zur Liebe. Er fühlte sie, ohne daß er wußte, was Liebe sei. Sie offenbarte sich ihm als eine Leere in seinem Innern, ein hungrige, schmerzliche Sehnsucht, die nach Befriedigung rang. Er empfand Pein und Unruhe in der Abwesenheit des neuen Herrn, nur die lebendige Gegenwart desselben konnte ihn befriedigen. Dann ging diese Liebe oft in eine wilde Freude über, die sein ganzes Wesen durchzitterte. Aber fern von dem Herrn kehrte die peinvolle Unruhe wieder, die Leere war wieder da, sie gähnte ihn an und die verlangende Sehnsucht verfolgte ihn unaufhörlich.

Wolfsblut war jetzt auf dem Wege, sein eigentliches Wesen zu finden. Trotz seiner vorgerückten Jahre, trotz der Starrheit der Form, in die er gegossen war, dehnte sich seine Natur immer mehr aus. Es war in ihm ein Wachsen, ein Entfalten ungeahnter Empfindungen, ungewohnter Triebe. Die Richtschnur seines Betragens veränderte sich. Früher hatte er seine Bequemlichkeit geliebt und jedes Unbehagen vermieden. Jetzt wurde das anders. Das neue Gefühl, das ihn beseelte, trieb ihn oft, um des Herrn willen Unbehagen und Unbequemlichkeit aufzusuchen. Statt am frühen Morgen, wie er es sonst zu tun pflegte, auf Raub herumzulaufen oder im warmen Winkel zu liegen, pflegte er nun auf den kalten Treppenstufen auf das Erscheinen des Herrn zu warten, und nachts verließ er bei der Heimkehr desselben den geschützten Platz, den er sich im Schnee gegraben hatte, um nur eine freundliche Berührung seiner Hand, ein Wort zum Gruß zu empfangen. Selbst sein Futter konnte er stehen lassen, um einen Gang mit dem Herrn nach der Stadt zu machen oder eine Liebkosung von ihm zu erhalten. Ja, Liebe hatte die Stelle der Neigung eingenommen, aber sie war auch das Senkblei gewesen, das die Tiefen seines Wesens berührt hatte, wohin die Neigung nie gedrungen war, und aus diesen Tiefen war Neues emporgestiegen, nämlich Gegenliebe. Was ihm gegeben wurde, das gab er auch reichlich wieder. Dies war für Wolfsblut wirklich ein Gott, liebevoll, warm und strahlend, und im Licht seiner Liebe entfaltete sich Wolfsbluts Wesen wie die Blume im Strahl der Sonne.

Aber seine Liebe war nicht aufdringlich. Er war zu alt, zu festgeformt, um für dies Gefühl eine ganz neue Ausdrucksweise zu finden. Seine lange Vereinsamung hatte ihn zurückhaltend, selbstgenügsam und scheu gemacht. Nie im Leben hatte er gebellt, also lernte er es auch jetzt nicht, den Herrn zum Willkommen mit Gebell zu begrüßen. Aber er war auch nie im Wege, nie im Ausdruck seiner Liebe überschwänglich und töricht. Er rannte dem Herrn nie entgegen, sondern wartete in der Entfernung, aber er war stets da und wartete immer. Seine Liebe war eine Art Verehrung, stumm und lautlos. Nur durch den stetigen Blick des Auges, womit er jeder Bewegung des Herrn folgte, drückte er dieselbe aus, und blickte der Gebieter ihn dann und wann an oder sprach zu ihm, dann zeigte er eine Art linkischer Verlegenheit, als ob er mit sich kämpfte, seine Liebe zu äußern, aber unfähig wäre, es zu tun.

Allmählich lernte er es, sich dem neuen Leben in mehr als einer Weise anzupassen. Es wurde ihm beigebracht, daß er die Hunde des Herrn zufrieden lassen müßte; doch machte er seine Herrschernatur dadurch geltend, daß er die Anerkennung seiner Überlegenheit von ihnen erzwang. Als dies geschehen war, hatten sie wenig mehr von ihm zu fürchten. Sie gingen ihm aus dem Wege, wenn er unter ihnen herumging, und gehorchten ihm. Nach und nach lernte er Matt als zum Herrn gehörig ansehen. Der Herr fütterte ihn selten, denn das war Matts Amt. Dennoch erriet Wolfsblut, daß es das Futter des Herrn wäre, womit er reichlich ernährt wurde. Als Matt versuchte, ihn anzuspannen, damit er mit den andern Hunden den Schlitten zöge, widersetzte er sich; erst als Weedon Scott ihm das Riemenzeug anlegte und ihm die Arbeit zeigte, begriff er, daß es der Wille des Herrn war, daß Matt mit ihm wie mit den andern Hunden fahren sollte.

Die Schlitten von Klondike waren von denen am Mackenzie verschieden: sie hatten Kufen. Auch wurden die Hunde anders angespannt, nicht fächerförmig gingen sie, sondern einer hinter dem andern zogen sie in doppelten Strängen. In Klondike war der Leithund wirklich ein solcher, der klügste und stärkste, und das Gespann mußte ihm gehorchen und fürchtete ihn. Daß Wolfsblut diesen Posten schnell erringen würde, war unvermeidlich. Er gab sich nicht mit weniger zufrieden, das lernte Matt unter vielem Ärger. Wolfsblut erwählte sich den Posten ganz von selber, und Matt äußerte seine Zufriedenheit mit dieser Wahl durch manchen derben Fluch, nachdem der Versuch geglückt war. Trotzdem Wolfsblut den ganzen Tag über vor dem Schlitten gearbeitet hatte, gab er nachts die Wache über des Herrn Eigentum nicht auf. Stets auf dem Posten, immer wachsam und treu, wurde er bald der wertvollste aller Hunde.

»Wenn ich so frei sein darf, mit meiner Meinung nicht hinterm Berge zu halten«, sagte Matt eines Tages, »so möchte ich mir die Bemerkung erlauben, daß Sie ein kluger Mann waren, als Sie den Preis für den Hund zahlten. Sie haben den schönen Schmitt, außerdem, daß Sie ihm das Gesicht mit der Faust bearbeiteten, reinweg begaunert.«

In Weedon Scotts Augen blitzte es zornig auf, als er grimmig murmelte: »Die Bestie!«

Im späten Frühling brach ein großer Kummer über Wolfsblut herein. Ohne eine Ankündigung, ohne eine Warnung verschwand plötzlich der Gebieter. Zwar hatte es Anzeichen gegeben, aber Wolfsblut verstand dieselben nicht; er wußte nicht, was das Packen eines Handkoffers bedeutete. Späterhin erinnerte er sich, daß ein solcher Vorgang dem Verschwinden des Herrn vorangegangen war, aber vorderhand hatte er noch keine Ahnung davon. In der ersten Nacht wartete er vergeblich auf die Rückkehr des Herrn. Der kalte Wind trieb ihn um Mitternacht, eine geschützte Stelle hinter dem Blockhaus aufzusuchen. Dort verfiel er in einen unruhigen Schlummer, indem er mit gespitzten Ohren auf den ersten Ton der bekannten Fußtritte lauschte. Allein zwei Stunden später trieb ihn die ängstliche Sorge wieder nach vorn, wo er sich auf die kalten Stufen legte, um zu warten.

Doch der Herr kam nicht. Am Morgen öffnete sich die Tür, und Matt erschien. Wolfsblut blickte ihn fragend an. Allein es gab keine Sprache, wodurch die beiden sich verständigen und wodurch er erfahren konnte, was er wissen wollte. Die Tage kamen und gingen, aber der Herr erschien nicht. Wolfsblut, der nie Krankheit gekannt hatte, fing an zu kränkeln, ja, er wurde so schwach, daß Matt ihn ins Blockhaus nehmen mußte. Darum widmete dieser, als er einst an seinen Brotherrn schrieb, Wolfsblut eine Nachschrift, und Weedon Scott las in Circle Town folgendes: »Der verdammte Wolf will nicht arbeiten. Frißt auch nicht mehr. Hat gar keinen Lebensmut. All die andern Hunde kriegen ihn unter. Er weiß nicht, was aus Ihnen geworden ist, und ich kann es ihm nicht beibringen. Am Ende stirbt er noch!«

Ja, Wolfsblut hatte Appetit und Lebensmut verloren, und die Gespannhunde fürchteten ihn nicht mehr. Er lag im Blockhause nahe am Ofen auf dem Boden, ohne sich um sein Futter, um Matt und alles rings um ihn her zu kümmern. Ob Matt freundlich zu ihm sprach oder über ihn fluchte, das war ihm alles eins. Höchstens wendete er die trüben Augen nach ihm hin, ließ aber dann den Kopf wieder auf die Vorderpfoten sinken.

Eines Abends jedoch als Matt die Lippen bewegend und leise murmelnd für sich las, überraschte ihn ein leises Gewinsel, das Wolfsblut ausstieß. Dieser hatte sich aufgerichtet, und, den Kopf nach der Tür gewendet, lauschte er aufmerksam. Einen Augenblick später hörte auch Matt Fußtritte. Die Tür öffnete sich, und Weedon Scott trat ein. Die beiden Männer schüttelten sich die Hände, dann blickte sich Scott um.

»Wo ist Wolfsblut?« fragte er.

Der aber stand an derselben Stelle, wo er gelegen hatte, nahe am Ofen. Er stürzte nicht wie andere Hunde vorwärts, sondern wartete.

»Gott im Himmel!« rief Matt aus. »Sehen Sie doch nur, er wedelt ja mit dem Schwanze.«

Weedon Scott machte ein paar Schritte auf ihn zu und rief ihn. Wolfsblut kam heran, doch nicht mit einem Satze, wenn auch schnell. Er war linkisch und verlegen, doch seine Augen hatten einen seltsamen Ausdruck. Etwas wie ein unsagbar großes und tiefes Gefühl stieg darin empor und leuchtete mit hellem Glanze daraus.

»So hat er mich die ganze Zeit, als Sie weg waren, nie angesehen«, erklärte Matt.

Weedon Scott hörte nicht auf ihn. Er hockte auf den Fersen, so daß er Wolfsblut Aug' in Auge anblicken konnte, und liebkoste ihn, indem er ihm die Ohren kraute, ihm Nacken und Schultern streichelte und ihm sanft auf den Rücken klopfte. Wolfsblut grollte als Antwort, und die kosende Note war deutlicher als je vernehmbar. Aber dies war noch nicht alles. In der hohen Freude fand die große Liebe, die in ihm emporquoll und nach Ausdruck rang, einen neuen Ausweg, um sich kundzutun. Plötzlich streckte er den Kopf vor und steckte ihn unter den Arm des Herrn tief, tief hinein, so daß nichts weiter als die Ohren zu sehen waren, und nun grollte er nicht mehr, sondern schmiegte sich nur immer tiefer hinein. – Die beiden Männer blickten einander an, und in Scotts Augen schimmerte es feucht.

»Donnerja!« sagte Matt leise und fast ehrfurchtsvoll. Dann, als er sich von seinem Staunen erholt hatte, setzte er hinzu: »Ich hab' es ja immer gesagt, der Wolf ist eigentlich ein Hund, und nun sehen Sie es ja selbst.«

Von dem Augenblick an, da der Gebieter zurückgekehrt war, erholte sich Wolfsblut rasch. Zwei Nächte und einen Tag blieb er noch drinnen, dann rannte er hinaus. Die Schlittenhunde hatten seinen Mut und seine Stärke vergessen und erinnerten sich nur noch seiner Schwäche und Krankheit. Als sie ihn aus dem Blockhaus kommen sahen, stürzten sie über ihn her.

»Wie die Verrückten!« murmelte Matt, der in der Tür stand und lächelnd zuschaute. »Nimm sie, Wolf! Gib es ihnen ordentlich!«

Aber Wolfsblut brauchte keine Ermutigung. Die Rückkehr des Gebieters hatte ihm neuen Lebensmut eingeflößt. Er raufte sich aus reiner Freude, denn er fand darin einen Ausdruck dessen, was ihn erfüllte, und was sonst keinen Ausweg fand. Das Ende vom Liede war, daß die Hunde einen schmachvollen Rückzug einschlugen und erst nach Dunkelwerden einzeln zurückgeschlichen kamen und demütig und unterwürfig ihren Gehorsam bezeigten.

Nachdem Wolfsblut gelernt hatte, den Kopf unter den Arm des Herrn zu schmiegen, machte er sich dessen oft schuldig. Es war seine höchste Liebkosung, alles was er geben konnte. Sein Kopf war dasjenige gewesen, was er immer eifersüchtig behütet hatte. Er hatte es nie gemocht, daß derselbe berührt wurde. Das war noch die Wildnis in ihm, die Furcht vor der Falle gewesen, daß er sich jeder Berührung desselben wie wahnsinnig widersetzt hatte. Der Instinkt hatte ihm zugeflüstert, daß der Kopf frei bleiben müßte. Jetzt war dies Verbergen des Kopfes unter dem Arm des Gebieters eine überlegte Handlung, durch die er sich in eine völlig hilflose Lage brachte. Es war der Ausdruck vollkommenen Vertrauens, gänzlicher Hingabe, wie wenn er damit sagen wollte: »Ich gebe mich in deine Hand, mache mit mir, was du willst.«

Eines Abends, nicht lange nach Scotts Heimkehr, saß dieser mit Matt vor dem Zubettegehen beim Kartenspiele. Matt zählte gerade die Stiche, als draußen ein gellender Schrei, von einem lauten Knurren gefolgt, ertönte. Die beiden Männer blickten sich an und sprangen auf.

»Wolf hat einen gepackt!« rief Matt aus.

Ein wilder Schrei, wie der eines Menschen in Todesangst, beschleunigte ihre Schritte.

»Bringen Sie Licht!« rief Scott, während er hinauseilte. Matt folgte mit der Lampe, und bei ihrem Schein sah er einen Menschen im Schnee auf dem Rücken liegen. Er hatte das Gesicht und den Hals mit den Armen bedeckt, um sich vor Wolfsbluts Zähnen zu schützen, was auch notwendig war, denn dieser versuchte immer wieder, ihm an die Kehle zu kommen. Der Ärmel des Rockes sowie der blauen Unterjacke aus Flanell und der des Hemdes waren in Fetzen gerissen und die Arme schrecklich zerbissen und blutüberströmt. Dies alles sahen die beiden Männer in einem Augenblick, und im nächsten hatte Weedon Scott Wolfsblut an der Kehle gepackt und zerrte ihn hinweg. Wolfsblut widersetzte sich zwar, machte jedoch keinen Versuch zu beißen und beruhigte sich auf ein scharfes Wort des Herrn hin schnell.

Matt half dem Manne auf. Als dieser auf den Beinen stand und die Arme sinken ließ, kam das bestialische Antlitz des schönen Schmitt zum Vorschein. Der Hundetreiber ließ ihn geschwind los, wie wenn er Feuer angefaßt hätte. Schmitt schaute mit zwinkernden Augen in das Licht und blickte dann um sich. Als er Wolfsblut erblickte, schoß ihm ein jäher Schreck ins Gesicht. In dem Augenblick bemerkte Matt zwei Gegenstände, die im Schnee lagen. Er leuchtete mit der Lampe dahin und wies mit dem Fuße darauf. Es war eine stählerne Kette und ein derber Knüttel. Auch Weedon Scott sah die Sachen und nickte. Kein Wort wurde dabei gesprochen, nur die Hand legte der Hundetreiber dem schönen Schmitt auf die Schulter und drehte ihn rechts um. Schmitt verstand den Wink und machte sich aus dem Staube.

Unterdessen streichelte der Gebieter Wolfsblut und sprach zu ihm. »Der wollte versuchen, dich zu stehlen, he? Und du wolltest das nicht zulassen? Ja ja, der hat sich geirrt, nicht wahr?«

Fünfter Teil

1. Kapitel. Die lange Fahrt

»Er muß gedacht haben, ein Dutzend Teufel hätten ihn in die Klauen gekriegt«, kicherte der Hundetreiber.

Wolfsblut grollte immer noch, erregt und mit gesträubtem Haar, und der tosende Ton klang noch fern und schwach, ließ sich aber allmählich immer deutlicher hören.

Es lag etwas in der Luft. Wolfsblut witterte ein nahes Unglück, bevor es noch sichtbar oder greifbar geworden war. Auf unbekannten Pfaden wurde es ihm beigebracht, er ahnte, daß eine Veränderung bevorstände. Er wußte nicht wie, noch warum, aber er erhielt die Kunde von dem Bevorstehenden von den Menschen selber. Ohne daß sie es sich erklären konnten, wie es zuging, verrieten sie ihre Gedanken dem Tiere, das draußen auf den Stufen kauerte, und das, obgleich es nicht in das Innere der Blockhütte kam, doch wußte, was im Gehirn ihrer Bewohner vorging.

»Hören Sie das bloß an!« rief der Hundetreiber eines Abends aus, als sie beim Abendbrot saßen.

Weedon Scott lauschte. Durch die Tür drang ein leises, angstvolles Stöhnen, das wie ein unterdrücktes, nur gerade hörbares Schluchzen klang. Dann kam ein langgezogenes Schnüffeln, als ob Wolfsblut sich überzeugen wollte, daß der Herr noch drinnen sei und nicht allein und geheimnisvoll wieder die Flucht ergriffen hätte.

»Ich glaube wirklich, Wolf hat Verdacht geschöpft«, sagte der Hundetreiber.

Weedon Scott blickte seinen Gefährten fast flehend an,

obgleich er kühl bemerkte: »Was zum Henker sollte ich wohl in Kalifornien mit einem Wolf anfangen?«

»Das sage ich auch«, antwortete Matt. »Was zum Henker wollen Sie mit einem Wolf in Kalifornien?«

Allein dies schien Weedon Scott nicht zufrieden zu stellen. Der andere nahm die Sache zu selbstverständlich hin.

»Die Hunde der weißen Leute können ja gar nicht gegen ihn aufkommen«, fuhr Scott fort. »Er würde sie ja sofort totmachen, und ich würde entweder durch Geldstrafen bankerott werden, oder die Behörde würde ihn mir wegnehmen und durch einen elektrischen Schlag töten.«

»Ja, er ist ein richtiger Totschläger, das weiß ich«, bestätigte der Hundetreiber.

Weedon Scott sah ihn mißtrauisch an. »Nein, es geht nicht«, sagte er dann mit Entschiedenheit.

»Es geht auch nicht«, stimmte Matt bei. »Sie müßten denn sich jemand halten, der ihn bewachte.«

Das Mißtrauen des andern verschwand, und er nickte zustimmend. In dem Schweigen, das nun entstand, hörte man vor der Tür das leise, halb schluchzende Stöhnen, dem das langgezogene, suchende Geschnüffel folgte.

»Es läßt sich allerdings nicht leugnen, daß er höllisch an Ihnen hängt«, fing Matt wieder an.

Der andere blickte in plötzlichem Ärger auf. »So hören Sie endlich auf, Mensch! Ich weiß doch, was ich zu tun habe, und was das beste ist.«

»Ich bin ja auch Ihrer Meinung – bloß –«

»Was – bloß?«

»Bloß –« begann der Hundetreiber sachte, dann brauste er plötzlich auf und sagte: »Na, Sie brauchen nicht gleich so hitzig zu werden. Man sollte wahrhaftig meinen, Sie wüßten nicht, was Sie zu tun hätten.«

Weedon Scott überlegte eine Weile, dann sagte er sanfter: »Sie haben recht, Matt. Ich weiß auch nicht, was ich tun soll, und das ist das Schlimmste an der Sache.« Dann fügte er nach einer Weile wieder heftiger hinzu: »Aber es würde doch vollkommen lächerlich sein, den Hund mitzunehmen.«

»Der Meinung bin ich ja auch«, war Matts Antwort, und wieder war sein Brotherr mit der Antwort nicht zufrieden.

»Aber wie in Teufels Namen weiß er nur, daß Sie fortreisen? Das geht über meinen Horizont!« fuhr der Hundetreiber harmlos fort.

»Über den meinen auch«, antwortete Scott und schüttelte kummervoll den Kopf.

Endlich kam der Tag, an dem Wolfsblut durch die offene Tür der Blockhütte den unheilverkündenden Handkoffer auf dem Boden stehen sah und bemerkte, wie der Gebieter denselben packte. Auch kamen und gingen viele Leute, und die einst so ruhige Atmosphäre der Blockhütte war voller Unruhe und Hast. Dies waren ohne Zweifel Anzeichen. Was Wolfsblut bis jetzt nur geahnt hatte, sah er nun mit dem Verstande ein. Der Herr schickte sich wieder zur Flucht an, und da Wolfsblut früher nicht mitgenommen worden war, so konnte er darauf gefaßt sein, abermals zurückgelassen zu werden.

In der diesem Tage folgenden Nacht brach er in ein langgezogenes Wolfsgeheul aus. Wie einst in seiner Jugend, als er aus der Wildnis geflohen und zu dem Dorfe zurückgekehrt war, um es verschwunden und nichts als einen Kehrichthaufen an der Stelle zu finden, wo das Zelt des Grauen Biber gestanden hatte, so richtete er auch nun die Nase zu den Sternen empor und klagte ihnen sein Leid. – Drinnen im Blockhause waren die beiden Männer eben zur Ruhe gegangen.

»Er hat wieder sein Futter stehen lassen«, bemerkte Matt von seinem Lager her. Von Weedon Scotts Lagerstätte kam ein Gebrumm und eine Bewegung mit den Decken.

»Wie er es damals sich zu Herzen nahm, als Sie weg waren, so sollte es mich gar nicht wundern, wenn er diesmal draufginge!«

Die Decken auf der Lagerstätte des andern raschelten ärgerlich. »So hören Sie doch endlich auf!« schrie Scott durch das Dunkel. »Sie quälen ja ärger als ein Frauenzimmer!«

»Das stimmt«, antwortete der Hundetreiber, und Weedon Scott war nicht sicher, ob der andere nicht gekichert hätte.

Am nächsten Tage wurde Wolfsbluts Ruhelosigkeit, seine Angst noch offenkundiger. Er heftete sich an die Fersen des Herrn, wenn dieser das Blockhaus verließ, und wartete draußen auf den Stufen, wenn er drinnen war. Durch die offene Tür konnte er das Gepäck auf dem Boden stehen sehen. Zu dem Handkoffer hatten sich noch zwei große Reisetaschen und ein Koffer gesellt. Matt rollte eben die Decken und den Schlafsack des Herrn in ein Wachstuch ein, und Wolfsblut winselte, als er es sah. Darauf erschienen zwei indianische Träger, und er beobachtete sie genau, als sie das Gepäck auf die Schulter luden und Matt, der Bettzeug und Handkoffer trug, den Hügel hinab folgten. Aber Wolfsblut ging nicht mit. Der Herr war ja noch drinnen, und nach einer Weile kehrte auch Matt zurück. Dann kam der Herr an die Tür und rief Wolfsblut hinein.

»Du armer Teufel!« sagte er liebevoll, indem er Wolfsbluts Ohren kraute und ihn auf den Rücken klopfte. »Ich muß auf eine weite Reise gehen, mein Alter, wohin du nicht mitkommen kannst. Nun grolle noch einmal, noch ein letztesmal zum Lebewohl.«

Allein Wolfsblut wollte nicht. Er steckte statt dessen, nachdem er suchend und fragend den Herrn angeblickt hatte, den Kopf tief unter den Arm desselben.

»Da pfeift er!« rief Matt und vom Yukon her tönte der heisere, heulende Ton der Dampfpfeife. »Sie müssen sich beeilen. Vergessen Sie nicht das vordere Tor zuzuschließen. Ich will zur Hintertür hinaus. Gehen Sie nur voran.«

Die beiden Türen schlugen zu gleicher Zeit zu, und Weedon Scott wartete, bis Matt nach vorn kam. Von der Innenseite der Tür kam ein leises Seufzen und Winseln, dann das langgezogene Schnüffeln.

»Sie müssen gut für ihn sorgen, Matt«, sagte Scott, als sie den Hügel hinuntergingen. »Schreiben Sie mir, und lassen Sie mich auch wissen, wie es ihm geht.«

»Gewiß«, antwortete der Hundetreiber. »Aber hören Sie das bloß an!«

Beide blieben stehen. Wolfsblut heulte, wie es Hunde tun, wenn ihre Herren gestorben sind. Es war eine herzzerreißende Wehklage, sie erhob sich zu lauten Jammertönen und erstarb in zitterndem Weh, dann brach sie von neuem in ein lautes, kummervolles Geheul aus.

Die Aurora war das erste Dampfboot des Jahres, das hinausfuhr, und das Verdeck war dicht gedrängt voller Abenteurer und Goldsucher, von denen manch einer Glück, manch anderer Unglück gehabt hatte, die aber alle ebenso begierig waren, wegzukommen, als sie es einst gewesen waren, anzukommen. Gleich bei der Landebrücke stand Scott und schüttelte Matt die Hand, der im Begriff war, ans Ufer zurückzukehren. Aber Matts Hand wurde plötzlich schlaff in der des andern, und sein Auge heftete sich auf etwas hinter Scotts Rücken. Scott drehte sich um. Da saß in geringer Entfernung von ihnen Wolfsblut auf dem Verdeck und blickte sie unverwandt an. Der Hundetreiber fluchte leise vor Schreck, und Scott stand starr vor Staunen.

»Hatten Sie auch die Vordertür verschlossen?« fragte Matt. Der andere nickte und fragte dagegen: »Und Sie die Hintertür?«

»Darauf können Sie Gift nehmen«, kam die kräftige Erwiderung.

Wolfsblut legte schmeichelnd die Ohren zurück, blieb aber, wo er war.

»Ich werde ihn nun ans Land bringen müssen«, und Matt machte ein paar Schritte auf ihn zu, aber Wolfsblut glitt hinweg. Der Hundetreiber lief ihm nach, aber Wolfsblut wich ihm zwischen den Menschengruppen aus und machte sich duckend, drehend und wendend die Anstrengungen zunichte, womit jener ihn fangen wollte. Als jedoch der Gebieter ihn rief, kam er rasch und gehorsam zu ihm.

»Er will nicht zu mir kommen, der ich ihn doch all die Monate hindurch gefüttert habe«, brummte der Hundetreiber tief verletzt. »Und Sie haben ihn nach den ersten paar Tagen der Bekanntschaft doch nie gefüttert. Da möchte ich doch wirklich wissen, wie er sich das zurechtlegt, daß Sie von uns beiden der Herr sind.«

Scott beugte sich plötzlich tief über Wolfsblut, den er gestreichelt hatte, und zeigte auf einige frische Wunden an der Schnauze und einen Schlitz zwischen den Augen. Auch Matt beugte sich herab und fuhr mit der Hand über Wolfsbluts Unterleib.

»Wir hatten das Fenster vergessen. Er ist unten ganz zerschlitzt und zerrissen. Er muß mit einem Satz durchgesaust sein, zum Donnerwetter!«

Allein Scott hörte nicht auf ihn. Er überlegte rasch, denn die Pfeife der Aurora gab das letzte Signal zur Abfahrt. Die Leute rannten über die Laufbrücke ans Ufer zurück. Matt löste ein Tuch vom Halse, um es Wolfsblut umzubinden.

»Leben Sie wohl, Matt, und was Wolfsblut betrifft, mein Alter, so brauchen Sie nicht über den zu schreiben. Sie sehen, ich –«

»Was!« schrie der Hundetreiber, Sie wollen doch nicht –«

»Ja, ja, ich will. Hier ist Ihr Tuch. Ich werde über ihn an Sie schreiben.«

Matt blieb auf halbem Wege auf der Laufbrücke stehen.

»Er wird das Klima nie und nimmer vertragen!« schrie er zurück, »wenn Sie ihn nicht im warmen Wetter scheeren lassen.«

Das Laufbrett wurde ans Ufer gezogen und die Aurora schwang sich in weitem Bogen zur Abfahrt herum. Weedon Scott winkte ein letztes Lebewohl hinüber. Dann drehte er sich um und beugte sich über Wolfsblut, der neben ihm stand.

»Nun grolle, du verdammter Wolf, grolle«, sagte er und streichelte den sich anschmiegenden Kopf und kraulte ihm die Ohren.

2. Kapitel. Das Südland

Wolfsblut ging in San Franzisko an Land. Er war starr vor Staunen. Tief im Innern, ohne durch Nachdenken dessen bewußt zu werden, hatte er den Menschen die Macht von Göttern zuerkannt, allein nie waren sie ihm so mächtig erschienen, als jetzt, wo er auf dem schmutzigen Pflaster von San Franzisko einhertrabte. Statt der Blockhütten, die er bisher gekannt hatte, erhoben sich himmelhohe Häuser. Gefahren aller Art lauerten in den Straßen: Wagen, Karren, Autos, ungeheure Lastfuhrwerke, von großen Pferden mühsam gezogen, während elektrische Wagen, tutend und rasselnd, in der Mitte wie Ungeheuer hin- und herschossen und immerfort drohend wie die Luchse kreischten, die er in den Wäldern des Nordens gekannt hatte. All dieses bekundete Macht, und dahinter stand der Mensch, beherrschte es und lenkte es und zwang die Dinge, seinen Willen zu tun. Es war ungeheuerlich, wunderbar, und Wolfsblut war wie betäubt. Er hatte Angst. Wie ihm einst in seiner Kindheit, als er zum erstenmal aus der Wildnis ins Dorf des Grauen Biber gekommen war, seine Kleinheit und Unbedeutsamkeit zu Gemüte geführt worden war, so fühlte er sich jetzt, erwachsen und im vollen Besitz seiner Kraft, winzig und unbedeutend. Und wie viele Menschen gab es nicht! Ihn schwindelte, die ewig wechselnde Menge um sich zu sehen. Das Getöse in den Straßen betäubte sein Ohr, die unaufhörliche Bewegung der Dinge verwirrte ihn. Niemals zuvor hatte er die Abhängigkeit von dem Gebieter zu sehr gefühlt, dem er dicht auf den Fersen folgte, und den er um keinen Preis aus den Augen verloren hätte.

Doch nur einen traumhaften Eindruck sollte Wolfsblut von der großen Stadt erhalten, eine Art Vision, die späterhin ihn in seinen Träumen wie ein Alpdruck verfolgen sollte, denn der Herr brachte ihn in einen Gepäckwagen der Eisenbahn, und dort blieb er angekettet in einer Ecke mitten unter den aufgehäuften Koffern und Handtaschen. Ein untersetzter, kräftiger Mann führte sehr lärmend hier das Regiment, warf Koffer und Kisten durcheinander, schleppte sie zur Tür hinein, türmte sie übereinander auf oder warf sie mit großem Gekrach zur Tür hinaus und den Leuten zu, die darauf warteten.

Hier in dem schrecklichen Durcheinander von Gepäckstücken hatte der Herr ihn verlassen, so dachte wenigstens Wolfsblut, bis er die Reisetaschen des Herrn neben sich ausgewittert hatte und sogleich die Wache darüber übernahm.

»Es ist Zeit, daß Sie kommen«, brummte der Mann im Packwagen eine Stunde später, als Weedon Scott an der Tür erschien. »Ihr Hund ließ mich Ihre Siebensachen nicht anrühren.«

Wolfsblut sprang hinaus. Die traumhafte Großstadt war verschwunden. Der Gepäckwagen, der, als er ihn betreten hatte, ihm wie ein Zimmer in einem Hause erschienen war, befand sich nicht mehr darin. Kein lärmendes Getöse traf sein Ohr, und vor ihm lag eine lachende Gegend in träger Ruhe im Sonnenschein. Aber er brauchte nur wenig Zeit, um sich über die Verwandlung zu wundern. Er nahm es wie all die unbegreiflichen Kundgebungen der Menschen, seiner Götter, hin; das war nun einmal ihre Weise.

Ein Wagen wartete draußen. Ein Mann und eine Frau kamen auf den Herrn zu. Die Frau streckte die Arme aus und schlang sie fest um den Nacken des Herrn – nach Wolfsbluts Meinung eine feindliche Gebärde! – und im nächsten Augenblick hatte sich Weedon Scott losgemacht und Wolfsblut gepackt, der sich wie ein Rasender gebärdete.

»Beruhige dich, Mutter«, sagte Scott, indem er Wolfsblut festhielt und ihn besänftigte. »Er hat geglaubt, du wolltest mir ein Leid antun, und das duldet er nicht. Es ist gut. Er soll es bald lernen.«

»So darf ich meinen Sohn wohl nur umarmen, wenn sein Hund nicht in der Nähe ist«, sagte die Mutter lachend, aber sie war blaß geworden und zitterte noch vor Schreck. Dann blickte sie auf Wolfsblut, der mit gesträubtem Haar knurrend und böse dreinschaute.

»Er wird es lernen müssen«, erwiderte Scott, »und er soll sogleich damit anfangen.«

Er sprach sanft zu Wolfsblut, bis dieser sich beruhigt hatte, dann gebot er mit fester Stimme: »Kusch dich, Sir, down!«

Dies hatte er Wolfsblut beigebracht, und dieser gehorchte, wenn auch widerwillig und verdrossen.

»Jetzt, Mutter!« und Scott breitete die Arme aus, heftete die Augen jedoch auf Wolfsblut.

»Down!« warnte er, »Down!« und Wolfsblut sah, schweigend und mit gesträubtem Haar, halb wie zum Sprung geduckt, wie die Umarmung wiederholt wurde.

Da aber weder aus dieser noch aus der darauffolgenden Umarmung des fremden Mannes irgend ein Unheil entsprang, so ließ es Wolfsblut geschehen, daß das Gepäck des Herrn auf den Wagen geladen wurde. Dann stiegen die Fremden ein und der Gebieter nach ihnen, und nun folgte Wolfsblut wachsam dem Wagen, indem er bald hinten nachlief, bald den schnellen Pferden vorantrabte, um zu sehen, ob auch dem Gebieter kein Leid geschehe, den sie so geschwind davontrugen.

Eine Viertelstunde später bog der Wagen in einen steinernen Torweg ein und fuhr unter dem dichten Laubdach einer doppelten Reihe von Wallnußbäumen dahin. Zu beiden Seiten erstreckten sich Rasenflächen, auf denen hier und da einige große, kräftige Eichen standen. Im Gegensatz zu dem saftigen Grün des wohlgepflegten Rasens schimmerten die Felder ringsum in bräunlichem Gold, und darüber erhoben sich gelbliche Hügel und grüne Bergwiesen. Am Ende der Rasenfläche, wo der Boden sanft anstieg, schaute das Haus mit breiter Veranda und vielen Fenstern herab. Aber Wolfsblut hatte keine Zeit, dies alles zu sehen. Kaum war der Wagen in das Tor eingebogen, als er von einem Schäferhund mit hellen Augen und spitziger Schnauze in großem Zorn angefallen wurde. Dieser rannte zwischen ihn und den Herrn und schnitt ihm den Weg ab. Wolfsblut schickte sich eben ohne ein anderes Warnungszeichen, als daß er das Haar sträubte, zum tödlichen Angriff an, als er auf halbem Wege jäh und linkisch innehielt, die Vorderbeine steif auf den Boden stemmte, um nicht das Gleichgewicht zu verlieren, und in dem eifrigen Bemühen, die Berührung mit dem andern zu vermeiden, fast auf die Hinterbeine zu sitzen kam. Denn dieser Schäferhund war eine Hündin, und das richtete zwischen ihnen eine Schranke auf, da es gegen den Instinkt gewesen wäre, wenn er sie angegriffen hätte.

Aber bei dem Schäferhund lag die Sache anders. Gerade ihres Geschlechtes wegen brauchte sie keine Rücksicht auf ihn zu nehmen, während sie als Schäferhund die instinktmäßige Furcht vor der Wildnis, und vor allem vor dem Wolfe in ungemein hohem Grade besaß, denn der Wolf war für sie der Erbfeind, der ihren Herden von der Zeit an, als Schafe einem ihrer fernen Vorahnen anvertraut gewesen waren, aufgelauert hatte. Dann sprang sie auf ihn los, als er den Angriff auf sie aufgab und sich gegen eine Berührung mit ihr stemmte. Unwillkürlich knurrte er zwar, als er ihre Zähne in seiner Schulter fühlte, aber er machte weiter keinen Versuch, ihr wehe zu tun. Er zog sich steifbeinig und verlegen zurück und bemühte sich, um sie herumzugehen, allein, wohin er sich auch drehte und wendete, sie blieb immer zwischen ihm und der Richtung, die er einschlagen wollte.

»Hierher, Collie!« rief der fremde Mann im Wagen.

Weedon Scott lachte. »Laß nur, Vater, es ist eine gute Schule. Wolfsblut wird viel zu lernen haben, und es ist ebenso gut, daß er gleich damit beginnt. Er wird sich schon darein finden.«

Der Wagen fuhr weiter, und immer noch versperrte Collie ihm den Weg. Er versuchte, sie zu überholen, indem er den Fahrweg verließ und auf dem Rasen einen Halbkreis beschrieb, allein sie lief im innern, kleineren Kreise und bedrohte ihn stets mit ihrer doppelten Reihe schimmernder Zähne. Er wandte sich nach dem Rasenplatz auf der andern Seite des Weges, doch auch hier gewann sie ihm den Vorsprung ab.

Der Wagen trug den Herrn fort, und Wolfsblut sah, wie er unter den Bäumen verschwand. Die Lage der Dinge wurde verzweifelt. Er schlug einen andern Bogen ein, aber sie folgte ihm in schnellem Laufe. Da drehte er sich plötzlich um und stieß sie mit dem alten Fechterkunstgriff tüchtig gegen die Schulter. Sie fiel nicht nur um, sondern überschlug sich mehrmals und rollte bald auf den Rücken, bald auf die Seite, indem sie in dem vergeblichen Bemühen, auf die Füße zu kommen, den Kies aufwühlte und dabei grollend aus verletztem Stolze und aus Ärger belferte und schrie.

Wolfsblut zögerte nicht. Der Weg war jetzt frei, und das war alles, was er haben wollte. Sie folgte ihm zwar immer noch mit gellendem Gebell. Doch nun, da sie in gerader Richtung liefen, hätte sie, was Schnelligkeit anbetraf, von Wolfsblut lernen können. Sie rannte wie wahnsinnig ihm nach, mit höchster Anspannung ihrer Kräfte und bellte bei jedem Satze, den sie machte, während er lautlos und ohne Anstrengung wie ein Schatten über den Boden glitt.

Als er um das Haus bog, hielt der Wagen vor der Tür, und der Herr stieg gerade aus. Da bemerkte Wolfsblut, der im schnellsten Laufe dahinschoß, daß ihm plötzlich ein Angriff von der Seite her drohte.

Ein Jagdhund stürzte auf ihn los. Wolfsblut versuchte, umzudrehen, aber er war zu sehr im Schwunge und der andere zu nahe. Der Stoß traf ihn so unerwartet von der Seite, daß Wolfsblut zu Boden geschleudert wurde und sich überschlug. Als er wieder auf den Beinen stand, bot er einen fürchterlichen Anblick dar. Die Ohren platt zurückgelegt, die Lippen emporgezogen, die Nase kraus, so schnappten die Zähne schon dicht an der Kehle des Jagdhundes zusammen.

Der Herr rannte herbei, doch war er noch weit entfernt, und es würde dem Jagdhund das Leben gekostet haben, wenn nicht Collie da gewesen wäre. Bevor Wolfsblut dem andern den tödlichen Biß beibringen konnte, kam sie an. Sie war im Laufe überholt, in ihren Absichten gehindert und schmachvoll in den Staub geworfen worden, darum wirkte ihre Ankunft wie ein Wirbelsturm, da beleidigte Würde, gerechter Zorn und instinktmäßiger Haß gegen den Räuber der Wildnis sie beseelte. Sie stieß gegen Wolfsblut im rechten Winkel, als dieser gerade im Sprunge war, und wiederum verlor er das Gleichgewicht und rollte zu Boden. Im nächsten Augenblick war aber auch der Herr da und hielt ihn mit der einen Hand zurück, während der Vater des Gebieters die andern Hunde abrief.

»Das ist ja ein hübsch warmer Empfang für einen armen, einsamen Wolf aus dem Polarlande«, sagte der Herr, während Wolfsblut sich unter seiner liebkosenden Hand beruhigte. »In seinem ganzen Leben ist er nur ein einzigesmal umgeworfen worden, und hier passiert ihm das zweimal in wenigen Sekunden.«

Der Wagen war fort und fremde Leute kamen aus dem Hause heraus. Einige hielten sich in respektvoller Entfernung, aber zwei derselben, Frauen, machten ebenfalls die feindselige Bewegung, dem Herrn um den Hals zu fallen. Wolfsblut hatte jedoch nun gelernt, das zu dulden. Es schien ja nichts Schlimmes zu sein, denn das Geräusch, das die Menschen dabei mit den Lippen machten, hatte nichts Drohendes. Auch Wolfsblut näherte man sich freundlich, aber dieser knurrte warnend, und der Herr warnte die Leute ebenfalls durch Worte. Wolfsblut drückte sich dabei dicht an den Herrn, der ihm beruhigend auf den Kopf klopfte.

Der Jagdhund war auf das Gebot: »Dick, leg' dich nieder!« die Stufen hinaufgegangen und hatte sich auf der Veranda hingelegt, indem er fortwährend brummte und mürrisch den Eindringling beobachtete. Collie war von einer der Frauen in Obhut genommen, die ihr die Arme um den Hals geschlungen hatte, indem sie ihn liebkosend streichelte. Aber Collie war außer sich und winselte ängstlich. Es empörte sie, daß man diesen Wolf hier duldete, und sie war überzeugt, daß die Menschen damit einen großen Fehler begingen.

Alle gingen die Stufen hinan, um in das Haus einzutreten. Wolfsblut folgte dem Herrn dicht auf den Fersen. Dick in der Veranda knurrte und Wolfsblut auf den Stufen sträubte das Haar und knurrte ebenfalls.

»Nimm Collie hinein und laß die andern beiden es draußen ausfechten«, schlug Scotts Vater vor. »Hernach werden sie gute Freunde sein.«

»Ach, dann wird Wolf, um Dick seine Freundschaft zu bezeigen, Hauptleidtragender beim Begräbnis sein müssen«, lachte der Herr.

Der ältere Scott blickte ungläubig erst auf Wolfsblut, dann auf Dick und schaute dann den Sohn an.

»Du meinst wirklich –«

Weedon nickte mit dem Kopfe. »Ja, ja, du würdest Dick in einer, höchstens in zwei Minuten als Leiche sehen.« Dann wandte er sich an Wolfsblut. »Komm mit, du Wolf. Diesmal mußt du hinein.«

Wolfsblut schritt steifbeinig die Stufen hinan und über die Veranda. Er hielt Kopf und Schwanz hoch erhoben und heftete die Augen fest auf Dick, um gegen einen Angriff von der Seite geschützt zu sein, während er auch gegen etwaige unbekannte Schrecknisse, die aus dem Innern des Hauses auf ihn losstürzen könnten, auf der Hut blieb. Aber nichts geschah, und so schaute er sich, als er drinnen war, prüfend und suchend um, ohne etwas Besorgniserregendes zu entdecken.

Dann legte er sich mit zufriedenem Seufzer zu den Füßen des Herrn nieder, beobachtete alles, was um ihn vorging, und war immer bereit, aufzuspringen und mit dem Furchtbaren, das unter dem verräterischen Dache eines Hauses notwendigerweise lauern mußte, um sein Leben zu kämpfen.

3. *Kapitel. Des Herrn Besitztum*

Wolfsblut besaß nicht nur die natürliche Anlage, sich den Dingen anzupassen, sondern er hatte auch gelernt, da er viel in der Welt herumgekommen war, daß man sich fügen und schicken müsse. In Sierra Vista, wie Richter Scotts Besitztum hieß, fühlte er sich bald heimisch. Mit den anderen Hunden hatte er keine ernstliche Fehde. Sie wußten besser als er, was sich für Hunde im Südlande schickte, und er hatte in ihren Augen ein Ansehen gewonnen, als man ihn gleich anfangs ins Haus nahm. Wenn er auch ein Wolf und es ungewöhnlich war, daß man ihn um sich duldete, so mußten Hunde sich dem Willen ihrer Herren unterwerfen. Dick tat anfangs notwendigerweise etwas steif, nachdem er Wolfsblut ruhig als neues Mitglied des Haushalts hingenommen hatte, allein er würde bald mit ihm Freundschaft geschlossen haben, wäre es nach seinem Willen gegangen. Doch Wolfsblut liebte keine Freundschaften. Was er von andern Hunden verlangte, war, daß man ihn in Ruhe ließe. Sein Lebtag hatte er sich von ihnen ferngehalten, und das wünschte er auch weiter zu tun. Dicks freundliches Entgegenkommen war ihm unangenehm, und er knurrte so lange, bis jener wegging. Im Norden hatte er gelernt, er müsse des Herrn Hunde in Ruhe lassen, und er hatte das nicht vergessen. Aber er bestand darauf, daß man auch ihn in Ruhe ließe, und übersah Dick so vollständig, daß der gutmütige Jagdhund ihn aufgab und an ihm ebensowenig Interesse zeigte, wie an dem Pfahl neben der Stalltür.

Anders verhielt es sich mit Collie. Wenn sie seine Gegenwart auch duldete, weil ihre Herren es so haben wollten, so war das noch kein Grund, warum sie ihn in Ruhe lassen sollte. Ihrem Wesen war die Erinnerung an zahllose Verbrechen, die sein Geschlecht gegen ihre Vorfahren begangen hatte, so eingewachsen, daß sie nicht an einem Tage, ja, ihr Leben lang nicht, die beraubten Schafhürden vergessen konnte. Dies war ein Sporn, der sie zur Rache antrieb. Gegen ihre Herren, die Wolfsblut duldeten, durfte sie sich nicht widersetzen, aber das hinderte sie nicht daran, ihm das Leben sauer zu machen. Es bestand zwischen ihr und ihm eine vielhundertjährige Fehde, und sie wenigstens wollte dafür sorgen, daß er dessen eingedenk bliebe. Also trumpfte sie auf ihr Geschlecht, um ihn zu quälen und zu verfolgen. Sein Instinkt erlaubte ihm nicht, sie anzurühren, und doch konnte er ihre beharrliche Verfolgung nicht übersehen. Wenn sie auf ihn losstürzte, so kehrte er ihren scharfen Zähnen die dickbepelzte Schulter hin und schritt steifbeinig und würdevoll davon. Setzte sie ihm zu sehr zu, so ging er im Kreise um sie herum, Gesicht und Schulter immer ihr zugewendet, wobei ein geduldiger, fast gelangweilter Ausdruck in seine Augen kam. Manchmal auch beschleunigte ein Biß von ihr in eines seiner Hinterbeine seinen Rückzug, der dann durchaus nicht würdevoll aussah, in der Regel aber bewahrte er seine fast feierliche Würde. Am liebsten nahm er keine Notiz von ihr und ging ihr aus dem Wege. Hörte oder sah er sie kommen, so stand er auf und ging fort.

Allein es gab noch so viel anderes für Wolfsblut zu lernen. Das Leben im Nordland war einfach zu nennen gewesen, mit den verwickelten Regeln und Gesetzen in Sierra Vista verglichen. Zuerst hatte er die Familie des Herrn kennen zu lernen. Allerdings hatte er schon Ähnliches gekannt, und wie Mitsah und Klukutsch zum Grauen Biber gehört, seine Mahlzeiten, sein Feuer und sein Bett geteilt hatten, ebenso gehörten jetzt die Bewohner von Sierra Vista zu dem Herrn. Aber hier gab es doch Unterschiede. Sierra Vista war weit größer als das Zelt des Grauen Biber. Viele Personen waren zu berücksichtigen. Zuerst Richter Scott und seine Frau, dann Betty und Mary, die beiden Schwestern des Herrn, dann Alice, seine Frau, und Weedon und Maud, seine Kinder, kleine Dinger von vier und sechs Jahren. Niemand konnte ihm erklären, in welchem Verwandtschaftsgrade sie zu dem Herrn ständen, außerdem, was wußte er von Bluts- oder anderer Verwandtschaft? Doch begriff er bald, daß sie zu ihm gehörten. Auch lernte er nach und nach, wenn die Gelegenheit sich darbot, durch Beobachtung und Gebärden, Reden und den Ton der Stimme, in welch verschiedenem Grade die Personen dem Herrn wert und teuer wären, und behandelte sie danach. Was dem Herrn lieb war, war es auch ihm, und er wachte darüber sorgsam.

So war es mit den beiden Kindern. Sein Lebtag hatte er Kinder nicht gemocht. Er haßte und fürchtete ihre kleinen Hände. Es waren nicht zarte Lektionen gewesen, die er von ihrer Tyrannei und Grausamkeit in den Tagen erhalten hatte, als er in den Indianerdörfern gelebt hatte. Als der kleine Weedon und die kleine Maud sich ihm zuerst näherten, hatte er warnend gegrollt und sie böse angesehen. Doch ein Knuff des Herrn und ein scharfes Wort hatten ihn bewogen, ihre Liebkosungen zu gestatten, aber er grollte unter den winzigen Händchen immer weiter, und es war kein kosender Ton in dem Grollen. Später bemerkte er, daß die Kinder dem Herrn sehr teuer wären, und dann war kein Knuff und kein scharfes Wort mehr nötig, damit sie ihn streicheln durften. Allerdings zeigte sich Wolfsblut nie überschwänglich liebevoll. Er begrüßte die Kinder des Herrn nicht gerade freundlich, aber er war auch nicht tückisch und nahm ihre Neckereien hin, wie man eine schmerzhafte Operation über sich ergehen läßt. Konnte er es nicht länger ertragen, so pflegte er aufzustehen und festen Schrittes wegzugehen. Aber nach einiger Zeit fing er an, die Kinder gern zu haben, allerdings nicht in auffälliger Weise. Er ging ihnen nicht entgegen, aber er ging auch nicht fort, wenn er sie kommen sah, sondern wartete auf sie. Noch später bemerkte man, daß ein freundlicher Glanz in seine Augen kam, wenn er sie erblickte, und daß er ihnen mit einer

Art von sonderbarem Bedauern nachschaute, wenn sie ihn um eines andern Zeitvertreibs willen verließen.

Dies alles kam jedoch erst ganz allmählich. Nächst den Kindern stand Richter Scott am höchsten in seiner Gunst. Möglicherweise gab es dafür zwei Gründe: erstens weil der Herr ihn augenscheinlich sehr hoch schätzte, und zweitens weil er sich ihm nicht aufdrängte. Auf der breiten Veranda lag Wolfsblut ihm gern zu Füßen, wenn jener die Zeitung las und ihn von Zeit zu Zeit mit einem Wort oder Blick bedachte, zum Zeichen, daß er sich seiner Gegenwart erinnerte. Aber dies geschah nur, wenn der Herr nicht da war; erschien dieser, so war für Wolfsblut niemand anderes da. Er erlaubte den Mitgliedern der Familie wohl, daß sie ihn streichelten und verwöhnten, aber nie zeigte er sich ihnen gegenüber wie gegen den Herrn. Keine Liebkosung der andern konnte seiner Kehle den kosenden Ton entlocken, und keiner konnte ihn dazu bewegen, den Kopf zu verstecken. Diesen Ausdruck völliger Hingebung, völligen Vertrauens hatte er nur für den Gebieter übrig, und die Mitglieder der Familie erblickte er nur in dem Lichte, daß sie zu ihm gehörten.

Bald lernte Wolfsblut einen Unterschied zwischen der Familie und den Dienstboten zu machen. Diese fürchteten sich vor ihm, und er ließ sie in Ruhe, weil sie ebenfalls zum Herrn gehörten. Aber es war nur ein Zustand der Neutralität zwischen ihnen – nichts weiter. Sie kochten, sie wuschen für den Herrn und taten andere Dinge für ihn, so wie es Matt in Klondike getan hatte, kurz, sie gehörten zum Hause.

Doch außerhalb des Hauses gab es viel für ihn zu lernen. Das Besitztum des Herrn war groß, aber es hatte seine Grenzen, denn es hörte an der Straße auf. Darüber hinaus gab es noch Straßen und Wege, die gemeinsames Eigentum aller waren, und hinter Hecken und Zäunen lagen die Besitzungen anderer Leute. Zahllose Gesetze, die man beachten mußte, regelten dies alles, und, da er die Sprache der Menschen nicht verstand, so konnte er nur durch Erfahrung diese Gesetze lernen. Also gehorchte er seinen Trieben, bis er gegen ein Gesetz verstieß, und war dies mehreremale geschehen, so lernte er das Gesetz beobachten.

Das wirksamste Erziehungsmittel war ein Puff von der Hand des Gebieters oder ein tadelndes Wort aus seinem Munde. Bei der großen Liebe, die er für diesen hegte, schmerzte ihn ein Puff mehr, als die ärgsten Prügel, die ihm je der Graue Biber oder der schöne Schmitt erteilt hatte. Die hatten ihm nur körperlich wehe getan, im Herzen aber hatte er sich wütend dagegen empört. Der Puff des Herrn jedoch war stets zu leicht, um wehe zu tun, aber derselbe ging tiefer. Es war der Ausdruck des Mißfallens des Herrn und gab ihm jedesmal einen Stich ins Herz. Allerdings war der Puff nur selten nötig, da die Stimme des Herrn genügte. Aus ihrem Klange wußte Wolfsblut, ob er recht oder unrecht getan hätte, und er richtete danach sein Betragen ein. Dies war der Kompaß, nach dem er steuerte, um Sitten und Gebräuche eines neuen Lebens und Landes zu lernen.

Im Lande des Nordens war der Hund das einzige Haustier gewesen. Alle andern Tiere hatten in der Wildnis gelebt und waren, wenn sie nicht zu groß gewesen, seine rechtmäßige Beute geworden. Sein Lebenlang hatte Wolfsblut dieselben verfolgt und verzehrt, also kam es ihm nicht in den Sinn, daß es im Süden anders sein könne. Bald jedoch sollte er dies im Tal von Santa Clara kennen lernen. Als er einst früh am Morgen um die Ecke des Hauses bog, begegnete ihm ein Hühnchen, das aus dem Hühnerhof entwischt war. Wolfsbluts Instinkt trieb ihn an, es zu verzehren. Er machte ein paar Sätze, ließ seine Zähne blitzen, und das erschreckte, schreiende Hühnchen war gepackt. Es war gut gemästet, fett und zart, und Wolfsblut leckte sich das Maul, so vortrefflich hatte es ihm geschmeckt. Später am Tage fand er abermals ein verirrtes Hühnchen nahe am Stalle. Ein Stallknecht eilte zu dessen

Rettung herbei. Aber er hatte von Wolfsbluts Abstammung keine klare Idee und ergriff als Waffe eine schwache Peitsche. Wolfsblut ließ beim ersten Peitschenhieb, der ihn traf, das Hühnchen fahren und wandte sich gegen den Mann. Ein Knüttel hätte ihn vielleicht aufgehalten, doch nicht eine Peitsche. Ohne Laut und ohne sich zu krümmen, nahm er einen zweiten Hieb im Sprunge hin, indem er dem Manne an die Kehle fuhr, der laut aufschrie und zurücktaumelte. Dabei ließ derselbe die Peitsche fallen und schützte das Gesicht mit dem Arm, der bis zum Knochen aufgerissen wurde.

Der Mann war aufs Furchtbarste erschrocken, nicht so sehr über die Grimmigkeit als über die Lautlosigkeit des Angriffs. Während er Gesicht und Hals mit dem arg zerfleischten blutenden Arm verdeckte, suchte er den Schutz eines Schuppens zu gewinnen. Doch es wäre ihm schlimm ergangen, hätte sich Collie nicht ins Mittel gelegt. Wie sie Dick einst das Leben gerettet hatte, so rettete sie nun das des Stallknechts. In wahnwitziger Wut stürzte sie auf Wolfsblut los. Also hatte sie doch recht behalten, war sie doch klüger als die verblendeten Menschen gewesen! Ihr Argwohn war gerechtfertigt, der alte Räuber war wieder bei den üblichen Streichen!

Der Stallknecht war in den Schuppen geflüchtet, während Wolfsblut vor Collies scharfen Zähnen zurückwich, wobei er ihr die Schulter zukehrte und sich im Kreise drehte. Aber Collie gab die Verfolgung nicht wie sonst nach kurzer Zeit auf; im Gegenteil wurde sie immer erregter und ingrimmiger, bis Wolfsblut am Ende seine Würde vergaß und ganz offen das Hasenpanier ergriff und in die Felder entfloh.

»Er wird es schon lernen, daß er die Hühner in Ruhe lassen muß«, sagte der Herr. »Aber ich kann es ihm erst beibringen, wenn ich ihn auf frischer Tat ertappe.«

Zwei Tage später geschah dies, aber es kam in ganz anderer Weise, als der Herr es sich gedacht hatte. Wolfsblut hatte den Hühnerhof und die Gewohnheiten seiner Bewohner genau studiert. Als diese nachts zur Ruhe gegangen waren, kletterte er auf einen frisch aufgeschichteten Holzhaufen, erreichte von dort das Dach des Hühnerstalles, kroch darüber hinweg und sprang auf der andern Seite in den Hof. Einen Augenblick später war er im Stalle und dann begann das Gemetzel.

Am Morgen, als der Herr auf die Veranda hinaustrat, begrüßten sein Auge fünfzig weiße Hühnchen, die der Stallknecht in einer Reihe hingelegt hatte. Er pfiff leise vor sich hin, halb aus Überraschung, halb aus Bewunderung. Auch Wolfsblut begrüßte ihn, und ohne eine Spur von Scham oder Schuldbewußtsein. Im Gegenteil war seine Haltung stolz, als hätte er ein lobenswertes und verdienstliches Werk vollbracht. War er sich einer Sünde doch nicht bewußt! Der Herr biß sich auf die Lippe, als er an die unangenehme Aufgabe ging. Er sprach strenge zu dem ahnungslosen Missetäter, und in seiner Stimme klang heftiger Zorn, während er Wolfsbluts Nase auf die ermordeten Hennen niederhielt und ihm dabei einige derbe Püffe versetzte.

Von der Zeit an plünderte Wolfsblut nie wieder einen Hühnerhof; das wäre ja gegen das Gesetz gewesen, das er gelernt hatte. Darauf nahm ihn der Herr auf den Hühnerhof mit. Wolfsbluts Instinkt, wenn er die lebendige Speise um sich und vor seiner Nase herumflattern sah, war, darauf loszuspringen, doch jedesmal, wenn er dem Triebe folgen wollte, hielt des Herrn Stimme ihn zurück. So blieben sie eine halbe Stunde lang dort, und ehe er das Reich der Hennen verlassen, hatte er gelernt, daß er sie unbehelligt lassen müßte.

»Du kannst keinen Hund dahin bringen, daß er die Hühner in Ruhe läßt«, sagte bei Tische Richter Scott, als der Sohn ihm die Lektion erzählte, welche er Wolfsblut gegeben hatte, und schüttelte dabei ernst den Kopf. »Hat einer erst mal Blut geleckt, so –« und abermals schüttelte er ernst das Haupt.

Aber Weedon Scott war nicht der Meinung. »Ich werde dir etwas sagen, Vater«, schloß er endlich den Streit. »Ich werde Wolfsblut den ganzen Nachmittag über bei den Hühnern einschließen.«

»Aber so bedenke doch die armen Hühner«, warf der Richter ein.

»Außerdem«, fuhr der Sohn fort, »werde ich dir für jedes Huhn, das er totbeißt, einen Dollar in Gold zahlen.«

»Aber Vater muß auch, wenn er verliert, Strafe zahlen«, mischte sich Betty ein.

Die Schwester stimmte ihr bei und jubelnder Beifall erhob sich um den ganzen Tisch. Richter Scott nickte zustimmend: »Schön!«

Weedon Scott sann einen Augenblick nach, dann sagte er: »Wenn Wolfsblut im Lauf des Nachmittags keinem Huhn ein Leid zufügt, so sollst du für jede zehn Minuten, die er im Hühnerhof zugebracht hat, ernst und bedächtig, als ob du zu Gericht säßest und das Urteil sprächest, zu ihm sagen: ›Wolfsblut, du bist doch klüger als ich geglaubt habe.‹«

Von einem Versteck aus beobachtete die Familie die Probe, die als Schauspiel eine Enttäuschung brachte. Kaum sah sich Wolfsblut im Hühnerhof eingeschlossen und von dem Herrn verlassen, so legte er sich nieder und schlief. Einmal nur stand er auf und ging an den Trog, um zu trinken, aber um die Hühner kümmerte er sich nicht; die schienen für ihn gar nicht da zu sein. Gegen vier Uhr nahm er einen Anlauf, sprang auf das Dach des Hühnerstalles und auf der andern Seite hinab und schritt gravitätisch dem Hause zu. Er hatte seine Lektion gelernt, und auf der Veranda sagte Richter Scott vor der jubelnden Familie sechzehnmal langsam und feierlich: »Wolfsblut, du bist doch klüger als ich geglaubt habe.«

Allein es gab so viele Gesetze, daß es kein Wunder war, wenn Wolfsblut dann und wann dagegen verstieß. Er hatte auch zu lernen, daß er die Hühner anderer Leute nicht anrühren dürfe. Ferner gab es Katzen, Kaninchen und Puten, die er in Ruhe lassen mußte. Kurz, er hatte den Eindruck, als ob er alle lebendigen Geschöpfe unbehelligt lassen müßte. Wenn draußen auf einer Wiese eine Wachtel vor seiner Nase aufflatterte, so stand er vor Begierde zitternd zum Sprunge bereit da, aber er bezwang sich, um dem Willen des Gebieters gehorsam zu sein.

Eines Tages jedoch sah er, wie Dick auf der Wiese ein wildes Kaninchen aufscheuchte und verfolgte. Der Herr sah zu und legte sich nicht ins Mittel, sondern ermunterte noch Wolfsblut, an der Jagd teilzunehmen. Also merkte er, daß die wilden Kaninchen vogelfrei seien und daß nur zwischen Haustieren keine Feindschaft, und wenn auch nicht Freundschaft, doch Neutralität, herrschen müsse. Aber andere Tiere, wie Eichhörnchen, Wachteln und wilde Kaninchen, waren Geschöpfe der Wildnis und hatten dem Menschen keine Treue geschworen. Darum waren sie für einen Hund rechtmäßige Beute. Doch die zahmen Tiere schützte der Mensch; darum war mit ihnen allen tödliche Fehde verboten. Denn der Mensch hielt die Gewalt über Leben und Tod dieser seiner Untertanen in den Händen und war eifersüchtig darauf.

Das Leben im Tal von Santa Clara war mit dem einfachen im Polarland verglichen höchst verwickelt. Was im Labyrinth der Zivilisation hauptsächlich verlangt wurde, war Selbstbeherrschung – eine Gewalt über sich selber, so zart wie die Flügel eines Schmetterlings und so fest und stark wie Stahl. Das Leben hatte hier ein tausendfaches Antlitz, und Wolfsblut sah ein, er müsse all den verschiedenen Gesichtern begegnen, wenn er zum Beispiel nach San Jose in die Stadt kam, wo er hinter dem Wagen herlief oder sich in den Straßen umhertrieb, wenn derselbe hielt. Das Leben floß dort wie ein breiter, tiefer Strom in mannigfachen Windungen an ihm vorüber, beschäftigte fortwährend seine Sinne, forderte augenblickliche und unendlich schnelle Entschlüsse, und zwang ihn fast immer, den natürlichen Trieben zuwider zu handeln.

Da gab es Fleischerläden, wo das Fleisch im Bereich seiner Zähne hing; dennoch durfte er es nicht anrühren. Vor den Häusern, in denen der Herr Besuche machte, gab es Katzen, die er in Ruhe lassen mußte, und überall waren Hunde, die ihn anknurrten, an denen er sich nicht vergreifen durfte. Auf den belebten Bürgersteigen wanderten zahllose Personen, deren Aufmerksamkeit er erregte. Sie pflegten stehen zu bleiben und ihn anzuschauen, mit dem Finger auf ihn zu weisen, zu ihm zu sprechen, und was das Schlimmste war, ihn zu streicheln. Die gefährliche Berührung von all den fremden Händen mußte er ertragen lernen, und er tat es, und was mehr war, er überwand dabei seine linkische Verlegenheit. Von oben herab nahm er die Aufmerksamkeiten der vielen, vielen fremden Menschen hin. Herablassend verhielt er sich gegen ihre Herablassung, doch war an ihm etwas, was allzu große Vertraulichkeit verbot. Man klopfte ihm wohl auf den Kopf, aber ging weiter, zufrieden und froh über die eigene Kühnheit.

Allein manches wurde ihm doch schwer. Wenn er so in den Vorstädten von San Jose hinter dem Wagen hertrabte, traf er manchmal kleine Jungen, die sich ein Vergnügen daraus machten, ihn mit Steinen zu werfen. Er wußte, er durfte sie nicht verfolgen und niederwerfen, und mußte so dem Instinkt der Selbsterhaltung Gewalt antun, aber er tat es, weil er immer zivilisierter und zahmer wurde. Nichtsdestoweniger fühlte er sich damit nicht einverstanden. Er hatte von Gerechtigkeit und Billigkeit keine abstrakte Vorstellung, aber in jedem lebenden Wesen wohnt ein Gerechtigkeitsgefühl, und es empörte ihn, daß er sich gegen solche Jungen nicht verteidigen durfte. Er vergaß, daß in dem Bündnis, das er mit dem Menschen gemacht hatte, dieser sich verpflichtet hatte, für ihn zu sorgen und ihn zu beschützen. Also sprang auch eines Tages der Herr mit der Peitsche in der Hand vom Wagen herab und gab den Knaben, die Wolfsblut mit Steinen warfen, eine tüchtige Tracht Prügel. Von nun an hörten sie auf, diesen mit Steinen zu werfen, und Wolfsblut verstand und war zufrieden.

Bald darauf machte er eine Erfahrung ähnlicher Art. Auf dem Wege zur Stadt lungerten bei einem Wirtshause am Kreuzwege stets drei Hunde, die sich ein Vergnügen daraus machten, über ihn herzustürzen, wenn er vorüberkam. Aber der Herr, der Wolfsbluts tödliche Kampfesweise kannte, hatte es ihm eingeschärft, daß er nicht kämpfen dürfe, und Wolfsblut hatte die Lektion zwar wohl begriffen, aber es kam ihn doch hart an, gleichmütig an der Schenke vorüberzukommen. Allerdings scheuchte sein Knurren die drei Hunde nach dem ersten Ansturm zurück, aber sie rannten mit wütendem Gebell noch eine lange Weile hinter ihm her, und das ärgerte und kränkte ihn.

Eine lange Zeit ertrug er alles ruhig, dann fingen die Leute in der Schenke an, die Hunde auf ihn zu hetzen. Als sie dies eines Tages ganz offen taten, hielt der Herr den Wagen an und rief Wolfsblut zu: »Nimm sie!« Dieser jedoch wollte es nicht glauben. Er blickte den Herrn an, dann die Hunde und schaute wieder fragend und eifrig zum Herrn zurück.

»Nimm sie, mein Alter!« sagte er und nickte mit dem Kopfe. »Friß sie auf mit Haut und Haar.«

Da zögerte Wolfsblut nicht länger. Er kehrte um und ohne einen Laut sprang er unter die Feinde. Alle drei griffen ihn an. Ein furchtbares Knurren und Grollen ließ sich hören, die Zähne blitzten, die Leiber drehten sich wild durcheinander. Der Staub auf der Straße erhob sich in dichten Wolken und verhüllte den Kampf, aber nach wenigen Minuten lagen zwei Hunde in den letzten Zügen am Boden, und der dritte hatte eilig die Flucht ergriffen. Wolfsblut folgte ihm mit Wolfeseile und nach Wolfesart rasch und lautlos über einen Graben und durch einen Drahtzaun, er holte ihn mitten auf dem Felde ein und machte ihm den Garaus.

Mit diesem dreifachen Siege endigten die hauptsächlichsten Belästigungen, die er von andern Hunden erfuhr. Das Gerücht von dem Kampfe verbreitete sich im ganzen Tal, und die Leute sorgten dafür, daß ihre Hunde den streitbaren Wolf in Ruhe ließen.

4. Kapitel. Die Stimme des Blutes

Die Monate kamen und gingen. Es gab im Lande des Südens reichliches Futter und wenig Arbeit, und Wolfsblut lebte im Überfluß und war zufrieden. Nicht nur war das Land der geographischen Lage nach Süden, sondern für ihn war es auch ein Südland des Lebens. Menschliche Güte war ihm eine leuchtende Sonne geworden, und er gedieh unter ihrem Strahl wie eine Pflanze in gutem Boden.

Dennoch war und blieb er anders als andere Hunde. Er kannte die Regeln und Gesetze des zivilisierten Landes besser als die, die kein anderes Leben gekannt hatten, und er beobachtete sie auch strenger, aber es lauerte noch etwas Wildes in seinem Wesen, als sei das Leben der Wildnis noch nicht in ihm erstorben, als schliefe nur der Wolf in ihm. – Nie befreundete er sich mit andern Hunden; so einsam wie er gelebt hatte, lebte er auch weiter. In seiner Jugend hatte er durch die Verfolgung Liplips und der jungen Hunde eine entschiedene Abneigung gegen seinesgleichen gefaßt. Der natürliche Lauf seines Lebens war abgelenkt worden, und er hatte sich, von den Seinen zurückgestoßen, an den Menschen angeschlossen. Auch blickten die Hunde des Südlandes mit Argwohn auf ihn. Er weckte die instinktmäßige Furcht vor der Wildnis in ihnen, und sie begrüßten ihn stets mit Geknurr und mit Brummen und in feindseliger Haltung. Er sah jedoch bald ein, daß er ihnen nur die Zähne zu zeigen brauchte. Seine drohende Miene genügte, um einen mit lautem Gebell auf ihn losstürmenden Hund zu schleunigem Rückzug zu bringen.

Aber einen dunklen Punkt gab es in Wolfsbluts Leben, und das war Collie. Sie ließ ihn keinen Augenblick in Frieden. Sie beugte sich unter das Gesetz nicht so gehorsam wie er. Sie widerstand allen Bemühungen des Herrn, sie mit

Wolfsblut zu befreunden. Ihr scharfes, gereiztes Knurren verfolgte ihn überall. Sie konnte ihm den Mord der Hühner nie vergeben, und sie hielt hartnäckig an dem Glauben fest, daß er schlimme Absichten habe. In ihren Augen war er von vornherein schuldig, und demgemäß behandelte sie ihn. Sie wurde ihm zur Qual seines Lebens, sie folgte ihm wie ein Häscher überall hin, um die Ställe und in den Garten, und wenn er ein Täubchen oder ein Hühnchen nur neugierig anblickte, so erhob sie ein lautes, wütendes Gebell. Gewöhnlich nahm er von ihr keine Notiz; doch trieb sie es zu arg, so legte er den Kopf auf die Vorderpfoten und tat, als schliefe er. Dies schloß ihr dann den Mund.

Mit Ausnahme von Collie ging alles gut für Wolfsblut; er lernte Selbstbeherrschung und Gehorsam, und die Folge davon war ein gesetztes, anständiges Benehmen und philosophische Ruhe. Er lebte nicht mehr in einer ihm feindseligen Umgebung. Gefahr, Schmerz und Tod lauerten ihm nicht mehr überall auf. Mit der Zeit verblaßte die Idee des Unbekannten als etwas, das schreckt und droht, und das neue Leben wurde sanft und leicht. Es floß glatt dahin, keine Angst vor Feinden beunruhigte ihn. Ohne sich dessen bewußt zu werden, vermißte er nur den Schnee. Hätte er seinen Gedanken Worte verleihen können, so hätten sie gelautet: »Was für ein ungewöhnlich langer Sommer!« Aber es geschah doch in unbestimmter, unklarer Weise, daß er den Schnee vermißte. Im Sommer, wenn er unter der heißen Sonne litt, trieb ihn eine unklare Sehnsucht nach dem Lande des Nordens ruhelos und rastlos umher, ohne daß er eigentlich wußte, was ihm fehlte.

Es war ihm nicht gegeben, seine Liebe sehr zu zeigen; nur durch Anschmiegen und den kosenden Ton in seinem Grollen konnte er derselben Ausdruck geben, aber er sollte noch eine Äußerung dafür lernen. Er war stets empfindlich gegen das Gelächter der Menschen gewesen. Es hatte ihn wütend, ja, rasend gemacht. Auf den Gebieter nur konnte er nicht böse werden, wenn dieser in gutmütig neckender Weise ihn auslachte. Zwar wußte er dann nicht, was er tun solle, denn der frühere Ärger stieg in ihm auf, konnte jedoch nichts gegen die Liebe machen. Da er nicht ärgerlich werden konnte, so versuchte er es mit der Würde; aber je gravitätischer er wurde, desto ärger lachte der Herr. Endlich gab er es auf, öffnete den Mund ein wenig, so daß die Lippen sich teilten, während ein sonderbarer Ausdruck in seine Augen kam, der mehr von Liebe als von Vergnügen an sich hatte, und so hatte er lachen gelernt.

Ebenso lernte er auch mit dem Herrn tollen, indem er zur Erde geworfen und herumgekollert wurde und zahllose ähnliche Späße hinnehmen mußte. Dann stellte er sich zornig, sträubte das Haar, knurrte ingrimmig und schnappte mit den Zähnen, als ob es ihm völlig Ernst sei. Aber er vergaß sich nie. Stets schnappte er in die leere Luft, und am Ende des Spiels, wenn Schlag und Puff und Knurren und Zähnefletschen schnell und anscheinend wütend ausgetauscht worden waren, dann pflegten Herr und Hund plötzlich inne zu halten, und in geringer Entfernung voneinander schauten sie sich gegenseitig an, und dann, wie wenn die Sonne aus stürmischem Meer emporsteigt, lachten sie. Das Ende vom Liede war, daß der Herr Wolfsblut die Arme um den Hals und die Schultern legte, und daß dieser sein Liebesgrollen anstimmte.

Niemals jedoch gestattete Wolfsblut, daß ein anderer mit ihm tollte. Dann ging er aus seiner Würde nicht heraus, und setzte man ihm zu sehr zu, so war sein Knurren und sein gesträubtes Haar kein Spaß mehr. Daß er dem Herrn dies erlaubte, war noch kein Grund, daß er sich mit jedermann gemein machen, einen jeden lieb haben und mit jedermann zum Zeitvertreib tollen sollte. Er liebte nur Einen, und sich und seine Liebe wollte er nicht herabwürdigen.

Der Herr ritt sehr viel aus, und Wolfsbluts Hauptbeschäftigung war, ihn auf seinen Ritten zu begleiten. Im Nordlande hatte er seine Dienstbarkeit als Zugtier bewiesen, aber hier im Süden gab es weder Schlitten, noch trugen die Hunde Lasten auf dem Rücken. So diente er dem Herrn dadurch, daß er neben dem Pferde herlief. Doch selbst der längste Ritt ermüdete Wolfsblut nie. Mit dem echten Wolfsschritt, leicht, mühelos und gleitend, pflegte er nach einem zehn Meilen langen Lauf frisch und munter dem Pferde voranzutraben.

Bei einem dieser Ritte fand Wolfsblut noch eine Äußerung seiner Gefühle, und das Merkwürdige dabei war, daß er dieselbe nur zweimal im Leben anwandte. Das erstemal geschah es, als der Herr einem mutigen Vollblut beizubringen versuchte, wie man Gattertüren, ohne abzusteigen, öffnen und schließen konne. Immer wieder brachte er das Pferd an das Tor, um es zu schließen, und jedesmal scheute dasselbe, bäumte sich und sprang zurück. Es wurde immer unruhiger, denn der Herr setzte ihm, wenn es sich bäumte, die Sporen ein, worauf es die Vorderbeine auf die Erde stemmte und mit den Hinterbeinen ausschlug.

Wolfsblut beobachtete den Vorgang mit wachsender Unruhe, endlich konnte er sich nicht länger halten und brach in wildes, drohendes Gebell aus. Oft versuchte er hernach noch zu bellen, und der Herr ermunterte ihn dazu, – ohne daß es ihm gelingen wollte, und nur einmal noch gelang es ihm, und dann nicht in Gegenwart des Herrn. Als der einst über ein Feld ritt, hüpfte plötzlich ein Kaninchen dicht vor den Füßen des Pferdes auf. Dieses sprang zur Seite, stolperte, fiel, und ein Beinbruch des Herrn war die Folge. Wolfsblut sprang wütend dem Pferde an die Kehle, aber ein Wort des Herrn rief ihn zurück.

»Geh nach Hause! Nach Hause!« gebot er ihm, als er sich von der Art der Verletzung überzeugt hatte. Aber Wolfsblut hatte keine Lust, ihn zu verlassen. Der Herr dachte daran, einen Zettel zu schreiben, suchte aber vergebens in der Tasche nach Bleistift und Papier. Wieder gebot er Wolfsblut nach

Hause zu gehen. Dieser sah ihn nachdenklich an, machte ein paar Schritte vorwärts, kehrte wieder um und winselte leise. Der Herr sprach sanft, aber in ernstem Ton zu ihm, und Wolfsblut spitzte die Ohren und lauschte gespannt.

»Komm her, mein Alter, und höre mir zu. Renne spornstreichs nach Hause, hörst du?« gebot Scott. »Nach Hause! und erzähle, was mir passiert ist. – Nach Hause, Wolfsblut! Vorwärts, nach Hause!«

Wolfsblut kannte die Bedeutung des Befehls »Nach Hause!« und wenn er auch das Übrige nicht verstand, so wußte er doch, daß es der Wille des Herrn sei, daß er heimgehen solle. Er kehrte um und trabte widerstrebend hinweg. Nach einigen Schritten blieb er von neuem unentschieden stehen und blickte über die Schulter zurück. Abermals kam der Befehl »Nach Hause!« und diesmal viel schärfer, und jetzt gehorchte Wolfsblut.

Die Familie war in der Kühle des Nachmittags auf der Veranda versammelt, als Wolfsblut keuchend und staubbedeckt ankam.

»Weedon ist zurück«, verkündete die Mutter. Die Kinder begrüßten Wolfsblut mit Jubel und rannten ihm entgegen. Er vermied sie, aber sie drängten ihn in eine Ecke der Veranda zwischen einen Schaukelstuhl und das Geländer. Er grollte und suchte an ihnen vorbeizukommen; besorgt blickte die Mutter nach dem Kleinen hin.

»Ich muß gestehen, ich ängstige mich immer um die Kinder«, bemerkte sie. »Ich habe stets Furcht, daß eines schönen Tages sich Wolfsblut unerwartet gegen sie kehrt.«

Grimmig knurrend sprang Wolfsblut aus dem Winkel heraus, wobei er die Kinder umwarf. Die Mutter rief sie zu sich, beruhigte sie und sagte ihnen, sie müßten Wolfsblut nicht belästigen.

»Wolf bleibt Wolf!« verkündete Richter Scott. »Einem solchen ist nie recht zu trauen.«

»Aber er ist nicht ganz ein Wolf«, mischte sich Betty ein, die in Abwesenheit des Bruders für dessen Hund Partei ergriff.

»Das ist Weedons Meinung von der Sache«, entgegnete der Richter. »Auch vermutet er nur, daß ein gut Teil vom Hunde in ihm ist. Er selber sagt, er wisse nichts Bestimmtes darüber. Und was das Aussehen betrifft –«

Er vollendete den Satz nicht. Wolfsblut stand vor ihm und grollte ingrimmig.

»Geh fort und leg dich nieder«, gebot Richter Scott. – Wolfsblut wandte sich zu der Gattin des Gebieters. Die aber schrie vor Schreck auf, als er ihr Kleid mit den Zähnen ergriff und so sehr daran zerrte, daß das dünne Gewebe zerriß. Jetzt wurde er der Mittelpunkt des Interesses. In seinem Halse arbeitete es heftig, ohne das er einen Ton von sich gab, und sein ganzer Körper wand sich krampfhaft in der Anstrengung, einen Ausdruck für das zu finden, was in seinem Innern nach Mitteilung rang.

»Hoffentlich wird er nicht toll«, bemerkte Weedons Mutter. »Ich habe zu Weedon immer gesagt, ich fürchte, das warme Klima bekommt einem Tier aus dem Norden nicht.«

»Ich glaube, er möchte etwas sagen«, kündigte Betty an. – In dem Augenblick fand Wolfsblut wirklich die Sprache und machte sich in einem lauten Bellen Luft.

»Es ist Weedon ein Unglück passiert«, entschied Weedons Frau. Alle sprangen auf, während Wolfsblut die Stufen hinablief und sich umblickte, ob man ihm auch folge. Zum zweiten und letztenmal in seinem Leben hatte er gebellt und sich dadurch verständlich gemacht.

Nach diesem Ereignis trat er den Herzen der Bewohner von Sierra Vista noch näher, und selbst der Stallknecht, dem er den Arm aufgerissen hatte, gab zu, daß er, wenn auch ein Wolf, doch ein kluges Tier sei. Richter Scott war derselben Ansicht und bewies seine Meinung von der Abstammung

Wolfsbluts unter dem lauten Widerspruch der andern Familienmitglieder durch Maße und Beschreibungen, die er dem Konversationslexikon und verschiedenen naturwissenschaftlichen Werken entnommen hatte.

Die Tage kamen und gingen, und nie endender Sonnenschein überflutete das Tal von Santa Clara. Als aber die Tage kürzer wurden, und Wolfsbluts zweiter Winter im Südlande herannahte, da machte er die seltsame Entdeckung, daß Collies Zähne weniger scharf wären. Wenn sie ihn zauste, so geschah es mehr aus Neckerei und zum Scherz, ohne ihm wirklich wehe zu tun. Er vergaß, daß sie ihm einst das Leben zur Last gemacht hatte, und wenn sie ihn spielend umkreiste, so ging er gravitätisch darauf hin und versuchte selbst mutwillig zu sein, wobei er eine höchst lächerliche Figur spielte.

Eines Tages jagte sie lange auf den Wiesen, ja selbst bis in den Wald hinein, mit ihm herum. Es war an einem Nachmittage, als der Herr ausreiten wollte, und Wolfsblut wußte das. Das Pferd stand gesattelt vor der Tür, und Wolfsblut zögerte. Aber noch tiefer lag etwas in ihm, als all die Gesetze, die er gelernt, als all die Bräuche, die ihn geformt hatten, tiefer selbst als die Liebe zum Herrn und als der Wille zum Leben, und als Collie in dem Augenblick des Zauderns ihn zauste und vor ihm herlief, kehrte er um und rannte hinter ihr drein. Der Herr ritt an dem Tage allein aus, und im Walde lief Wolfsblut neben Collie her, wie einst vor vielen Jahren neben seiner Mutter Kische Einauge im stillen Walde des Nordens gelaufen war.

5. Kapitel. Der schlafende Wolf

Um diese Zeit waren die Zeitungen voll von den Taten eines Sträflings, der tollkühn aus dem Gefängnis von San Quentin entsprungen war. Derselbe war ein wilder, mordlustiger Gesell, dem schon die Natur schlimme Gaben verliehen, und den die Hand der Umstände nicht besser gemacht hatte. So war er zur menschlichen Bestie geworden, furchtbar wie ein gewaltiges Raubtier.

Die Gefängnisstrafe hatte Jim Hall nicht bessern können; Zwangsjacke, Hunger und Prügel, das war nicht die richtige Behandlung für ihn gewesen. So übel war er von jeher behandelt worden, als er noch ein kleines Bübchen in einem der Winkelgäßchen von San Franzisko gewesen war, wo er weicher Ton war, aus dem man alles Mögliche hätte formen können. Im dritten Jahre seiner Haft war in dem Gefängnis ein Wärter, der fast ebenso schlimm, wie Jim Hall selber, war. Dieser verleumdete und verfolgte ihn. Allein der trug ein Bund Schlüssel und hatte einen Revolver, und Jim Hall hatte nichts als seine nackten Hände und die Zähne, und so geschah es, daß er eines Tages über den Wärter herfiel und ihn wie ein wildes Tier bearbeitete.

Darauf sperrte man Jim Hall in die Zelle der unverbesserlichen Verbrecher ein. Dort blieb er drei Jahre. Diese Zelle war ganz aus Eisen, die Wände, die Decke und der Fußboden. Nie verließ er dieselbe, nie sah er Himmel und Sonnenschein, lebendig war er in der eisernen Gruft begraben. Kein menschliches Antlitz sah er, mit keinem menschlichen Wesen sprach er; sein Essen wurde ihm hineingeschoben. Manchmal brüllte und schrie er ganze Tage und Nächte lang in seiner Wut gegen die Welt und die Menschen, manchmal verharrte er ganze Wochen und Monate in starrem Schweigen, und in einer Nacht war er entflohen. Man hatte behauptet, daß das eine Unmöglichkeit sei, dennoch war die Zelle leer, nur der Leichnam eines Gefangenenwärters lag darin, und noch zwei Leichen bezeichneten den Weg, den er bis zur Außenmauer eingeschlagen hatte. Die Waffen der Erschlagenen hatte er an sich genommen und war in die Berge entflohen.

Ein hoher Preis wurde auf seinen Kopf gesetzt, und habsüchtige Farmer verfolgten ihn mit Flinten, um mit dem Blutgeld eine Hypothek zu tilgen oder einen Sohn zur Universität zu schicken. Ebenso ergriffen patriotische Bürger die Büchsen, um den bestellten Wächtern des Gesetzes zu helfen, die mit Telephon, Telegraph und Extrazug ihn Tag und Nacht verfolgten.

Manchmal traf man auf ihn, und dann gab es einen verzweifelten Kampf, dessen Bericht die ruhigen Bürger am Morgen darauf beim Frühstück lasen. Die Toten und Verwundeten wurden in die nächste Stadt geschafft, und ihre Stelle durch frische Leute besetzt. Plötzlich verschwand Jim Hall; man hatte seine Spur verloren. In entlegenen Tälern hatten harmlose Viehzüchter sich über ihre Identität auszuweisen, und einigemale wurden Jim Halls sterbliche Reste in den Bergen von Leuten entdeckt, die das Blutgeld einziehen wollten.

Unterdessen las man in Sierra Vista die Zeitungen weniger aus Neugier als aus Angst. Besonders die Frauen taten das. Richter Scott lachte sie aus und nahm die Sache leicht, hatte aber wenig Grund dazu, denn Jim Hall war im letzten Jahr seines Richteramtes verurteilt worden, und im offenen Gerichtshof hatte derselbe vor den Versammelten laut geschworen, daß er sich an dem Richter, der ihn verurteilt hatte, rächen wolle.

Von alledem wußte Wolfsblut nichts. Allein zwischen ihm und Alice, der Gattin des Herrn, schwebte ein Geheimnis. In der Nacht, wenn jedermann in Sierra Vista zu Bett gegangen war, stand sie auf und ließ Wolfsblut ins Haus ein. Da er aber kein Haushund war und nicht im Flur schlafen durfte, so schlüpfte sie an jedem Morgen früh hinab und ließ ihn hinaus, ehe die Familie auf war.

In einer Nacht, als das ganze Haus schlief, erwachte Wolfsblut, lag aber ganz still. Er sog still die Luft ein, die ihm Kunde von der Gegenwart eines Fremden brachte. Auch schlugen an sein Ohr Laute, welche die Gegenwart eines solchen verrieten. Er bellte nicht, das war nicht seine Manier, und wenn der Fremde leise schlich, so war er noch leiser, denn er hatte keine raschelnden Kleider an. Lautlos folgte er jenem, denn in der Wildnis hatte er unsäglich scheues Wild gejagt, und er kannte die Vorteile eines Überfalles. Der Fremde blieb am Fuß der großen Treppe stehen und lauschte, als er wartend dastand, und ebenso still und regungslos stand Wolfsblut und wartete auch. Die Treppe hinauf ging es zu dem Gebieter und zu denen, die ihm das Liebste auf der Welt waren. Wolfsbluts Haar sträubte sich, als er so wartete. Da hob der Fremde den Fuß empor und setzte ihn auf die erste Stufe. Auch Wolfsblut sprang in die Höhe. Ohne einen warnenden Laut, ohne Knurren, schoß er hoch durch die Luft auf die Schultern des Fremden herab und senkte die Zähne in den Nacken desselben. Es dauerte nur einen Augenblick, dann hatte er den Mann nach hintenüber zu Boden gerissen, und zurückspringend griff er ihn sogleich, als jener sich aufgerafft hatte, wiederum an.

Ganz Sierra Vista erwachte über den Lärm. Es erhob sich unten ein Getöse, als ob eine Schar Dämonen miteinander kämpfte, und dazwischen ertönten die Schüsse eines Revolvers und die Stimme eines Menschen, der in Todesnöten schrie, begleitet von einem lauten, ununterbrochenen Knurren und Grollen, das sich in das Geklirr und Geknatter zerschmetterter Möbel und zerbrochenen Glases mischte.

Allein fast ebenso schnell wie der Lärm entstanden war, erstarb er auch, denn der Kampf hatte nicht länger als drei

Minuten gedauert. Die erschrockene Familie versammelte sich oben an der Treppe. Von unten wie aus einem Abgrund kam ein gurgelnder Laut herauf, als ob Luftblasen im Wasser emporstiegen. Dann verwandelte sich der Ton in zischendes Pfeifen; auch dieses ward immer leiser und hörte bald auf. Darauf ertönte nichts mehr in der Finsternis, als ein schweres Keuchen, wie wenn ein Erstickender nach Luft ränge.

Weedon Scott drückte den Knopf der elektrischen Leitung, und Treppe und Hausflur lagen im Nu im hellen Lichte da. Dann stieg er mit dem Richter vorsichtig und mit dem Revolver in der Hand die Treppe hinunter. Allein diese Vorsicht war nicht nötig, Wolfsblut hatte seine Arbeit getan. Denn unter den umgeworfenen Möbeln lag auf der Seite und das Gesicht unter dem einen Arm verborgen ein Mensch. Weedon Scott beugte sich über ihn, schob den Arm zurück und drehte das Gesicht des Mannes aufwärts. Eine klaffende Wunde am Halse zeigte, wie er den Tod gefunden hatte.

»Jim Hall«, sagte Richter Scott, und Vater und Sohn blickten sich bedeutsam an.

Dann wandten sie sich zu Wolfsblut. Auch er lag auf der Seite, und seine Augen waren geschlossen, aber er erhob die Lider ein wenig, als die beiden Männer sich über ihn beugten, und sein Schwanz bewegte sich zu einem Wedeln. Weedon Scott streichelte ihn, und aus Wolfsbluts Halse stieg als Antwort ein Grollen empor, doch leise nur und schwach, und schnell erstarb es. Dann senkten sich die Augenlider und schlossen sich wieder, und der Körper streckte sich steif auf dem Boden aus.

»Es ist aus mit ihm, dem armen Teufel!« murmelte sein Herr.

»Das wollen wir doch sehen«, entgegnete der Richter und ging ans Telephon.

Der Doktor kam und arbeitete anderthalb Stunden an Wolfsblut herum.

»Wenn er durchkommt, so ist es ein Wunder«, sagte er. »Unter Tausenden käme unter den Umständen kaum einer mit dem Leben davon.«

Die Dämmerung schaute unterdessen durchs Fenster, und das elektrische Licht erschien dadurch trübe. Mit Ausnahme der Kinder war die ganze Familie um den Doktor versammelt, um den Ausspruch desselben zu hören.

»Ein Hinterbein ist gebrochen«, fuhr dieser fort, »sowie drei Rippen, von denen wenigstens eine in die Lunge gedrungen ist. Außerdem hat er fast alles Blut, das er im Körper hatte, verloren, und höchstwahrscheinlich noch innere Verletzungen, denn er ist getrampelt worden, gar nicht zu reden von den drei Kugeln, die durch und durch gegangen sind. Tausend gegen eins ist noch eine zu optimistische Annahme, man sollte zehntausend gegen eins sagen.«

»Aber nichts darf versäumt werden, um ihn durchzubringen«, rief der Richter aus. »Koste es, was es wolle. Durchleuchten Sie ihn mit Röntgenstrahlen – kurz, tun Sie Ihr Möglichstes. – Weedon, telegraphiere sogleich nach San Franzisko an Doktor Nichols. – Nehmen Sie es nicht übel, Doktor, aber es muß alles aufgeboten werden, wissen Sie.«

Der Doktor lächelte mitleidig. »Natürlich, natürlich, ich verstehe das. Er verdient es, daß für ihn alles getan wird. Übrigens muß er wie ein krankes Kind gepflegt werden. Vergessen Sie nicht, was ich Ihnen über die Temperatur gesagt habe. Um zehn bin ich wieder da.«

Und wie wurde Wolfsblut gepflegt! Der Vorschlag des Richters, eine Krankenpflegerin kommen zu lassen, wurde von seinen Töchtern mit großer Entrüstung zurückgewiesen, da sie selber die Pflege übernehmen wollten, und Wolfsblut kam, aller Zweifel und aller trüben Prophezeiungen des Doktors zum Trotz, mit dem Leben davon. Allerdings konnte man sich über dessen Voraussagungen nicht wundern. Sein Leben lang hatte er nur verzärtelte Geschöpfe der Zivilisation behandelt, die selber gehegt und gepflegt von Generationen gehegter und gepflegter Wesen abstammten. Mit Wolfsblut verglichen waren das Schwächlinge, die nur matt und schlaff sich an das Leben klammerten. Er jedoch kam geradewegs aus der Wildnis, wo die Schwachen früh untergehen und niemand verhätschelt wird. Weder sein Vater noch seine Mutter, noch seine Voreltern hatten irgend eine Schwäche gekannt. Eine Gesundheit von Eisen und die Lebenszähigkeit der Wildnis waren sein Erbteil geworden, und so hing er mit jeder Fiber seines Wesens am Leben und klammerte sich mit jener Hartnäckigkeit daran, die einst allen Geschöpfen eigen war.

Wie ein Gefangener gefesselt und jeder Bewegung durch Binden und Gipsverbände beraubt, brachte Wolfsblut viele Monate zu. Er schlief viele Stunden lang und träumte viel, und an seinem Geiste zogen in endloser Reihe die Bilder des Nordlandes vorüber. Die Geister der Vergangenheit standen auf und umgaben ihn. Wieder war er bei Kische in der Höhle, wieder kroch er zitternd zu den Grauen Bibers Füßen, um ihm den Eid der Treue zu leisten, dann rannte er gehetzt umher, um sein Leben vor Liplip und der heulenden Rotte junger Hunde zu retten.

Ein andermal lief er durch die schweigende Einöde während der großen Hungersnot und lauerte dem Wilde auf, oder er befand sich an der Spitze des Gespanns, und Mitsah oder der Graue Biber knallte mit der großen Peitsche und schrie mit rauher Stimme: »Raa! Raa!«, wenn man an einen Hohlweg kam, und das Gespann, wie ein zusammengeklappter Fächer, sich dicht aneinander drängen mußte. Dann durchlebte er wieder die Schreckenstage bei dem schönen Schmitt und die Kämpfe, in denen er dort ruhmreich gestritten hatte. Zu solchen Zeiten winselte und knurrte er im Schlafe, und dann sagten die Leute, daß er schlimme Träume habe.

Am meisten jedoch litt er unter einer Vision, die wie ein Alp auf ihm lastete. Das war, wenn ihm die rasselnden, tutenden Ungeheuer der elektrischen Wagen erschienen, die ihm wie ungeheure Luchse vorkamen. Er träumte dann wohl, er liege im Gebüsch verborgen und lauere darauf, daß ein Eichhörnchen sich von dem schützenden Baume entferne. Sprang er jedoch darauf zu, so pflegte sich dasselbe in einen elektrischen Wagen zu verwandeln, der schrecklich und drohend sich wie ein gewaltiger Berg über ihm erhob und fauchend und kreischend Feuer spie. Ein andermal verfolgte er mit den Augen einen hoch in der blauen Luft über ihm schwebenden Habicht, der sich beim Hinunterstoßen ebenfalls in den allgegenwärtigen Wagen verwandelte, oder er glaubte im Käfig des schönen Schmitt zu sein. Draußen hatten sich die Leute versammelt, und er wußte, ein Kampf stände bevor. Er beobachtete die Tür, durch die der Gegner eintreten sollte. Sie öffnete sich, und der fürchterliche Wagen wurde hineingeschoben. Das wiederholte sich unzähligemal, aber jedesmal war der Schreck so groß wie das erstemal.

Endlich kam der Tag, wo der letzte Verband, die letzte Binde abgenommen wurde. Es war ein großer Festtag für ganz Sierra Vista, deren Bewohner sich um Wolfsblut versammelt hatten. Der Herr kraute ihm die Ohren, und Wolfsblut grollte sein Liebeslied. Die Frau des Gebieters nannte ihn »den lieben, guten Wolf«, welcher Name beifällig von den andern Frauenzimmern aufgenommen wurde. Er versuchte, sich auf die Füße zu stellen, allein immer wieder fiel er aus allzu großer Schwäche zurück. Er hatte so lange gelegen, daß seine Muskeln alle Spannkraft verloren hatten und alle Kraft daraus verschwunden war. Er fühlte sich über seine Schwäche ein wenig beschämt, als sei er in dem Dienst, den er den Menschen schuldete, schlaff geworden. Darum machte er heroische Anstrengungen, sich zu erheben, und endlich stand er schwankend und taumelnd auf allen Vieren.

»Der liebe, gute Wolf!« riefen die Frauenzimmer im Chor. – Richter Scott blickte sie triumphierend an.

»Da habt ihr's! Was ich euch immer gesagt habe! Kein bloßer Hund hätte das vollbringen können, was er getan hat. Er ist ein Wolf!«

»Ein lieber, guter Wolf!« verbesserte die Frau des Richters.

»Ja, ein lieber, guter Wolf«, stimmte der Richter ein, »und das soll fortan mein Name für ihn sein.«

»Er wird wieder gehen lernen müssen«, bemerkte der Doktor, »also mag er gleich damit beginnen. Es wird ihm nichts schaden. Wir wollen ihn hinausbringen.«

Und hinaus schritt er wie ein König, ganz Sierra Vista im Gefolge. Er war sehr schwach, und als er den Rasen erreichte, legte er sich nieder und ruhte eine Weile aus. Dann setzte sich der Zug wieder in Bewegung, als die Spannkraft wieder in seine Muskeln kam, und das Blut lebhafter in seine Adern zu kreisen begann. Die Ställe wurden erreicht, und dort lag in der Tür Collie, und ein halbes Dutzend dickbäuchiger Hündchen spielte in der Sonne um sie herum. Wolfsblut blickte sie mit verwunderten Augen an. Collie knurrte warnend, und er hielt sich vorsichtig in der Entfernung. Der Herr schob ein watschelndes Junges mit dem Fuße näher zu ihm hin. Mißtrauisch sträubte er das Haar, aber der Herr sprach ihm freundlich zu, daß alles richtig und in Ordnung sei. Doch Collie, die von einem der Frauenzimmer gehalten wurde, knurrte ihn argwöhnisch und unfreundlich an, daß nicht alles richtig und in bester Ordnung sei. Das Hündchen stand breitbeinig vor ihm. Wolfsblut spitzte die Ohren und betrachtete es neugierig. Dann näherte er seine Nase der des Jungen und fühlte das warme Zünglein an seiner Schnauze. Auch er streckte die Zunge aus – er wußte nicht warum – und leckte dem Hündchen das Gesicht. Lauter Jubel und schallendes Händeklatschen begrüßten sein Tun. Er war überrascht und sah sich verwundert um. Dann überkam ihn von neuem die Schwäche, er legte sich nieder, spitzte die Ohren, drehte den Kopf zur Seite und blickte das Hündchen an. Auch die andern Kleinen kamen zu Collies Entsetzen herbeigewackelt, und er ließ es gravitätisch geschehen, daß sie auf ihm herumkletterten und Purzelbäume schossen. Zuerst zeigte er bei dem Jubel der Umstehenden ein wenig von der alten, linkischen Verlegenheit, aber auch diese verschwand, als die Hündchen fortfuhren, ihn zu zausen und mit ihm Possen zu treiben, und so lag er mit halbgeschlossenen, geduldigen Augen im Halbschlummer in der Sonne da.